Alberto Santos-Dumont groeit in afzondering op in Brazilië. Hij droomt ervan om, net zoals de ontdekkingsreizigers over wie hij leest, te kunnen vliegen. Hij vestigt zich in het Parijs van de belle époque, maar tussen de mensen kan hij niet aarden en hij wil maar één ding: omhoog! Samen met zijn mecanicien Albert Chapin bouwt hij de eerste bestuurbare ballon en later het eerste vliegtuig. Als zijn vinding als oorlogswapen wordt gebruikt, slaat Santos-Dumont gedesillusioneerd de hand aan zichzelf. Maar zijn hart krijgt geen rust. Dat begint, letterlijk, aan een jarenlange tocht.

Arthur Japin (1956) schreef vele bestsellers, waaronder *Een schitterend gebrek*, *Vaslav*, *De overgave* en *De zwarte met het witte hart*. Het werk van Japin is wereldwijd in meer dan twintig talen vertaald.

Andere romans van Arthur Japin:

De zwarte met het witte hart
De droom van de leeuw
Een schitterend gebrek
De overgave
Vaslav
Maar buiten is het feest
De man van je leven
Kolja

ARTHUR JAPIN

De gevleugelde

DWARSLIGGER 558

De dwarsligger® is een initiatief van VBK Uitgevers Groep bv en Royal Jongbloed.
Voor dit product is een octrooi verleend: octrooinummer 1032073.

FSC
www.fsc.org
MIX
Papier van
verantwoorde herkomst
FSC® C013585

Dit boek is gedrukt op Indoprint van Bolloré Thin Papers
(www.bollorethinpapers.com).
Indoprint draagt het keurmerk Forest Stewardship Council® (FSC®).
Bij dit papier is het zeker dat de productie niet tot bosvernietiging heeft geleid.
Ook is het papier 100% chloor- en zwavelvrij gebleekt.

Deze dwarsligger® is tot stand gekomen in samenwerking met
Uitgeverij de Arbeiderspers

ISBN 978 90 498 0647 7 | NUR 301

Omslagontwerp Mijke Wondergem
Zetwerk Crius Group, Hulshout
Drukkerij Jongbloed, Heerenveen

Verspreiding voor België: Veen Bosch & Keuning uitgevers nv, Antwerpen

www.dwarsligger.nl
www.arthurjapin.nl

Vrijheid is zijn prijs waard.

– Jules Verne,

20.000 MIJLEN ONDER ZEE

Voor J. & J.

Vertrouwen, vriendschap en panache!

Inhoud

Klopt het, dan valt nog te begrijpen dat mensen zoveel waarde hechten aan een hart. Knap ontwerp, efficiënte werking, weerbarstig materiaal, verbluffend mechaniek en bij leven nogal essentieel, maar is het met pompen gestopt dan heeft het weinig zin er nog aan vast te houden. Grote kamers, kleine kamers, allemaal wondergoed bedacht en uitgevoerd, maar zie het onder ogen, op een gegeven moment zijn ze uitgewoond; het leven is eruit. Snijd het orgaan daarna voor de aardigheid eens los, laat het leegbloeden en uitdruipen, leg het te drogen in een porseleinen bakje en na drie dagen oogt een mensenhart behoorlijk teleurstellend.

Op is op, zou je denken. Maar je zal ze de kost moeten geven, de zwijmelaars, die ook nadat een hart zijn dienst bewezen heeft er nog bepaalde krachten aan toeschrijven.

Voorbeelden te over waarbij er rond die drie ons spier en kleppen na iemands overlijden een hele cultus is ontstaan, zoals bij een stakker als Chopin, wiens rikketik uiteindelijk op zo'n duizend mijlen van de rest is geëindigd onder de Heilig Hart-kerk van Warschau in een ondermaatse urn. Richards leeuwenhart werd naar Rouen verscheept, dat van Canova naar Venetië. Dom Pedro de Eerste van Brazilië deed het zijne cadeau aan de inwoners van Porto als dank voor hun strijd tegen het absolutisme. Het kinderhart van de dauphin, Louis XVII, werd uit zijn doodgezweepte lichaampje gered om het, mocht de Franse Revolutie overwaaien, op een dag alsnog te kunnen kronen. En Shelley, de dichter, verloor zijn verdronken hart aan een ontroostbare vriend die het uiteindelijk moest afgeven aan Shelleys echtgenote Mary, hoewel zij er geen raad mee wist en het tot haar dood onder haar bed heeft laten liggen in een zijden zakje.

Of neem de tikker van Minas Gerais' eigen Tiradentes, een bloedende vleeshomp die na het debacle van zijn onafhankelijkheidsstrijd ter afschrikking op een spies tentoongesteld werd en vervolgens door zijn aanhangers ontvreemd, waarna het nog jarenlang werd rondgezeuld teneinde de indianenstammen op te zetten tegen Dona Maria de Krankzinnige, en daarna tegen Dom João, totdat er dankzij de voortdurend warme rotting in het oerwoud van het arme tandartshart niet meer restte dan wat zeentjes.

Hoe je zo'n lapje leer ook looit, ook al oogt het na te zijn gebalsemd nog zo als een doorgelopen zool, levenden ervaren hun hart nu eenmaal als de zetel van hun gevoelens. Het idee dat die op een dag zullen vervliegen, samen met iedere hoop op een volgende zonsopgang, is hun ondraaglijk.

Daarom bewaren zij zo'n orgaan, wanneer het door het lot – of zoals in dit geval een overijverige schouwarts – van ontbinding wordt gered, liefst in een glimmende monstrans.

Maar het is allemaal voor niets. Met het vlees ontbinden onze dagen en alles wat wij zijn geweest valt uiteen in feiten.

Is het leven eenmaal uit een hart dan is het hart ook uit dat leven.

De enige manier het dan nog kloppend te krijgen is op zoek te gaan naar het verhaal erachter...

DE HARTSTOCHT

24 juli 1932

Guarujá

En nu haperde de lichtschakelaar ook nog. Dokter Haberfield vloekte.

Hij had net de ramen geblindeerd en zich in het donker lelijk gestoten. Driftig probeerde hij het bakelieten knopje tot de lamp aanfloepte boven de preparatietafel. De afvoergoot die eromheen liep had een gemene punt. Walther Haberfield gaf het ding een vuile blik alsof het hem had aangevallen en wreef over zijn been totdat de pijn wegtrok.

Hij keek om zich heen.

Om bij te balsemen was dit eigenlijk te weinig licht.

Hij had tot zes uur morgenochtend. Voor zonsopgang kwam hier geen levende ziel. De kans dat iemand hem betrappen zou, was te verwaarlozen en toch, in tijden als deze, je wist het niet. Hij durfde niet meer lampen aan te doen.

Het lichaam was niet zwaar. Moeiteloos tilde hij het van de brancard. In zijn armen was het als een kind.

Hij hield het even tegen zijn borst. Alsof het de kou zou kunnen voelen van de gootsteen waarop hij het moest neerleggen.

De dokter las het label dat aan de teen gebonden zat. Dit deed hij uit routine. Het was overbodig. De hele wereld kende dit gezicht.

Het lag zijwaarts gedraaid, alsof het geprobeerd had achterom te kijken.

Haberfield legde zijn hand ertegen en drukte de geknakte hals terug op zijn plek.

Hij waste zijn handen, legde de scalpels op een rij, de watten naast het gaas. Hij prepareerde de rubberslangen zo dat ze in één handomdraai konden worden ingebracht, want vannacht stond hij er alleen voor.

Als iemand hem zo bezig zag, wat konden ze hem maken? Waarom hij deze klus in zijn eentje deed, zouden ze hem kunnen vragen. Terecht. En op zo'n onzalig tijdstip. Maar had hij hiertoe soms niet het volste recht? De balseming van deze dode was hém toegewezen. Het document met de opdracht daartoe had hij voor de zekerheid bij zich gestoken voordat hij van huis ging. Wie kon daar moeilijk over doen? Het droeg het regeringszegel.

Maar ja, balsemen was één ding, wat hij op het punt stond te gaan doen, een heel ander.

Het was stil. Om middernacht had de regering het vuren gestaakt.

Voor het eerst sinds 9 juli kregen de mannen die zich in hun stellingen rond São Paulo hadden ingegraven een adempauze. De opstandelingen weerden zich nog moedig bij Mauá en Diadema maar ze maakten geen schijn van kans.

De tijd om vanuit loopgraven te vechten was voorbij. Vliegtuigen beslisten tegenwoordig de strijd. De dictator had er een vloot van aangeschaft en bombardeerde de Paulistas nu vanuit de lucht. Ze vielen bij honderden tegelijk.

Getúlio Vargas was zeker van zijn overwinning. Hij kon zich een bestand dus best veroorloven en zou er goede sier mee maken. Om zijn verbondenheid te tonen met de grootste zoon die Brazilië ooit had voortgebracht, had hij het persoonlijk afgekondigd: een driedaags staakt-het-vuren.

Drie dagen waarin Getúlio zijn vliegtuigen aan de grond hield als eerbetoon aan de kleine man die hier in het halfduister voor Walther Haberfield op tafel lag.

De wassen huid, de ingevallen borst, het bloedeloos geslacht, het was zijn dagelijkse werk.

Het overlijden was gisteren officieel al vastgesteld. Walther nam het rapport erbij. Roberto Catunda, een van zijn studievrienden, was de arts van dienst geweest.

Dit was zijn bevinding:

Alberto Santos-Dumont, Braziliaan, blank, ongehuwd, in de leeftijd van 59 jaren, uitvinder. Klein postuur, pezig, sterk gestel.
Datum overlijden: 23 juli 1932.
Plaats overlijden: Grand Hotel La Plage, Guarujá.
 Doodsoorzaak: hartfalen.

Eén blik was genoeg om te zien dat dit niet klopte, maar Haberfields prioriteit lag nu niet bij het zetten van vraagtekens.

Hoe weinig ruimte voor twijfel de geur die in de ruimte hing ook liet, voordat hij aan zijn cliënt begon was hij verplicht enkele handelingen te verrichten ter verzekering dat diens heengaan definitief was.

Haberfield opende een ooglid en bekeek de cornea. Glazig. Hij constateerde *pallor*, *rigor* en *livor mortis* – vooral onderarm en bilpartij toonden de paarsblauwe verkleuring – en vond het welletjes.

Hij draaide de ogen, die hem zacht en jongensachtig toeschenen, in een natuurlijke stand, sloot de lippen en trok de gelaatstrekken recht tot die weer deden denken aan de krantenfoto's.

Terwijl Walther overwoog hoe hij nu het best verder te werk kon gaan, pakte hij een hand en masseerde – macht der gewoonte – de knoken alvast los.

Op een haakje aan de wand hing de kleding waarin de overledene zijn laatste adem uitgeblazen had: een kostbaar maatpak van zwart kasjmier, rode stropdas, zwarte laarzen. Alles was pás gereinigd en oogde onberispelijk. Zodra Haberfield met zijn werk klaar was, zou hij het stoffelijk overschot er weer in hijsen. Dasspeld op zijn plek, gouden manchetknopen, het polshorloge om. Hij zou dat zelfs nog even gelijkzetten en opwinden zodat het weer tikte. Zo levensecht en stralend zou hij het lichaam in de kist leggen dat geen mens het ook maar in zijn hoofd zou halen er nog aan te zitten.

Niemand, zelfs Getúlio Vargas' mannen niet, zou dat gladgestreken overhemd straks zomaar durven openknopen om er eens even onder te kijken. En waarom zouden ze? Als Haberfield maar zorgvuldig te werk ging, hoefde niemand er lucht van te krijgen. Bovendien, ligt iemand opgebaard, dan is wel het laatste wat in je opkomt eens te kijken of er misschien iets aan ontbreekt.

Hij bette de borstkas met ethanol, deed een stap terug en wachtte terwijl de oplossing verdampte.

Het was inderdaad een pezig lichaam zonder vet. Klein van stuk, eerder kinderlijk dan wellustig, dacht Haberfield en hij onderdrukte een gedachte die hij nu niet kon gebruiken. Het had negenenvijftig jaren geleefd en lag erbij alsof het niet genoeg armen had gekend die het hadden willen vasthouden.

Het zijn nooit de grote klappen waar een hart van breekt. Daar is het op berekend. Door alles waarvan een mens zelf denkt dat hij het niet aan zal kunnen slaat het zich wel heen. Het is de teleurstelling van alledag waaronder het uiteindelijk bezwijkt.

De tanden van de sternumzaag waren pas gevijld. Dokter Walther Haberfield bekeek ze door zijn vergrootbril. Hij legde het instrument terzijde en bestudeerde de borst van nabij. Behalve rond de tepels was er weinig haargroei, niet genoeg om een incisie in de weg te zitten.

Het hele land had deze zoon en zijn buitengewone prestaties in het hart gesloten en toch was er op ditzelfde moment misschien ergens een stel uitgelaten Paulistas aan het klinken op zijn dood. Al was het maar omdat dit heengaan ze in het heetst van de strijd onverwachts drie dagen rust opleverde. Drie dagen respijt totdat de vloot van Getúlio opnieuw het luchtruim koos.

Wie weet is er tijdens de luchtbombardementen van de afgelopen weken zelfs een enkeling geweest die deze man vervloekt heeft, het genie dat dit kleine lichaam had bewoond. Zonder hem hadden er geen vliegtuigen bestaan. Hij was zich dit zelf maar al te goed bewust geweest en had uiteindelijk ook zichzelf erom vervloekt. In die zin was Santos-Dumont gewoon het zoveelste slachtoffer van deze burgeroorlog.

Haberfield plaatste de punt van zijn ontleedmes net onder de hals in de huid, sneed die tot onder de thorax open, vouwde hem in twee plakken terzijde en greep de zaag.

Wie hij ook onder handen nam, Walther stond er altijd even bij stil dat zijn intimiteit met hen hun allerlaatste was. Dit maakte hem bedachtzaam. Het hield de verhoudingen menselijk. Geen enkele handeling voelde dan onterend. Met dit in gedachten veranderde zelfs het meest crue dat moest gebeuren in een liefkozing.

Vannacht legde hij extra liefde in zijn werk. Morgenvroeg zou het lijk worden overgedragen aan Getúlio Vargas, voor wie het niet meer was dan een propagandamiddel.

 Wanneer de begrafenis in Rio zou kunnen plaatsvinden, wist niemand. De overledene had daar een graf voor zichzelf geregeld. Maar voordat het daarheen zou kunnen worden vervoerd moest het eerst vrede worden. Tot die tijd zou de dictator het gebalsemde lichaam van de held ongetwijfeld heel São Paulo doorslepen om er tot in iedere uithoek van de hele opstandige staat gevoelens van nationale eenheid mee aan te wakkeren. Om het volk te laten zien dat juist hij zich aan hun kant geschaard had en niet de opstandelingen, dat híj hen begreep en dat híj – kijk maar – samen met hen huilde. Hij immers bracht ze Santos-Dumont, stralend opgebaard in een door de staat betaalde glanzend ebbenhouten kist, zodat zijn onderdanen samen met hem, Getúlio, hun leider, konden rouwen om een van de grootste zonen die Brazilië ooit had voortgebracht.

Met eerbied zou dit niets te maken hebben.

Eerbied werd Alberto Santos-Dumont vannacht voor het laatst betoond, hier op deze granieten afvoersteen, onder een plasje licht in een met schimmen gevulde ruimte.

Dit prentte Dokter Walther Haberfield zich in terwijl hij de ribben wegklapte en het weefsel daaronder zorgvuldig begon te fileren.

Hij had de man in wie hij bezig was één keer in leven gezien.

Dat was nog maar een week geleden, zondagmiddag.

Walther zat met zijn vrouw aan het strand te lunchen op het terras van het Grand Hotel. Florbela had hem aangestoten en gezegd dat hij niet meteen moest kijken, maar dat er achter hem een beroemdheid aangeschoven was.

Diens voorkomen had hem nogal verrast. Onverzorgd oogde hij, haveloos bijna. Bij de zwierige jongeman die hem gezelschap hield stak hij extra grauw af.

Deze man, die modes gelanceerd had, een multimiljonair, in de bladen altijd elegant en gesoigneerd poserend in het Bois de Boulogne of op de trappen van de Opéra, breed lachend aan de arm van Anna Pavlova of keizerin Eugénie, leek te hebben besloten iedere conventie aan zijn laars te lappen.

Een excentriekeling, zou Walther hebben gedacht als Santos-Dumont gewoon rechtop en met smaak had zitten eten. Maar hij zat met neerhangende schouders.

Er kwam een strandkar langs, vrolijk oranje-geel en blauw beschilderd. Toen de jongen op de bok zijn strooien hoed voor hem afnam, knikte de man, maar zonder vreugde.

Dokter Haberfield was op hem toegestapt.

Voordat hij zich had kunnen voorstellen was de jeugdige tafelgenoot overeind gesprongen. Charmant maar ferm had die hem bij de elleboog genomen, vertrouwelijk haast, en hem bij de uitvinder vandaan geleid de boulevard op.

'Mijn oom moet in alle rust kunnen eten,' gaf hij als verklaring. 'De hele dag wordt hij belaagd door mensen die hem herkennen. Het is altijd goed bedoeld, altijd, maar zulke aandacht is op dit moment te veel voor hem. Hij is herstellende.'

De diagnose die Walther a vista had gesteld, bleek grotendeels te kloppen.

Omdat hij met een arts van doen had, vertrouwde de neef, Jorge, hem toe hoe zijn oom tobde met zijn gestel. Vorig jaar was hij naar Frankrijk gereisd om hem op te halen uit een rusthuis in Biarritz. Eerst hadden zij samengewoond in het centrum van São Paulo, maar al snel hadden de artsen Santos-Dumont volledige retraite voorgeschreven.

'Die hopen wij hier te kunnen houden op het strand van Guarujá. U zult me dus niet kwalijk nemen dat ik alles in het werk stel om zijn rust te verzekeren.'

'Dat zal niet meevallen,' had Walther gezegd, 'het zijn onrustige tijden.'

'Elke ochtend sta ik op voordat het licht is. Ik haal zijn kranten bij de receptie voordat ze die naar boven sturen. Het ergste nieuws probeer ik voor hem weg te houden, maar sinds de bombardementen door de federale troepen is dat onbegonnen werk. Het nieuws over de burgerstrijd is alom. Iedereen heeft het erover. Dat is ook een reden om mensen bij hem weg te houden.'

Jorge keek even naar hem om. Zijn oom zat alleen en keek voor zich uit over zee. Toen zijn neef naar hem zwaaide, zwaaide hij terug.

'We komen niet veel van de kamer. Meestal eten we ook daar. We moeten wel, want hij wil zich niet meer kleden. Buiten op het terras is geen kledingvoorschrift, dus we gebruiken hier nog wel de lunch. Maar in het restaurant zijn pak en stropdas verplicht en mijn oom weigert die nog ooit te dragen.'

Jorge kneep zijn ogen samen tegen het felle licht van zee en hij wees naar het kleine eiland voor de kust.

'Daar zit hij graag, op dat strandje, waar geen badgasten komen. Niet op een bed wil hij zitten of op een zonnestoel, maar in het zand. Daar praat hij met de kinderen die er schelpen komen rapen. Af en toe raapt hij met ze mee. Meer contact heeft hij niet nodig. Hij vermaakt zich uitstekend. Soms, als ik hem kom ophalen, vind ik alleen zijn hoofd terug omdat hij de rest helemaal heeft ingegraven. Als ik dan speel dat ik hem nergens zie, moet hij lachen.'

De man had een groot hart.

Haberfield kreeg het er niet een, twee, drie uit. Hij moest zijn vingers er aan weerszijden achter zien te krijgen, zijn handen tot aan de polsen de borstkas in, en het gevaarte iets optillen voordat hij het volledig kon lossnijden.

Toen hij het eenmaal in handen had, bekeek hij het met verbijstering. Zoiets verwachtte je eerder in een os dan in een mens. Op dit formaat was hij zelden gestuit en het was des te opmerkelijker bij iemand van Santos-Dumonts postuur. Een maatje kleiner was Walther bij zijn nachtelijke missie beter uitgekomen.

Wat een ding! Hij hield het onder de lamp.

Gulheid, heldenmoed, het was moeilijk om in een hart van deze afmetingen niet méér te lezen dan het was. Het idee dat een mens met een groot hart veel moet hebben liefgehad zit zo geworteld in de taal. In hoeveel liedjes wordt dat niet bezongen? Maar het is geen biceps, waarvan de dikte je vertelt dat een arm zwaar belast werd, geen ballonkuit waaraan je zien kunt dat iemand hoog heeft moeten springen.

Dit was een sterke spier, zoveel was zeker. Hij was van ver gekomen en had zijn werk gedaan. Dat is alles.

Walther droeg het hart naar de wastafel en spoelde het af onder de kraan.

Hij hoorde het niet omdat de waterstraal zo klaterde, maar dit was het moment waarop een legerwagen het terrein op scheurde.

Zolang het water stroomde had Walther Haberfield tijd om na te denken over zijn volgende stap.

Geen enkele schoot hem zo snel te binnen.

Florbela was wakker geworden, een paar uur geleden toen hij uit bed ging en zich wilde aankleden. Op het moment dat zij de lamp aanknipte en hem vroeg wat hij in godsnaam van plan was, had hij zich zeker van zijn zaak gevoeld. Hij had haar gezegd dat het strikt geheim was wat hij ging doen maar dat zij zich om hem geen zorgen hoefde te maken. Dit klonk zo kalm en doortastend dat het hen allebei gerust had gesteld. Zij had even geknikt, had zich omgedraaid en was weer ingeslapen. Hij had de deur achter zich dichtgetrokken en was de straat opgelopen in de volle overtuiging dat hij een plan hád.

Als het er al was geweest, realiseerde Walther zich nu, dan eindigde het hier.

Een ver geluid haalde hem uit zijn mijmering. Zijn bewustzijn spitste zich. Even dacht hij dat hij iemand hoorde, een trilling door de catacomben. Maar onmiddellijk riep hij zichzelf tot de orde. Hij had dit vaker meegemaakt.

Dit huis hoorde de doden toe. Ademen alleen al bezorgde je hier een schuldgevoel. Overdag kon je nog tegen jezelf zeggen dat de overledenen het heus niet erg vonden dat je ze voor de eeuwigheid kwam opdoffen, maar na zonsondergang had een levende hier niets te zoeken. Het voelde onbehoorlijk. Vanaf hun katafalken keken ze je na alsof je ze hun dood kwam inwrijven. De lokroep van een *piuí* deed dan je schuldig hart al overslaan. De aanzuiging van tocht door open lamellen. Het klepperen van een luik, een knarpend scharnier. Telkens opnieuw moest je jezelf vertellen dat het loos alarm was.

'Onzin!' zei Walther hardop. 'De levenlozen maken geen lawaai.'

Hij had in een impuls gehandeld door hierheen te komen, in een roes waaruit hij wakker schrok nu hij het hart van Santos-Dumont in handen had. Wat moest hij er eigenlijk mee? Beging hij deze stommiteit nu werkelijk alleen om Getúlio Vargas een hak te zetten?

Vanaf de eerste dag had Walther dat opdondertje gewantrouwd en hij had al zijn vrienden tegen hem gewaarschuwd. Sommigen van hen, die zich aanvankelijk door Getúlio's populisme hadden laten inpakken, was het lachen wel vergaan sinds de Militaire Junta hem tot interim-president benoemd had.

Maar wat was dit voor armzalig verzet, dat hij hier in het halfduister aan het plegen was, vroeg Walther zich ineens af, mijn God, zo'n risico, waar sloeg dit op? Deze hele operatie zou uiteindelijk geen enkel verschil maken. Het was een symbolische daad en meer niet. Tot na Getúlio's val mocht niemand hier van weten en alleen God wist hoe lang dit nog ging duren. Werd de ontvreemding voor die tijd ontdekt dan zou het Walther zelf de kop kosten en niemand anders.

En dan nog: mét hart, zonder hart, de dictator zou sowieso met Santos-Dumonts nagedachtenis aan de haal gaan.

Het water dat in de bak klaterde werd al lichter van kleur. Haberfield keek op zijn horloge, het liep tegen half drie. Hij draaide het hart een kwartslag en spoelde de aorta. Hier en daar zat er bezonken bloed in aangekoekt. Klontjes, mergelachtig, stroomden mee en losten op, waterverf uitwaaierend over het wit email.

Walther voelde zich rood worden.

De vlammen sloegen hem uit, want ineens doemde het voor hem op, het bespottelijke absolute niks, het onnozele, kinderachtig, dat hem hiertoe had gedreven. En tegelijk begreep hij de volle implicaties van zijn onzalige plan. Hij sloot niet uit dat het een vlaag van waanzin was geweest die hem uit bed had doen stappen. Terwijl hij tegen Florbela's warme lijf had kunnen liggen.

Een wagen remde! Dit keer was er geen vergissing mogelijk. Op het binnenplein sloeg een portier dicht. Iemand schreeuwde een bevel.

Terwijl Haberfield naar het raam rende, glipte het hart hem door de vingers. Het stuiterzompte op het email, glibberend door de wasbak.

Walther pulkte een hoek van de blindering los.

Soldaten sprongen uit een gehuifd legervoertuig dat voor het hoofdgebouw stond en omsingelden het. Bij elke deur en ieder raam stelden zich twee man op.

In zijn haast stootte Haberfield zich aan dezelfde gootpunt, maar vloeken deed hij deze keer niet. Alert als een arts is bij alarm deed hij alleen wat allereerst gebeuren moest.

Toen Roberto Catunda binnenstapte schrok hij even zeer van Haberfield als Haberfield van hem. Walther herstelde zich het eerst.

Bluffen was het enige dat hem te binnenschoot:

'Roberto!'

Met uitgestoken hand beende hij op zijn oude studievriend af alsof hij een late gast begroette bij een feest dat op zijn eind liep. Weids gebaarde Walther naar het lijk van Santos-Dumont, onverholen trots, zoals een kind aan het eind van een stranddag zijn moeder het zandkasteel laat zien dat hij gebouwd heeft.

'Mijn vriend hier bedankt je hartelijk voor de eer van je bezoek.' Hij glunderde naar Catunda alsof een compliment voor zijn werk toch wel op zijn plaats was. 'Zoals je ziet verheugt onze held zich in je interesse.'

Het bloedeloos gelaat vertoonde in dit licht de schaduw van een levensmoede glimlach. Onder de schouders en schedel had Walther nog gauw een wervelsteun gepropt, zodat Santos-Dumont, als een zieke in de kussens tijdens het bezoekuur, ietwat meer rechtop lag. Het laken dat strak over hem heen gespannen zat, was tot aan de kin opgetrokken, alsof de patiënt nog kou zou kunnen vatten.

Hij had de borst in alle haast toe geklapt, maar tijd om de wond te hechten was er niet geweest. Zaak dus de ander een stap voor te blijven.

'Ik had jou hier niet verwacht...' Catunda stamelde.

'Wie verwachtte je hier dán?' grinnikte Walther. 'Ga me nou niet vertellen dat jouw vrouw je andere adresjes zo op het spoor is dat jij je scharrels tegenwoordig híér ontvangt.'

'Breng me niet op ideeën,' lachte de ander.

De mannen zochten in elkaars blik een glimp van de vrolijkheid waarmee ze samen zoveel nachten hadden doorgehaald.

'Mij is de opdracht te beurt gevallen,' zei Walther, 'mijnheer toonbaar te maken voor zijn ontmoeting met de eeuwigheid, ik dacht dat je dat wist.'

'Op dit uur?' Catunda keek rond. Hij begon zich af te vragen waarom er niet meer lampen brandden. 'Ik was degene die zijn dood heeft vastgesteld.'

'Ik zag het: *hartfalen*!' Walther wapperde treiterig met de overlijdensakte. 'Wat kwam je doen? Kijken of zijn "falende" hart niet per ongeluk alsnog op gang gekomen is?'

'Genoeg Walther!' Catunda gaf een trap tegen de preparatietafel. 'Je hebt je punt gemaakt.'

Beiden moesten even denken aan een avond in Santa Teresa waarop ze samen door het stof hadden gerold om een barmeid die hun dronkenmansgevecht uiteindelijk beslecht had door allebei de vrienden dan maar mee te nemen naar haar kamertje.

'Jij hoort hier niet te zijn, Walther. Niet nu. Als het je niet bevalt, rot dan op. Ik doe het vuile werk wel. Flikker op! Ik maak het voor je af. Niemand hoeft het te weten. Jij hoeft je er niet mee te encanailleren, maar laat mij mijn gang gaan.'

Walther Haberfield sprong weg als een geknapte spier.

Door de trap tegen de tafel was het lichaam verschoven. Het hoofd zakte langzaam terzijde, maar hij was erbij voordat het weer naar achter knakte.

'Je hebt de nek al voor me rechtgezet,' constateerde Catunda gelaten.

 'En voor hemzelf. Ik weet niet wat jullie plannen met hem zijn, maar ik wil wel dat hij een beetje netjes voor de dag komt.'

Catunda knikte. Hij boog voorover en bestudeerde de hematomen.

'Is dat wat je komt doen?' vroeg Walther streng. 'Het lichaam zo bijwerken dat het beter past bij je rapport?'

'Met de ware toedracht van dit overlijden schiet geen mens iets op. Santos-Dumont zelf nog het minste. Wat is dit voor einde voor een held?'

'En dat zou ook zo verdomd slecht uitkomen voor jullie propaganda.'

'Er is geen "jullie"! Doe niet zo superieur, Walther, in godsnaam! Schei uit met dat "jullie". Ik ben net zo min een vriend van Getúlio als jij.'

'Die denkt daar zelf vast anders over als jij hem aanbiedt je beroepseed voor hem te schenden.'

'Aangeboden heb ik niks. Integendeel, ik wilde niet, geloof me. Maar er zat niets anders op.' Hij begon te zweten. 'Ik word ook maar gestuurd. Ik heb geen keus. Er zijn omstandigheden...'

'Het bombarderen van burgers,' spotte Haberfield, 'ja, dat mogen we gerust omstandigheden noemen.'

'Persóónlijke omstandigheden...' Catunda keek weg. 'Ze hebben me in een houdgreep, jongen. Ik heb een stommiteit begaan. Je weet hoe ik ben. Of misschien ook niet, hoe dan ook... Deze keer is er bewijs. Begrijp je? Ik ben niet in een positie om te weigeren.'

'En die mannen buiten, heb je die ook *persoonlijk* meegebracht?'

Catunda antwoordde niet. Hij trok zijn colbert uit en begon zijn mouwen op te rollen.

'Ga naar huis, Walther. Die mannen staan daar alleen om te voorkomen dat hier pottenkijkers binnenkomen. Je bent vrij om te gaan. Ga naar Florbela. Als de commandant je iets vraagt, stuur hem naar mij. Dan vertel ik hem wie je bent en dat ze jou ongemoeid moeten laten.'

Roberto Catunda wierp zijn jasje in een hoek en wilde aan de slag. Hij liep op de dode toe om de klus af te maken, trok één hoek van het laken los om het in zijn geheel terug te kunnen slaan, maar het zat rondom aan alle kanten angstvallig ingestopt. Wat was dit voor raar preuts gedoe?

Voordat hij dit aan Haberfield kon vragen, had die hem bij de pols gegrepen.

'Eén blik en ik zag dat die akte van overlijden niet deugde.' Walther sprak fluisterfel. 'Liegen over iemands dood, wat is dat voor stommiteit! Komt dit uit dan sta je op straat, idioot. Je verloochent niet alleen hém maar ook jezelf!'

Catunda verzette zich, wilde zich losrukken en vechten, maar Haberfield greep ook zijn andere pols en trok hem stevig naar zich toe. De mannen stonden borst aan borst.

'Het is omwille van jou dat ik hier ben,' zei Walther. 'Dit risico heb ik genomen. Ik heb Santos-Dumont recht gelegd. Ik heb gedaan wat jij had willen doen. Dat heb ík gedaan en ik maak het af. Roberto? Hoor je wat ik zeg? Ík doe het voor je. Ik zal hem zo bijwerken dat jouw bedrog niet aan het licht komt.'

Catunda zou om hulp kunnen roepen. Hij kronkelde van pijn, maar Walther liet niet los. Eén kreet en soldaten zouden binnenstormen en hem ontzetten. Maar hij zweeg. Hij voelde Walthers adem, korte, diepe stoten. De warmte van dat lijf. Het razen van zijn hart. In geen twintig jaar waren zij zo nabij geweest. Niet sinds die nacht in het nauw van het bed bij de barmeid in Santa Teresa, waarna ze iedere aanraking zorgvuldig hadden vermeden, elke verwijzing zelfs naar die paar uur.

'Waarom?' vroeg Catunda. 'Waarom zou je zoiets doen? Niet om mijn hachje te redden, dat maak je me niet wijs. Waarom ben jij hier?'

Dit was de vraag.

Walther had er geen antwoord op.

Of als hij er al een had, was het ongeloofwaardiger dan al het andere.

Zijn greep verslapte.

'Laten we zeggen dat er *omstandigheden* zijn,' stamelde hij. 'Persóónlijke omstandigheden, net als bij jou, zullen we het daar op houden?'

Alberto Santos-Dumont had zijn hand opgestoken.

Vorige week zondag, terwijl dokter Haberfield met Jorge stond te praten op de boulevard. Eerst had de oom rustig een tijdlang voor zich uit zitten kijken, starend over zee. Voor hem stond een bordje dat hij niet had leeggegeten.

Hij zag hem nog levendig voor zich, het lange smalle gezicht onder het lichte zomerhoedje met daaromheen het zwarte lint. Er was een fregatvogel komen aanzeilen die hij gevolgd had met zijn ogen. Niet te geloven dat een gezicht zo kon lijken op de karikaturen waarvan je het kent. Zijn snor, zijn droeve blik...

Op een gegeven moment had de neef naar zijn oom gezwaaid. Dit had de aandacht van de kleine man getrokken. Die had zijn arm in de lucht gestoken en teruggezwaaid. Kort was er in die grote ogen een twinkeling geweest, oprispend uit de eenzaamheid.

Naar zijn neef had hij gezwaaid, maar het leek alsof hij naar hen beiden zwaaide.

Een scheut van vreugde was door Walther heen gegaan. Hij kon dit niet verklaren, een emotie zoals hij die zichzelf niet vaak meer toestond. Als een kind zo enthousiast had hij zelf ook meteen zijn arm opgestoken. Of nee, niet één maar allebei zijn armen. Het had weinig gescheeld of hij had er nog iets joligs bij geroepen. Met twee armen in de lucht stond hij daar en hij had enthousiast gezwaaid.

Maar hij stond voor gek. Santos-Dumonts blik was alweer afgedwaald.

Dit was het. Hoe Walther ook groef naar diepere motieven, dit was alles. Dit moest het zijn. Hier had je nu de reden waarom hij uit bed gekomen was en in de penarie zat; een onbeantwoord enthousiasme dat was blijven zinderen. Dat in een impuls zijn kans gegrepen had om op deze manier voor die onbekende nog iets te betekenen. Kon het waar zijn dat hij hierom zojuist de man zijn hart had staan spoelen, alsof dat een manier was alsnog naar hem te zwaaien?

Dokter Roberto Catunda liet Walther achter zonder iets te zeggen.

Ieder ander die hij hier midden in de nacht had aangetroffen, had hij uitgeleverd aan de mannen van Getúlio Vargas. Maar Walther en hij hadden eens eerder op een nacht eenzelfde koers gevaren, zij aan zij, zonder elkaar of zichzelf te begrijpen.

O God, die harten van de mensen! Hoe daarin alles woedt zonder dat zij het durven duiden. Zoals dat botst met hun arme verstand. Hoe ze er door worden meegesleept en waar het ze toe brengt...

Door het bovenlicht van de ruimte die hij zojuist had verlaten viel op het plafond de schaduw van zijn oude studievriend, die zijn werk weer had opgepakt.

Onverwacht bevond hij zich dus opnieuw met Walther in één bootje. Heel even woog dit tegen alle onzekerheden op. De druk die van hogerhand op hem werd uitgeoefend, werd een paar tellen verlicht door dit idee, verzacht door dit niets, een kus van een moeder op een gestoten knie.

Hij liep de gang uit, verend op de echo van zijn eigen voetstappen.

26 juli 1932

Je kunt een hart op twee manieren temmen, door het te belonen voor zijn aanhankelijkheid of door zijn wil te breken.

Dat van mevrouw Haberfield was met harde hand getraind om iedere impuls te bedwingen, aanvechtingen te onderdrukken en elke situatie te laten bekoelen alvorens erop te reageren. Zij was de dochter van een kolonel die de opvoeding van zijn dochters aangepakt had als zijn veldtochten.

Moest zij vroeg op, zoals vandaag, dan bracht zij de nacht door als een soldaat derde klasse voor zijn eerste slag. Vanochtend was ze uiteindelijk een uur voor appèl maar alvast opgestaan. Beneden in de hal liep zij – 'Slim bepakt komt altijd thuis dus ken je ransel!' – de zaken nog eens na die, wanneer de auto hen om zeven uur zou komen halen, mee moesten naar São Paulo. Zij had de koffer gecontroleerd en goed bevonden en ook haar beautycase stond klaar.

Ja, had zij gedacht, planning en organisatie zijn de sleutels tot koelbloedigheid en evenwicht van geest.

De hoedendoos, waarin zij voor het slapengaan haar lievelingshoed zorgvuldig had weggeborgen, had ze dicht kunnen laten als zij er gisteren de rouwbanden niet bij in had gestopt. Nu Walther en zij deel zouden uitmaken van de officiële stoet, had zij die nodig.

Het deksel klemde, maar toen ze het gevaarte op schoot nam, kon ze meer kracht zetten. Elegant was het hoofddeksel met zijn breed wapperende flappen, zoals Corita Cunha die gedragen had in *Cousas Nossas*. Wanneer zij ermee liep veerde de brede rand op haar tred, precies als in de film. Zij wreef over het vilt en kreeg de aanvechting met de creatie even door de gang te paraderen.

Zij had de hoed nog niet opgepakt of ze vond het orgaan dat Walther daaronder verborgen had. Ze gilde.

Nadat Roberto Catunda de preparatiezaal verlaten had, had dokter Haberfield de balseming versneld willen afronden, maar met trillende vingers viel dat nog niet mee. Tweemaal had hij zichzelf geprikt onder het hechten van het dode vlees, maar uiteindelijk stond de huid weer strak over de borst. Een hooggesloten hemd onder de bovenkleding en geen haan zou ernaar kraaien.

Na alle injecties en het verwijderen van de rubberslangen deed Walther de tweede wassing. Nog een vocht inbrengende zalving en hij hees Alberto Santos-Dumont in het pak waarin hij nog één keer voor de dag zou moeten komen. Hij strikte de das, dezelfde waarmee de overledene gevonden was, de rode das waarmee hij zo vaak naar zijn bewonderaars gezwaaid had. Walther stopte de uiteinden weg onder de revers. Dit werkje hoorde eigenlijk aan de begrafenisondernemer met zijn kraaien, maar om te voorkomen dat iemand het lichaam nog zou hoeven beroeren, tilde hij het zelf de kist in, vouwde de handen, trok het gezicht glad en opende lichtjes de mond als bij iemand die in diepe slaap is.

Pas nadat hij de tafel had geschrobd, de goten had schoongespoten en hij zijn handen en armen aan het desinfecteren was, zich keer op keer de vingers wringend onder stromend water, was hij in staat na te denken over de volgende hindernis.

Hij gespte zijn polshorloge om.

Het was half zes.

Walther Haberfield borg de roofbuit onder zijn hemd. Het gevoel dat daarbij in hem opkwam slikte hij weg. Terwijl hij zich het terrein af haastte, was het bonken van zijn eigen hart te voelen door het andere heen.

'We nemen het mee.'

'In *mijn* hoedendoos? En wanneer was je van plan geweest me dat te vertellen?'

'Zo laat mogelijk,' antwoordde Walther naar waarheid. 'Liefst helemaal nooit. Waarom zou ik jou ermee belasten?'

'Ik had naar mijn vader moeten luisteren,' zei Florbela, 'je bent krankzinnig!'

Ze wierp een afkeurende blik op het orgaan en dacht aan de man die ze er zondag nog mee aan het ontbijt had zien zitten.

'Dat ding.' Ze gaf een schop tegen de doos. 'Hoe precies zetten we Getúlio daar een hak mee?'

Thuisgekomen had Walther het hart in een grote weckpot met formaldehyde gelegd, waarin het rondklotste.

‘Geen idee... Ik wilde gewoon niet dat Getúlio Vargas het in handen zou krijgen.’

‘Toonde je diezelfde consideratie maar met mij.’

‘Ik heb in een impuls gehandeld,’ zei Walther, ‘zonder alle consequenties door te denken.’

‘Zoals ik toen ik je mijn jawoord gaf.’

God, wat was ze in haar element wanneer ze doordraafde, de dochter van de kolonel, fier als een cavalerist tijdens een charge.

‘Geen mens die feller tegen de dictatuur gekant was dan Santos-Dumont,’ voerde haar echtgenoot aan ter verweer, ‘en nu gaat die alsnog met hem aan de haal. De hele heisa die van hogerhand georganiseerd wordt, de cortège van vandaag en straks een grote staatsbegrafenis, allemaal propaganda. Terwijl zijn hart altijd bij het volk heeft gelegen.’

‘En nu ligt het in mijn hoedendoos.’

‘Na de plechtigheid overhandig ik het aan zijn familie. Die kunnen het bewaren tot de democratie is hersteld. Is Getúlio eenmaal gevallen, dan zal dit hart een symbool worden van vrijheid, van alles dat zelfstandig en standvastig is gebleven en niet door de dictatuur gecorrumpeerd.'

Florbela legde haar hand tegen zijn wang.

'Jouw hart zit op de goede plek. Zie jij onrecht, dan kom je ervoor op. Als jij ergens in gelooft...'

'Zoals in jou.' Hij bracht zijn gezicht naar het hare. Een kus doorbrak doorgaans de linies.

'...dan bijt jij je er altijd zo in vast.'

'Vanaf de eerste blik heb ik me in jou vastgebeten.'

'Onuitstaanbaar, die eigenwijsheid.' Geërgerd door haar eigen onstandvastigheid klauwde ze haar nagels in zijn wang en kneep. 'Het is waar, die stupide eigenzinnigheid, daarvoor ben ik indertijd gevallen. Maar op deze manier, Walther, verdomme, ik ga er nog spijt van krijgen!'

Ze liet zich kussen en wierp haar lievelingshoed terug over de weckpot.

'Onuitstaanbaar, maar zo is het,' beaamde ze met tegenzin 'Een hart hoort toe aan hen voor wie het heeft geklopt.'

Vanwege de fikse afstand die vandaag moest worden afgelegd, deed een Chevrolet Ramona ’29 met een zescilindermotor en een monumentale houten opbouw dienst als lijkkoets. Voordat de kist erin werd geschoven constateerde Walther tevreden dat alles nog luchtdicht zat afgesloten met de rubber strip die hij rondom had aangebracht. Sinds de operatie had niemand dit lichaam meer verstoord. Het gezicht onder het glas toonde dezelfde ontspannen lach die hij het had gegeven. Heel even overviel hem de intimiteit die hij met deze kerel deelde, een geheim groter en gevaarlijker dan met de levenden. Hij drukte zijn lippen op het glas en boende daarna snel hun afdruk weg.

Wat een rit van twee, drie uur had kunnen zijn van de kust naar de hoofdstad van de deelstaat, kostte ruim een halve dag. Guarujá was zo vol belangstellenden dat de Maria Fumaça-stoomtram vastliep in de menigte. Het gerucht ging dat Alberto Santos-Dumont zijn laatste tocht, toepasselijk, door de lucht zou afleggen, zodat het strand van Pitangueiras vol stond met mensen die de hemel aftuurden alsof zij wachtten op een wonder. Anderen renden heen en weer tussen Itapema en San Felipe, maar uiteindelijk brachten de kanonnen het eresaluut vanaf fort Andradas, waarop de poorten werden geopend. De wagens liepen echter direct vast in een groep in het zwart geklede vrouwen, die waren ingehuurd door het regime, betraand en jammerend alsof hun een familielid ontvallen was. Verderop klonk de rouw oprechter en indrukwekkender nog was het stil ontzag, een opgestoken hand hier en daar, een hoofd genegen.

Alleen het eiland Santo Amaro af te komen en Cubatão te bereiken nam al zo'n anderhalf uur in beslag. Hierna kon op bepaalde stukken meer vaart worden gemaakt hoewel ook over de landerijen her en der arbeiders kwamen aangerend, zwaaiend met hun doeken of hun messen. Diverse keren werden geweersalvo's gehoord, zo goed als zeker opstandelingen die vanwege de militaire escorte niet uit hun schuilplaatsen kwamen, maar zich toch ook niet onbetuigd wilden laten.

Bij elk gehucht moesten einden stapvoets worden afgelegd zodat kinderen de afscheidsliederen konden zingen die zij op school hadden ingestudeerd. Overal dromden meisjes en vrouwen om bloemen op de lijkwagen te werpen.
 Zodra buiten de dorpsgrens het gaspedaal werd ingedrukt woeien die van

de motorkap, zodat Walther en Florbela Haberfield, in de vierde volgwagen, het de hele rit lang rozen zagen regenen, roze camelia's, gouden *ipê* en witte orchideeën.

Onderweg konden zij niet vrijuit spreken omdat de prefect en de districtscommandant in dezelfde auto zaten, maar ter hoogte van São Bernardo do Campo, waar uitgelaten kinderen van de Tupi kilometers op hun blote voeten naast de lijkkist mee renden, had mevrouw Haberfield de hand van haar echtgenoot in de hare genomen en er goedkeurend in geknepen.

27 juli 1932

De neef van Santos-Dumont was naar de deur gekomen, maar hij herinnerde zich Walther niet.

‘Nog maar zo kort geleden, dus, nou nou...’ verzuchtte Jorge zonder blijk van vreugde of herkenning. Hij had vandaag wel andere dingen aan zijn hoofd. ‘Kijk eens aan.’

Amper anderhalve week was verstreken sinds de zondagochtend waarop ze elkaar op het terrashotel hadden ontmoet.

‘Ik was het die probeerde uw oom lastig te vallen,’ stamelde Haberfield.

‘Ik geloof u meteen.’

‘Ik stapte ongevraagd op uw oom toe,’ trachtte Walther te verduidelijken, ‘uit enthousiasme, zonder dat ik hem iets had te zeggen.’

‘En nu zet u die gewoonte voort bij de volgende generatie.’

'Ik ben medicus.'

'Geloof me, dat is geen excuus.'

'U nam mij bij de arm en voerde mij bij hem vandaan.'

Jorge keek rond of iemand niet hetzelfde voor hem kon doen.

'Wij maakten samen een kleine wandeling.' Walther klemde zijn dokterskoffer tegen zijn borst en zocht naar woorden. 'U vertrouwde mij, als arts, die dag het een en ander toe over de gezondheidstoestand van uw oom, maar daartussen was werkelijk niets dat erop wees...'

'Niets nee, inderdaad.'

'... dat hij een zwak gestel had.'

'De dood vindt altijd een manier ons te verrassen.' De tijd voor beleefdheden was voorbij. 'Mijnheer, voor condoleances verwijs ik u naar het register ten stadhuize. U begrijpt, dit is een huis in rouw.'

'O, dat begrijp ik volkomen. Bovendien, zo dadelijk de kerkdienst, u heeft tijd nodig zich daarop in te stellen, alle begrip. Misschien was het beter geweest als ik gewacht had...'

 'Dit lijkt me vrijwel zeker.'

Jorge wilde de deur sluiten, maar dokter Haberfield zette zijn voet ertussen.

'... maar wachten tot na de plechtigheid leek me niet juist.'

'Bij een arts hoop je op een beter inschattingsvermogen.' Jorge vroeg zich af of het tot een handgemeen zou moeten komen. Een man die zijn lederen koffertje omklemde als een handtas kon hij makkelijk de baas. 'Uw voet, mijnheer, haalt u hem weg!'

'Neemt u me niet kwalijk.' Walther gehoorzaamde onmiddellijk. 'Ik ben niet duidelijk. Wat ik te zeggen heb, is ook zo ongebruikelijk. U moet weten, na die bewuste zondagochtend heb ik uw oom een tweede keer gezien. En wel ná zijn overlijden.'

Hiervan viel de mond van de ander toch open.

'De oorzaak als in het schouwrapport vermeld, heb ik één, twee, drie niet kunnen constateren. Sterker...'

'Ontkomt een mens dan zelfs in de dood nog niet aan uw bemoeizucht!'

'Het was mijn táák.' Walther schudde zijn hoofd. 'Ik was het die uw oom heeft mogen balsemen en u begrijpt, mij viel het op, al na de eerste blik, dat hartfalen onmogelijk het probleem kon zijn geweest. Integendeel. Zijn hart was groot, gezond, het had tot op hoge leeftijd meegekund.' Voor wat nu kwam, zou tact belangrijk zijn. 'Ik vermoed dat u van de juiste toedracht wel enig idee heeft?'

'Als dat al zo zou zijn, dokter Haberfield, dan zou ik denken dat dit een zaak was van zijn naasten, een toedracht zo triest, zo schokkend dat die hen alleen aangaat en niemand anders.'

'Precies. En daarom durfde ik.' Walther presenteerde zijn dokterstas zoals je een pasgeborene aan zijn moeder toont, twee armen uitgestrekt, zorgzaam voor het geval hij plots zou spartelen. 'Ik heb hier iets dat van uw oom geweest is.'

De neef bezag de tas als Antonius van Egypte de harpijen.

'Het hoorde hem toe,' drong Walther aan. Hij overwoog de sluiting te openen en de inhoud te tonen, maar begreep dat dit de zenuwen van de ander niet zou sussen. 'Het zou bij u het beste op zijn plaats zijn. Ik heb er een plan mee. Een strategie die mettertijd uw oom zal opeisen uit de handen van Getúlio Vargas en teruggeven aan het volk. Die dag zal de waarheid aan het licht komen en Alberto Santos-Dumont zal het begrip ontvangen dat hij zo heeft gemist.'

 Resoluut schudde de ander zijn hoofd.

‘Als u mij een paar minuten van uw tijd gunt,’ smeekte Walther, ‘dan zou ik u graag uitleggen wat mij hiertoe drijft.’

‘Ik wil het niet.’ Jorge begon te zweten. ‘Ik weet niet wat het is, maar ik wil er niets mee te maken hebben. Hoort u, niets!’ Hij keek om zich heen of niemand hen horen kon en fluisterde. ‘U hebt geen idee, dokter, met welke krachten u speelt. Wij staan onder druk. Als familie. Meer zeg ik niet. Wij spelen onze rol in deze komedie, speelt u de uwe. Omwille van uw ziekelijke interesse in mijn oom, ik vraag het u: laat hem rusten. Alstublieft. Gun mijn oom de doodsoorzaak die hem van hogerhand gegeven is. U weet wat ik bedoel.’

Dokter Haberfield liet zijn tas zakken.

Hoe langer hij ermee rondliep, hoe onzinniger het hele plan hem toescheen. Het viel nauwelijks uit te leggen en een ogenblik was hij gewoon opgelucht dat dit niet hoefde.

‘Wat is het?’ vroeg Jorge als handreiking aan de beteuterde, maar die wuifde de vraag weg. ‘Als u in die tas iets heeft dat van mijn oom was, maakt het deel uit van de erfenis. Brengt u het naar onze notaris, Godofredo Cavalcanti in de largo de São Bento. Of beter, zo meteen is hij natuurlijk bij de plechtigheid, overhandig het hem daar. Ná afloop, zeg ik erbij, want dat is een les die u kennelijk nog moet leren.' Hij knikte kort ten teken dat het onderhoud was afgelopen. 'Cavalcanti is tot executeur benoemd en zal zorgen dat alles te bestemder plaatse komt.'

Walther Haberfield maakte een lichte buiging en haastte zich het bordes af.

Jorge vocht tegen een onverklaarbaar verlangen hem achterna te rennen. Dit kwam ineens zo hevig in hem op dat hij zich naar binnen moest haasten. Hij sloeg de voordeur met kracht dicht, zijn volle gewicht er ruggelings tegenaan, alsof er aan de buitenzijde op werd gebeukt.

Zo stond hij enige tijd in de hal met de brede trap waar hij zo vaak samen met oom Alberto van was afgedaald, de kleine man altijd een paar passen vooruit, altijd ongedurig naar het leven en hun volgende avontuur.

Jorge liet zich door zijn knieën zakken, eerst alleen stilletjes snikkend, daarna met grote uithalen.

Een zwerm witte vogels stoof op.

Zij waren niet inheems en in de stad nooit eerder waargenomen. Zodra de rouwstoet de crypte naderde, verschenen ze.

Hun vlucht wordt herinnerd als een van de grote wonderen van Brazilië. Zelfs degenen die ze die dag met eigen ogen zagen, durfden later niet meer te zweren waar de waarheid eindigt en de fabel begint.

De vogels vlogen recht op de baar af, cirkelden er driemaal boven, zwenkten toen en verdwenen, als om de weg te wijzen, in de richting van de kathedraal, waarop ze even later neerstreken, zodat de koepel sneeuwblank kleurde.

Het schouwspel waarvoor de opstandelingen zorgden, maakte niet minder indruk. Drieduizend rebellen hadden het aangedurfd uit hun schuilplaatsen te komen. Zij vormden een erehaag van het laatste deel van de avenida Paulista tot aan de hoek van de Praça da Sé.

Naast de jonge militairen van de geüniformeerde garde die strak in het gelid aan hen voorbij marcheerden oogden de landarbeiders als een hopeloos verlopen zooitje ongeregeld, maar het ging erom dát ze daar stonden, ongewapend, kwetsbaar.

Minutenlang konden de strijders vóór en tegen het regime, mannen die

na middernacht de wapens weer zouden opnemen, elkaar in de ogen zien.
Toen Alberto Santos-Dumont langskwam juichten de rebellen en zij wierpen hun petten en strohoeden de lucht in.

De plechtigheid begon met een vaderlandslievende toespraak van Getúlio, die het deed voorkomen dat de overledene en de dictator oude kameraden waren die zich sinds jaar en dag hard maakten voor eenzelfde zaak ter meerdere eer, groei en versterking van de glorieuze en onoverwinnelijke Braziliaanse natie.
Hierna las de burgemeester van São Paulo enkele telegrammen voor, zoals een hartenkreet van Louis Blériot, die de dode zijn grote inspirator noemde en zijn enige voorbeeld. Vanuit Amerika bracht zowel president Hoover als Orville Wright een persoonlijk saluut. Guglielmo Marconi deed ditzelfde vanuit Italië terwijl de Franse minister van luchtvaart, Paul Painlevé, liet weten dat uit eerbetoon op de Eiffeltoren alle lichten waren gedoofd.

De aartsbisschop van São Paulo leidde de dienst, bijgestaan door de onderbisschoppen van Campo Limpo en Caraguatatuba. De eerwaarde vader wist dat Alberto Santos-Dumont door de engelen zou worden ontvangen als gelijke. Zijn hart zouden zij vleugels geven, zodat het met hen tot de hoogte kon stijgen waarnaar het altijd had gestreefd.

Onwillekeurig voelde Walther toch even of het nog wel steeds tussen zijn voeten onder de kerkbank lag.

Nadat de kist met het lichaam de crypte in gedragen was, waar het zou blijven tot het de reis naar zijn uiteindelijke rustplaats in Rio kon aanvaarden, werd in de sacristie voor genodigden een sobere ontvangst gehouden. Het had iemand een oog kunnen kosten, zo flapte Florbela's hoed. Toen een van haar vriendinnen zich eronder waagde, was Walther de lege kerk weer in gelopen.

Op een bank voor het hoofdaltaar zat hij met zijn dokterstas op schoot als een ongehuwde moeder met de vrucht van haar zonde. Even overwoog hij het hart in een van de lege biechthokjes achter te laten als een onecht kind. Hoeveel meisjes, vroeg hij zich af, hadden er op deze plek gezeten, verscheurd tussen liefde en schaamte?

‘U had iets in te brengen betreffende de erfenis?’ Cavalcanti, de familienotaris, blikte door zijn pince-nez. ‘Amper de tijd of plaats, maar voor de dag ermee, vooruit, dan hebben we het gehad.’

‘Helaas, zo simpel ligt het niet.’ Walther aarzelde. ‘Liever zou ik een afspraak maken waarbij u en ik onder vier ogen...’

‘U bent toch niet een van die mensen die ergens aanspraak op hopen te maken? Ik kan u zeggen, het testament is waterdicht.’

‘En toch komt daarin het voorwerp waar het hier om gaat niet aan de orde, gelooft u me.’

‘Enkele jaren geleden kwam mijnheer Alberto Santos-Dumont mij opzoeken, samen hebben wij toen alles minutieus geregeld. Deed iedereen dat zo bijtijds dan zouden minder families elkaar naar het leven staan; notarissen zouden minder vaak een maagzweer hebben. Alles is voorzien. Mijn cliënt is zelfs zover gegaan zijn eigen graf te graven, weet u, letterlijk, op zijn knieën met zijn handen in de aarde, schep na schep heeft hij een gat voor zichzelf gespit op het São João Batista-kerkhof in Rio de Janeiro. Klinkt dat u in de oren als iemand die ook maar iets aan het toeval overliet?’

‘Toch houd ik vol dat hetgeen ik u in bewaring hoop te geven buiten het testament valt.’

‘In bewaring? Tot wanneer dan wel, mijnheer? Wilt u in dit leven iets gedaan krijgen dan moet u leren minder in raadselen te spreken.’

‘Voor openheid is hij te uitzonderlijk, de schat die ik u vragen wil te hoeden.’

‘Een schat, zegt u?’ De notaris dempte zijn stem. ‘Zeg eens, vertegenwoordigt het een grote waarde?’

‘Emotioneel? In woorden is dat niet te vatten.’

‘En financieel?’

‘Geen enkele, o, de waarde is uitsluitend symbolisch.’

Godofredo Cavalcanti deinsde achteruit.

‘U verdoet mijn tijd, mijnheer. De wensen van mijn cliënt waren expliciet. Het onroerend goed blijft in de familie, maar een aanzienlijk bedrag is opzijgezet voor een fonds ten bate van iemand in Parijs. Die ontvangt tevens alles wat van emotionele waarde was. Geef mij uw kaartje, mocht die persoon dat erfdeel komen ophalen, dan laat ik het u weten. Wellicht zal diegene geïnteresseerd zijn in uw “schat”.’

Er woei een kilte door de grafkelder waarin Walther afdaalde, maar hij ervoer vooral de warmte van het weerzien. Weer even met Santos-Dumont alleen te kunnen zijn, zoals die nacht, waarin hij naakt gelegen had onder zijn aanraking. Het was alsof het schuldgevoel dat zich in hem had opgebouwd in het bijzijn van de dode wegebde. Voor het eerst in dagen – en ja, hij wist wel dat dit vreemd was – voelde Walther zich begrepen alsof hij bij een oude vriend stond die van meet af aan in het complot gezeten had. Als iemand hem zijn dwaasheid niet zou kwalijk nemen dan was het de harteloze zelf wel.

Geroezemoes van de nazit boven in de sacristie golfde door de catacomben als het ver zoemen van een bijenvolk. Morgen zouden duizenden hier in de rij staan om een laatste blik te werpen op hun held, maar op dit moment was hij er alleen.

Walthers eerste schrik kwam van een zwaluwjong dat in paniek tegen de muren probeerde op te fladderen. Uit een nest hoog in het middenschip, was het gevallen, en in paniek de duistere gangen in gevlucht.

De dokter riep zijn zenuwen tot de orde, zette zijn tas neer en tuurde door het ruitje in de kist.

De overledene leek nauwelijks bewogen door de reis. Over zijn werk kon hij tevreden zijn. Ondanks een paar diepe poelen in de weg was de nek recht gebleven. Het gezicht straalde de rust uit die Walther het had gegeven. Zelfs bij dit licht leek er nog wat leven in de huid.

Hij wreef met het puntje van zijn mouw de afdruk van vette vingers van het politoer. Hij deed dit zo geconcentreerd dat hij de voetstappen die naderden, niet hoorde.

'Daar ben ik dan,' bromde de creoolse die opdook uit de schaduwen, 'maar ik ben hier niet voor mijn plezier!'

Haar diepe stem, zwaarder nog in deze stenen ruimte, en de verontwaardiging die eruit klonk, deden Walther Haberfield natrillen als de noodklokken van Belém. Waar dit wezen zo opeens vandaan kwam kon hij evenmin begrijpen als de toon die zij tegen hem aansloeg.

'Of dacht u dat een oud mens erop zat te wachten op het eind nog eens zo'n hele godvergeten reis te maken?'

Aan gewijde stiltes had zij lak. De vrouw was stokoud en had een ongetemde bos grijs haar. Zij droeg een oude jurk, waarvan de gele zijde lelijk was verschoten.

'Ik had moeten volhouden, dat is wat ik had moeten doen.' Met grote, waterige ogen keek ze Walther aan, niet verbaasd hem hier te zien, eerder verwachtingsvol. 'Ik had tegen ze moeten zeggen: "Bekijk het, en regel eens een keer je eigen zaakjes," maar weet u, het is mijn ervaring dat ze daarmee geen genoegen nemen.'

'Wie niet?'

'De overledenen. Die hebben niks anders te doen, dus ze laten toch niet los. Maar geen van allen vragen ze zich af wat een onderneming dat voor mij is, dit hele eind hierheen te komen en straks weer terug, met benen als deze.'

Ze stak er een naar voren en tilde haar rok een eindje op, koket als een actrice op auditie. Het kniegewricht was dik, het weefsel leek rondom ontstoken en de voet vertoonde een reumatische vergroeiing. Walther vroeg zich af of de vrouw een compliment verwachtte of een diagnose.

'In dit leven is er geen gelijkheid, mijnheer, ik houd mijn hoop gevestigd op daarna. Geen mens meer om naar op te kijken, niemand die nog op een ander neerkijkt, zo ongeveer stel ik me gene zijde voor.'

Voordat hij vragen kon waarop zij doelde, dook het mensje weg. Op handen en voeten verdween zij onder de baar, tsjilpend naar het zwaluwjong, dat daar nog zenuwachtig rond hupte. Zodra zij haar arm naar het beestje uitstrekte, wipte het in de kom van haar hand.

'Zie je nou.' Zij hield het aan haar lippen en fluisterde ertegen. 'Wat het engste lijkt, is vaak je redding.'

'U blijft zo onverschillig in de aanblik van de dood,' zei Walther.

'Op mijn leeftijd raak je aan elkaar gewaagd.' De creoolse trok zich met één hand aan de kist overeind. 'De dood maakt op mij onderhand evenveel indruk als ik zo dadelijk op hem zal maken.'

Met een vinger even breekbaar bottig als het hongerige bekje streelde zij de jonge vogel en liet hem voorzichtig in de zak van haar jurk glijden, waar hij zitten bleef, glurend door een uitgescheurde naad.

Walther gebaarde naar het ruitje in de kist.

'Maar wilt u de overledene niet even zien?'

'Dat is een indiscretie die de komende dagen nog zoveel mensen zullen begaan. Heel vriendelijk bedoeld, maar nee. Stoffelijke resten zijn zo allemaal hetzelfde. Ik heb er wel een keer genoeg bekeken.'

'Maar als het niet is om hem te zien, waarom bent u dan gekomen?'

'Eigenlijk...' Zij keek de dokter aan en schatte in hoe hij zou reageren als ze hem dit ronduit zou vertellen, een arts zo aan zijn tas te zien, een man van wetenschap. 'Eigenlijk had ik gehoopt om dat van u te horen.'

'In hemelsnaam, wat komt u doen?' drong Walther aan. 'Dat hele eind. Met van die benen!'

Een tochtvlaag trok door de catacomben en speelde door haar wijduitstaande haren. Een lange krul, die voor haar ogen was gewaaid, blies zij door een mondhoek met kracht weer op zijn plek.

'U hebt iets voor me.' Zij schuifelde naderbij en wees op zijn dokterskoffer. 'Zit het daarin?'

BRAZILIË

1873–1891

Als één man het verzinnen kan,
kunnen anderen het waarmaken.

– Jules Verne,
ROND DE WERELD IN 80 DAGEN

1

In opdracht van de keizer

'De haan...'

'Vliegt.'

'De kraai...'

'Vliegt.'

'De kaketoe...'

'Vliegt.'

'De muilezel...'

'Vliegt niet.'

Dit is een spelletje dat zich nergens beter spelen liet dan op Cabangú, waar álles vloog. Elk uur van de dag was de hemel er vergeven van wezens die een manier hadden gevonden om zich te verplaatsen door de lucht. Je hoefde er maar achterover te gaan liggen of je kon je vermaken met bedrijvigheid hoog boven je.

Vogels natuurlijk, honderden soorten, waarvan de meest uitzinnige altijd Alberto's favoriet bleven, de paradijselijke, met hun wijduit staande kuiven en gekrulde snavels, meterslange staarten, extreem en stralend pronkend in bizarre kleuren, feller, bonter dan hij ze met alle krijtjes uit zijn Conté-doos ooit had kunnen natekenen.

In zwermen kwamen ze over. Strooide hij een handje maïs, dan streken ze neer zodat rondom alles vlammend, kwetterend oranje kleurde van hun gevederte, rood misschien ineens of ook wel iriserend groen. Apen slingerden zich ondertussen hang-stap-sprong door de kruinen van de bomen, slangen wierpen zich van tak tot tak, eekhoorns spreidden hun plooizakken voor een zweefduik, aan lange draden wiegden spinnen op de wind op zoek naar prooi.

In Cabangú kreeg je bepaald niet het idee dat je als levend wezen aan de grond gebakken zat.

En dan hebben we het nog niet over de insecten, waarvan de lucht zo kon

zijn vergeven dat het je duizelde van alle ronddansende schaduwen. Zijn ouders noemden het een vloek, maar Alberto Santos-Dumont bood het vliegend onrein in de eerste plaats vermaak.

'De kakkerlak...'

'Vliegt.'

'De boomkikker...'

'Vliegt.'

'De capibara...'

'Vliegt niet.'

'De alligator...'

'Vliegt niet.'

DE DUIF VLIEGT heette dit spel. De regels waren even licht en lui als de dagen die Alberto buiten doorbracht met de kinderen van het personeel.

Ze vormden een kring. In rap tempo riep ieder om de beurt de naam van een zoogdier, insect of ander levend wezen. Was het er een dat vliegen kon, dan moest je je hand opsteken, zo niet dan niet. Wie zich hierin vergiste was af.

Kortom, het was een spel van niets. Dat het hen soms langer dan een uur kon bezighouden zegt vooral iets over de zoete sleur in Cabangú. Veel meer viel er niet te doen; 's ochtends kon Alberto, het nakomertje, met zijn vader en zijn halfvolwassen broers meegaan naar de werkzaamheden en daar tot aan de avond in de brandende zon rondhangen of anders thuis in de schaduw in zijn eentje ergens gaan zitten lezen of naar het bediendenkwartier drentelen om te zien of zijn vriendje Pedro zin had om te spelen.

'De kalkoen...'
'Vliegt.'
'De piranha...'
'Vliegt niet.'
'De kameleon...'
'Vliegt niet, Jana is af!'
'Niet waar, ik heb ze zelf zien vliegen.'
'Dat is geen vliegen, dat is springen. Jij stak je vinger op, jij bent af!'
'En toch heb ik ze wel eens door de lucht zien gaan.'

‘Wat jij bedoelt zijn geen kameleons, Jana, maar salamanders. Echt, jij bent nu af, de beurt is aan Alberto.’

‘De python...’

Wat de bewoners zelf een dorp noemden, was in feite een ingedroogd vliegenpoepje op de landkaart aan de muur van het administratiekantoor in João Aires dat door een verveelde ambtenaar, die op een verregende namiddag niets beters had te doen, Cabangú was gedoopt.

Die eerste jaren stond er alleen het huis van Henrique Dumont en zijn familie en uit het zicht een tentenkamp voor de mannen die onder zijn leiding werkten aan de aanleg van de keizerlijke spoorlijn. De ontsluiting van deze ondoordringbare uithoek van Brazilië was een van de prestigeprojecten van Dom Pedro II.

Talloze grote ingenieurs dongen naar de opdracht, maar de vorst koos Alberto’s vader, die hem daarom, ook toen de keizer zelf er allang aan twijfelde of de monarchie in een land als Brazilië wel stand kon houden, altijd was blijven verdedigen.

In deze koppigheid stond zijn echtgenote, Alberto's moeder, hem bij. Haar vader, een invloedrijk conservatief politicus, was samen met koning João voor Napoleon gevlucht en onder begeleiding van Britse fregatten vanuit Porto naar de nieuwe wereld gekomen. Francisca de Paula Santos zag het keizerschap als een van de laatste twee dingen die haar nog verbonden met de Portugese adel en het moederland dat zij zelf nooit had gezien. Het andere was haar geloof. Zij poetste het op als haar majolica, omdat zij daarin, zolang het glom, haar verleden zag weerspiegeld.

Elk jaar dat hun isolement op Cabangú langer duurde richtte Alberto's moeder zich vuriger tot Christus, alsof zij bang was dat ook Hij haar anders nog ontglippen zou en achterlaten in het niets.

Samen met de arbeiders bezocht zij trouw de kerkdiensten die werden gehouden door een rondreizende priester van de jezuïetenmissie.

Na verloop van tijd wilde Dona Francisca echter ook met Hem alleen kunnen zijn. Zij sleepte de tobbes uit de wasruimte en hing daarin afbeeldingen op van de Heilige Familie, van Sint Franciscus en de Heilige Clara. Daaronder bouwde zij van de oude strijkplank en een paarse omslagdoek een klein altaar waarop zij kaarsjes brandde.

Hier bracht ze voortaan elke ochtend en avond een uur of langer in haar eentje door. Alberto hoorde haar, wanneer hij langsliep, prevelen of zingen, zoals zij gedaan had in de kerken en kloosters uit haar jeugd. Zij brandde wierook die zij besteld had bij de nonnen van Santa Clara a Velha en liet kruiken komen met water dat was gezegend door de aartsbisschop van Braga en waarin zij haar vingers wijdde voordat zij zich bekruiste.

Misschien had het huwelijk te lijden onder haar devotie, misschien ook zocht zij daarin juist houvast omdat zij de genegenheid van haar echtgenoot toch al voelde tanen. In elk geval ervoer die haar tocht naar binnen als een vlucht voor hem. Op een dag, terwijl de schalen weer eens stonden koud te worden wachtend op haar amen, draalde hij niet langer, schepte op en begon te eten.

Zij opende haar ogen, maar demonstratief kauwde hij verder.

Vanaf die dag begon hij haar geloof en bijgeloofjes, waarvan zij er nogal wat ontwikkeld had, openlijk te bespotten. Hij was een redelijk mens en weerlegde ieder argument waarmee zij de kerk verdedigde, zodat zij besloot maar helemaal te zwijgen. Sindsdien zat zij aan met een verzaligde blik, overtuigd als zij raakte dat Henrique, die luid begon te smakken zodra zij haar handen vouwde, haar was gezonden als beproeving.

Dagelijks trof Alberto zijn moeder op de veranda, waar zij haar herinneringen zat te borduren.

Tot ergernis van zijn vader, die zoiets voor een jongen ongepast vond, stond zij erop haar jongste kind dit en ander naaldwerk bij te brengen. Hij hield ervan omdat het stilte bracht, een vanzelfsprekend zwijgend samenzijn.

Zij aan zij borduurden zij totdat het wapen van iedere familie die Dona Francisca in Rio had gekend in de salon hing en alle sofakussens waren overdekt met vaandels van Porto en Coimbra. Hierop vlijde zij zich neer en las de oude verzen waarin alle tegenslagen en gevaren werden bezongen die de zonen van Lusus op hun omzwervingen hadden moeten trotseren om de nieuwe wereld te ontdekken.

Viel zij soms even stil, dan was dit, snikte zij, om die helden en hun onverschrokkenheid, om de gedachte aan wat mensen zich hier op aarde moeten getroosten omwille van het geluk van volgende generaties.

‘Die blinde hoop van ze, Betinho, die moed.’ Op een dag trok ze hem ineens tegen zich aan en snikte kort. ‘Niet weten waar het schip je brengt, niet weten wat er is voorbij die horizon, niet eens óf daar nog iets is en toch de blik vooruit weten te houden, lieve schat, die blik vooruit, dat altijd maar verder willen tegen beter weten in!’

Zo zag hij haar zitten lezen, dag in dag uit, onder de zware, donkere gewelven van het oerwoud, met in haar ogen een schittering, haar lippen proevend af en toe, geluidloos, van die woorden.

Zo afgelegen was hun eenzaamheid. Wanneer een van de kinderen zich hierover beklaagde, beweerde Henrique verongelijkt dat dit een kwestie van geduld was; dat zijn hele gezin uiteindelijk delen zou in het prestige dat hij als hoofdingenieur door dit bouwproject verkreeg. De eenvoud van het leven in de wildernis zou hun uiteindelijk aanzien brengen en fortuin, waarna zij allen – op dit punt nam hij Dona Francisquinha dan bij de hand en kuste die teder en eerbiedig zoals dat aan het hof gebeurde – de rest van hun dagen zouden leven zoals hij het zijn echtgenote bij hun huwelijk had beloofd.

Dit alles maakte het krijsen van de apen, dat alle nachten doorging, en het steken van de muggen er niet minder om.

'En de rest van de wereld?' vroeg Alberto's moeder bestraffend als hij zijn Portugees slordig sprak, 'heb je die niets te zeggen?'

Woordjes die de kinderen overnamen van het dialect van Minas werden hun onmiddellijk afgeleerd, net als de slepende tongval die zij oppikten van Guilhermina, de zwarte kindermeid. Traag sprak zij van het malen op haar kolanoten, behalve op momenten dat een van haar overleden voorouders *doorkwam*, zoals zij het noemde, en zij plots in rap gebabbel overging vol hoog geslaakt Yoruba.

Dona Francisca bleef maar altijd bang dat haar kroost, mocht de langverwachte dag aanbreken waarop zij het kon teruggeven aan de beschaving, door de beau monde zou worden uitgelachen om hun plattelandsmanieren. 'Denk niet dat aan het hof iemand je straks vragen zal "wát zegt u?" Daar draait men zich eenvoudigweg om en je bent doodverklaard!'

Zodra Alberto's vader met hem alleen was spraken zij Frans. Dit was de taal van zijn grootvader, juwelier te Parijs, klanken uit Henriques kinderdromen, echo's van verliefd gefluister in zijn studententijd.

Op zijn achttiende was Henrique Dumont naar Europa gereisd om te studeren in de Franse hoofdstad. Dit had hij ook alle drie zijn zoons gegund. De oudsten echter misten aanleg en waren inmiddels als opzieners bij hem in dienst. Zij reden elke ochtend op de draisine, een spoorfiets die met de hand moest worden aangedreven, naar het einde van de rails om er die dag weer enkele tientallen meters aan vast te klinken.

Henrique was al een eind in de veertig, bedrukt door alle zorgen en zijn werk, zodat hij het gevoel gaf dat Alberto's kinderwereld hem te vreemd was en te ver, een vermoeide moedeloosheid, die hij overwon om zijn liefde op hem over te brengen voor het verre land dat hun zo in het bloed zat.

Hij leerde zijn jongste zoon een liedje van daarginds over het plukken van een leeuwerik. De namen van Franse schrijvers en filosofen sprak hij nadrukkelijk uit alsof het edelstenen waren die hij uit een fluwelen foedraal voor hem tevoorschijn haalde. Was er in de wijde omtrek ergens een gouvernante te vinden geweest dan had hij die ingehuurd om Alberto de taal van Montesquieu, Montaigne en Molière alvast bij te brengen, maar zoals het was moest hij er zich mee tevredenstellen dat de jongen naar hem luisterde.

Over de zomer waarin hij helemaal alleen de Mont Blanc beklommen had, vertelde hij, en hij las uit een klein in groen leder gebonden werkje van Rousseau dat hij op die tocht in zijn rugzak meegedragen had. Als Alberto hierin interesse toonde gleed de zorgelijke strengheid van Henriques gezicht, zijn snor krulde op en uiteindelijk opende zijn zware baard zich voor een lach.

Op een dag arriveerde, speciaal voor Alberto, een kist met boeken uit Marseille.

Een schitterende zending was het, werken van Jules Verne, elk deel diep rood of donkerblauw gekaft met glimmend gouden opdruk, zo rijk en fantasievol, dat alleen de aanblik al tot de verbeelding sprak. Binnenin waren ze om de zoveel pagina's verluchtigd met avontuurlijke gravures.

Hoe de mist rond die verhalen optrok naarmate de Franse taal voor de jongen meer begon te leven, en hoe daaruit, steeds scherper en gedetailleerder, een hele wereld opdoemde!

‘O, maar het ís dus zo,’ zag de jongen, ‘er bestáát oneindig veel anders!’ En ook, alsof hij iets bevestigd kreeg, begon het in hem te jubelen: ‘Er is, zie je nou, zoveel meer mogelijk dan mensen je vertellen!’

‘De kleiduif...’

‘Is geen levend wezen. Telt niet: af!’

‘De kuifvogel...’

‘Vliegt.’

‘De kuifarend...’

‘Vliegt.’

‘De kuifparkiet...’

‘Ja, hè, hè!’

‘De kuifkanarie...’

Volgens Guilhermina was de lucht behalve met alles wat een mens kon zien, ook nog eens vol andersoortig leven.

‘Elke rilling die je voelt, ieder zuchtje op een windstille avond,’ lachte ze alwetend, 'dacht jij dat die zomaar uit het niets komen, Betinho?'

Ooit had zij een kind moeten begraven, een jongetje, dat was gestorven in de wieg. Sindsdien ervoer zij zoveel dat zij niet zien of verklaren kon. Overal in de natuur ontdekte zij overleden verwanten, maar het vanzelfsprekendst in wat langsfladderde in de avondschemering. Haar jongen was in die verwarring steeds haar gids.

'Zo lang hebben jullie in gevangenschap geleefd.' Zij sprak tegen wolken en vogels alsof het oude bekenden waren die even langskwamen. 'Maar nu laten jullie je door geen mens vangen!'

Het enige waarvoor gevederde geesten kennelijk een uitzondering maakten waren broodkruimels. Die strooide Guilhermina soms voor hen in het gras in de vorm van een groot hart. Dan daalde zo'n zwerm zielen op het voedsel neer en kwam het hart kort maar tsjilpend, vleugeltwinkelend tot leven, vuurrood van de tangara's, goudparkietengeel of van honderden purpersuikervogels koningsblauw.

Alberto's impuls was steevast op die betovering af te rennen, maar Guilhermina weerhield hem: 'Hoe zou jij dat vinden, Betinho, als zieltje dat eeuwig rondfladdert, – och, zo lang als sommige al in de lucht zijn, stel je toch voor! – dat je dan uitgerekend die ene keer dat je eens landt en je vleugeltjes kunt laten rusten, door een hollend kind meteen wordt opgejaagd?'

De vogels brachten, wanneer ze neerstreken, een boodschap. Hiervan was zij overtuigd. En werd die niet verstaan dan lag dat aan de levenden die niet wisten hoe ze naar een dode moesten luisteren.

'O ja!' fluisterde zij soms terwijl de broodkruimels werden opgepeuzeld, soms knikte zij of gromde van diep uit haar buik een instemmend, weldadig 'O ja!'

Op een dag vroeg Alberto haar of er tussen alle boodschappen van de voorouders wel eens een voor hem zat.

'Jóúw voorouders?'

Zij stak een hand uit ten teken dat hij haar overeind moest helpen.

'Of daar een bericht van is,' zei ze, terwijl ze het gras van haar brede onderrug en haar ronde dijen sloeg. 'Eens kijken...'

Zij plukte wat sprietjes tussen haar vingers en van onder haar nagels vandaan.

'Jouw ene opa woonde bij de keizer,' sprak zij met zwoegende boezem maar zonder de jongen aan te kijken. 'Jouw andere opa verkocht diamanten aan de koning van Parijs. Die van mij waren zelf koopwaar, in ijzeren boeien vastgeklonken in een scheepsruim om hier zonder naam te eindigen in ongewijde grond.' Zij wreef haar handpalmen langs elkaar en keek nog eens of alle aarde er wel af was. 'Nee, Betinho,' zei ze, terwijl ze zich omdraaide en weg deinde, 'ik geloof niet dat jouw grootvaders en de mijne hun berichten op eenzelfde manier rondbrengen.'

Pas toen hij Frans kon lezen en, dankzij Jules Verne, begreep hoe groot de wereld was, hoe eindeloos verscheiden, drong het tot Alberto door waarin en waarom Guilhermina anders was dan hij.

Met Verne trok hij door Afrika, ontdekte Antarctica, het bestaan van pygmeeën, navelhoog, en indianenstammen levend van de bizonjacht. Gaandeweg begreep het kind dat Cabangú op alles maar een voorbereiding was, een uitgestrekte afzondering waarin hij zich ongestoord kon voorbereiden, zich schrap zou kunnen zetten voor de rest. In de natuur van Minas kreeg

zijn fantasie ruimte en raakte hij gewend eigen conclusies te trekken, los van zijn dagelijkse werkelijkheid, een vrijheid die verrijkt werd en gevoed door de beelden en gedachten van mijnheer Verne.

'De kemphaan...'

'Vliegt.'

'De... Weet ik veel.'

'Af!'

Op een dag – iedereen was het spel onderhand moe, de meeste spelers waren afgevallen en zowat elk beest dat ademhaalt, was de revue wel gepasseerd – kreeg Alberto als laatste nog de beurt. Niemand twijfelde eraan dat het ook voor hem nu was bekeken. Een enkeling stond alvast op, twee anderen begonnen van twijgen een katapult te vlechten. Op dit moment had hij gewacht en stak zijn arm op.

Geen moment had hij getwijfeld.

Hieraan niet.

'De mens...' riep hij.

Bij nader inzien is dit misschien aan het hele verhaal wel het allervreemdste: iemand als hij, op veel gebieden zo aartsonzeker, opmerkelijk toch dat hij – en hij als enige – uitgerekend over dit ene, dit volstrekt onbestaanbare, zijn poot heeft stijf gehouden.

Meteen al toen Pedro hem wilde diskwalificeren en de andere jongens hem uitlachten, maar later ook terwijl de hele wereld hem erom voor gek verklaarde, heeft hij geen ogenblik geaarzeld.

Hij wist het.

Hij wist het gewoon.

Dit was geen verdienste, volstrekt niet. Het was nooit een keuze, geen verzet, geen dwarsigheid, niks eigenzinnigs, niet eens een overtuiging. Wat wist hij helemaal? Dat er iets stond te gebeuren, meer niet. Niet eens dat het op hém zou aankomen. Geen idee, hij dacht er niet bij na.

Dit is waarschijnlijk het geheim: denken kwam er volstrekt niet aan te pas, enkel was er altijd maar en zonder aarzeling de dringende gewaarwording dat, wat ze je ook proberen wijs te maken, dingen niet noodzakelijkerwijze zijn zoals je wordt geleerd.

Er is zoveel meer mogelijk. Altijd en op elk gebied. Wij moeten het daarom wel zonder na te denken doen, dat ene wat zij geen van allen in ons zien, dat ongekende.

Die ene keer, die geen ruimte in ons laat voor twijfel, mag een mens niet afgaan op een afweging. Anders zouden we aan wat het meest de moeite waard is nooit beginnen, ons eigen pad bijvoorbeeld of de liefde, het loskomen, de lucht.

‘De mens...’ riep hij en stak zijn arm op. ‘Vliegt!’

11

De Zwarte Kreek

Amper was de spoorlijn voltooid of het gezin Dumont trok zuidwaarts, toen Henrique als dank voor zijn diensten aan de keizer in 1879 een uitgestrekt perceel kreeg toegewezen op de vruchtbare gronden van Ribeirão Preto. Hij liet er een groot huis neerzetten, een villa zoals hij die als jongeman in Saint-Tropez ooit had gezien. Ieder van de kinderen kreeg er een eigen kamer, ruim en hoog. Een pergola bood rondom schaduw en als aan de Côte d'Azur waren de daken lichtroze, de muren witgepleisterd zodat zij overdag de zon weerkaatsten en maanlicht vingen in de nacht. Er was een breed balkon, waarop Henrique elke ochtend na ontwaken een minuut of tien verscheen, starend over het golvend groen alsof hij uitzag over de Méditerranée.

In werkelijkheid keek hij op een woestenij.

Aan weerszijden van de kreek waaraan het landgoed zijn naam dankte, breed maar ondiep water, donker van de trage rotting van de altijd langsdrijvende bladeren, duister in de schaduw van het ondoordringbaar woud, was het terrein zo immens dat het nooit in zijn geheel is opgemeten. Een ondoordringbare wildernis was het die diende te worden gekapt, afgebrand en omgevormd.

Zodra alle vegetatie was platgelegd en afgevoerd, werd de aarde ontdaan van oude wortels. De toekomstige akkers moesten volledig worden uitgespit, geëgaliseerd en voorzien van irrigatiekanalen om uiteindelijk plaats te bieden aan de koffieplanten. Hiervan bestelde Henrique er vijf miljoen, die als stekjes werden aangeleverd en met de hand werden gepoot.

Tegelijkertijd werden overal grote bouwwerkzaamheden uitgevoerd om straks de bonen te kunnen opslaan, drogen en verwerken. Enkele kleine dorpen verrezen waarin de voormannen met hun werklui konden worden ondergebracht, want veel mensen, jong en oud, trokken in de hoop op werk naar Ribeirão Preto, volledige families soms, vanuit de wijde omgeving tot Itajubá en Guaxupé aan toe. Om die monden te kunnen voeden werden uitgestrekte weiden aangelegd voor alle vee, grote akkers werden ingezaaid met graan.

Alberto's broers legden, onder supervisie van hun vader, ook hier een ijzeren spoorweg aan. Zestig mijl zou dit privétraject uiteindelijk beslaan, compleet met bruggen over de kreek en enkele valleien. De treinen dienden niet alleen om de af- en aanvoer van de oogst eenvoudiger te maken, maar ook om overzicht te kunnen houden over de onafzienbare terreinen.

De valkuilen van Dumonts koffieonderneming waren duizelingwekkend, de moeilijkheden eindeloos, maar nooit had Alberto zijn vader meer in zijn element gezien. Architectuur, spoorbouw, waterbouw, al zijn vaardigheden kon hij erin kwijt, zijn technisch inzicht, zijn drang tot ondernemen en zijn avonturierszin. Hij genoot van zijn eigen vindingrijkheid en straalde in die jaren alsof hij zich in dit leven door niets of niemand nog uit het veld zou laten slaan.

Welke risico's hij met zijn gezin genomen heeft, zowel fysiek als financieel, welke gevolgen het voor de toekomst van zijn kinderen had kunnen hebben, werd pas later duidelijk. Maar problemen leken Henrique Dumont nu eenmaal te prikkelen, tegenslagen spoorden hem aan, want in zijn hart bleef hij een avonturier, dezelfde die ooit wand na wand en zonder gids of drager de Mont Blanc bedwongen had.

Door een rots of een ravijn hoeft een mens zich niet te laten tegenhouden. Een woud kun je ploegen, een bron kun je slaan. De wereld aanpassen aan jou, niet andersom. Zo heeft Alberto dat om zich heen gezien, zo heeft hij dat gedaan.

Zijn moeder leefde in Ribeirão Preto op als een koffiestruik kort voor zijn laatste bloei.

Als jonge vrouw in Rio had Dona Francisca de Paula Santos geglorieerd op de partijen aan het hof van de Bragança's en Henrique, die zij daar ontmoette, ondeugend, ondernemend, leek de prins die daarbij paste. Toen hij na hun verhuizing naar het binnenland in zichzelf was gekeerd, had zij dit niet aan zijn zware werk en hun afzondering geweten; zichzelf verweet zij het.

Iedere poging die zij deed om zijn problemen aan te kaarten, was op ruzie uitgelopen. Het was alsof zij ergens in tekortschoot en zij kon maar nooit bedenken wat dat was. Zoals de tropische wildernis alle leven uiteindelijk verteert, had die ook haar liefde aangevreten en verziekt.

Zij verlangde naar hun eerste jaren, waarin hij haar nog liefkozend *Chiquinha* had genoemd, maar hoe meer zij probeerde de romantiek van die tijd in hun huwelijk terug te brengen, hoe meer zij hem hiermee ergerde. Het herinnerde hem er enkel aan dat zij iets van hem vroeg dat hij haar niet meer geven kon.

Toen Henrique bij de dochter van een van de inlandse stamhoofden een schoot vond waarin hij zich zonder verplichting kon verliezen, besloot zijn echtgenote terrein terug te winnen op de rotting.

Buiten liep de Zwarte Kreek, maar binnenskamers bakende Dona Francisca het leven af zoals zij het aankon. Met eenzelfde voortvarendheid als die waarmee haar man zijn bezittingen ontwikkelde, herschiep zij in het hart daarvan, achter de luiken van hun huis, iets van de grandeur waaraan zij als kind gewend was geweest.

In de jaren waarin haar familiekapitaal gebruikt was om Henriques onderneming draaiende te houden, had zij met geen woord geklaagd, maar nu er winst van kwam, schroomde zij niet het restant van haar eigen fondsen aan te spreken. Vanuit de Oude Wereld arriveerde Portugees antiek uit de barokke hoogtijdagen, waaronder een hoge notenhouten linnenkast, twee gedraaide, met engelen rijk versierde zuilen en enkele tafels op leeuwenklauwen. De badkamers, de keuken en de wasserij voorzag zij tot en met een zeepmachientje van de allerlaatste snufjes. Het huispersoneel kreeg apparaten waarmee ze in een tobbe alle linnengoed konden draaien, spoelen en mangelen zodat ze de was niet langer aan de kreek hoefden te doen.

In de *Miroir de Paris* en het *Journal des Dames*, waarop Henrique haar geabonneerd had, deed zij ideeën op. Kleding liet zij uit Frankrijk overkomen, evenals zijde en trijp voor de meubels en draperieën, maar haar beddenlakens en tafelkleden betrok zij van een kleine weverij in de Douro.

'Ik zeg het je rechtstreeks uit de mond van je voorouders, Alberto,' verklaarde zij met haar hand op het hart, 'zo helpe mij God almachtig: al sinds Camões, die het in de *Lusíadas* bezingt, wordt nergens fijner damast bewerkt dan daar!'

In het tweede jaar begon Alberto's vader zo'n winst te maken dat hij zeven zware locomotieven aanschafte. Kranten in Rio en São Paulo noemden hem de

Koffiekoning, een titel die overzeese groothandels en importeurs lokte, waardoor zijn plantage in korte tijd uitgroeide tot de grootste van Zuid-Amerika.

Met dit succes kwamen de gouverneurs en gouvernantes. Ieder van de kinderen, zelfs de oudsten die liever aan trouwen dachten, kregen les in een heus schoollokaal volgens een rigoureus regime met als doel de achterstand in te halen die zij op Cabangú hadden opgelopen.

Voor Alberto arriveerde uit La Rochelle het echtpaar De Saint-Pompon, want zijn vader hield zijn Franse hoop op zijn jongste zoon gevestigd.

Gele koorts was in die jaren, naast het keizerschap, het enige waar Brazilië wereldwijd bekend om stond. In Europa heerste het idee dat plantages in de Nieuwe Wereld desolate eindstations waren, verloren in de uitzichtloze uitgestrektheid van de pampa, even onbekend met paard en wagen als met telefonie en elektriek.

De Pompons, zoals de kinderen hen noemden, of om ze uit elkaar te houden ook wel Pompon en Pomponette, hadden zich dus op het allerergste voorbereid.

In hun bagage droegen zij een klein servies van Limoges-porselein om hun water niet zoals de wilden met de hand uit de kreek te hoeven scheppen en behalve een jaarvoorziening maag- en vlugzout voor haar nerveus gestel, had madame een eigen kookpan bij zich en een jagersmes voor het geval van haar verwacht werd dat zij haar eigen avondmaal zou vangen, villen en bereiden.

Monsieur De Saint-Pompon was een beweeglijke man, lang, mager, enigszins verlopen. Dit voorkomen, dat niet viel te wijten aan de verre reis, zoals de kinderen aanvankelijk dachten, werd versterkt door een lange, wijde jas, veel te warm voor deze contreien, die hij altijd is blijven dragen en waarop meer zakken zaten genaaid dan Alberto op enig kleding stuk ooit zag, ieder daarvan volgepropt met boekjes, briefjes en schriften, zegellak en pennen, pennenmesjes, potloden, grafietstiften en een doezelaar, een liniaal of twee, een rolletje waspit met een tondel, een serie stempels met een stempelkussen, een bril, een vergrootglas en nog tientallen kleinere onnodigheden die er in de loop van de jaren uit tevoorschijn kwamen.

Bij dit alles bezat hij een vrolijke goedmoedigheid, die hij soms probeerde te laten varen omdat strengheid meer aanzien afdwong. Dit hield hij slecht vol en hij verzonk altijd weer snel in een zorgeloze afwezigheid.

Zijn vrouw vulde hem goed aan, qua vorm, mollig en ferm, maar ook in die zin dat zij haar eigen zorgelijkheid dodelijk ernstig nam. Voortaan ontfermde zij zich buiten schooltijd over Alberto, dit tot grote ergernis van Guilhermina, die hem vanaf zijn luiertijd altijd naar ieders tevredenheid verzorgd had als haar eigen kind.

Op opgewektheid liet madame De Saint-Pompon zich zelden betrappen. Haar enige frivoliteit waren drie paar witlederen gespschoentjes, meer voor Parijs geschikt dan voor de rotting van de kreek. In gezelschap hield zij zich als een angstig kind aan monsieurs arm vast. Zij leek zich tegen het leven schrap te zetten, waardoor zij elk woord afmat en iedere beweging maakte als een infanterist tijdens een veldtraining, zuinig op haar laatste ademtocht.

De Pompons leken aangenaam verrast dat de Dumonts geen ongetemde natuurwezens waren. Zij waren ver van de wereld, dat is waar, maar vormden in hun afzondering een universum. Hoe ver Ribeirão Preto ook van São Paulo lag en hoe weinig São Paulo ook nog afstond van Europese steden, binnen de muren van hun huis werd geleefd als stond het aan een van de lommerrijke lanen van de Chiado.

Toen monsieur en madame De Saint-Pompon voor het eerst het lesgebouw betraden, zaten de kinderen opgesteld tussen wanden bekleed met chintz uit Alcobaça. Op de lestafel lagen encyclopedieën, de complete filosofenreeks en geschiedbeschrijvingen van het oude Rome tot en met de Derde Republiek. Er stond een nieuwe wereldbol met daarop de actuele wereldorde en de nieuwste nederzettingen aan de Westkust van Noord-Amerika. Van sommige had monsieur De Saint-Pompon nog niet eens gehoord. Het merendeel van zijn kennis gold namelijk de Franse toneelschrijfkunst, waaraan hij bij alle vakken, zelfs rekenkunde, wist te refereren. Zaken waarvan hij weinig wist wuifde hij weg met een groot gebaar dat Montfleury niet had misstaan.

Aan de stilte heeft madame De Saint-Pompon nooit kunnen wennen omdat zij die in zichzelf niet kon vinden. Zij bleef maar rondbazuinen wat een vergissing zij begaan had door te komen, want zij kon zich in haar overtuigingen vastbijten als een piranha aan de weke delen van een onoplettende bader.

Zij miste haar vriendinnen en familie alsof het belang van haar dagen van hen afhing, alsof die niet waren geleefd nu zij ze niet, zoals thuis, aan hen kon navertellen, alsof zij zelf niet heus bestond zolang zij zichzelf niet door andermans ogen zien kon. Zij kende vele sombere periodes, waar haar echtgenoot, met de panache van een acteur voor matineepubliek, haar telkens weer doorheen trachtte te slepen.

Pomponette herkende Alberto's verlegenheid. Zij weet die aan het eenzame, wereldvreemde plantageleven en zij uitte haar zorg om de afstand die de kinderen hadden tot het sociale leven, om het daar volledig op zichzelf aangewezen zijn. Zij zag het ongemak van de jongen ten overstaan van vreemden, zijn overgevoeligheid voor indrukken, zijn verwarring in grote gezelschappen.

Het is waar, Alberto was slecht geschikt voor menselijke omgang, in die zin had Pomponette gelijk, maar het is een vergissing te denken dat een mens midden in het leven moet staan om ervan te kunnen genieten. Sommigen beleven er gewoon meer plezier aan van een afstandje.

Lang hebben Alberto's ouders de einder van hun ambities afgespeurd, zijn vader verlangend naar Parijs, zijn moeder naar Lissabon. De een zocht naar vernieuwing, de ander in haar herinnering, maar ieder wist zijn verlangen vorm te geven.

Alles valt te herscheppen, gaven zij hem mee. Neem de wereld niet zoals hij is, maar bewerk hem tot wat hij zou moeten zijn.

Zo leerde het kind zien dat met vernuft en wilskracht het ontoegankelijke begaanbaar kan worden gemaakt. Zoals Minas door de keizer van Brazilië werd ontsloten, vormde zijn vader de woekerende jungle tot koffievelden om en herleefde in zijn moeders salons het oude Portugal. Binnen de wereld zoals die is schiepen zijn ouders een draaglijker bestaan. In de verte tuurden zij, vóór zich of achter zich, naar een vorig halfrond, een volgende eeuw, een andere keerkring, een nieuwe tijd, een oude breedtegraad. Altijd echter keken zij op eigen hoogte, turend naar de horizon.

Alberto heeft de einder nooit getrokken.

Hij lag liever op zijn rug en keek omhoog.

III

Sporen in de wildernis

Locomotieven zweefden door de lucht. Over Alberto heen gleden ze, gietijzer en koper blinkend, aan de zon voorbij. De schaduwen die zij wierpen waren zo groot als een huis.

Door twee kranen werden de gevaarten van het ponton getild, een voor een, en langzaam neergelaten, zwevend eerst boven de rails, de laatste centimeters zacht door mensenhand geleid. Die zware, brede wielen, met mansdikke spaken; die alleen al tweemaal zo hoog als hijzelf!

De machinisten, nog onervaren, die zich op de treeplank hesen en de ijzeren monsters beklommen, onwennig met hun weerbarstig materieel, morrend aan de stoomschuif, rukkend aan de handels, zoekend naar de werking van de kleppen en de sluiters. Het vullen ondertussen van de waterreservoirs, het storten van een eerste lading kolen, per machine dertig mud, op hopen bijeengeschoffeld in de losse bak achter de stuurcabine. Het scheppen van de kolen in de oven, ontbranden daar, aansteken en oppoken, de terugslag van het sluiten en vergrendelen van de deur, het langzaamaan op spanning komen van de wijzers in de meters onder opbouw van de stoom, rillend, trillend nu de koperen pakking, gloeiend, en de stuwers en de klemmen van de ketels en de kop, het sissen van cilinders en de zuigers en de sluizen en de stoomschuif en de schroef, schrapend slijpen, schurend slepend ritme van drijfstang, kruk en balg.

Vanaf de dag waarop ze aankwamen volgde Alberto met grote ogen de *locomobielen*, zoals zijn vader ze noemde. Na een week mocht hij een keer mee in de cabine en op schoot maakte hij een rit over de plantage.

Op zijn zesde kende hij alle onderdelen. Moest er een worden vervangen dan liet men het kind soms voor de grap de machinerie nalopen om de zwakke schakel aan te wijzen. Was er geen gevaar dan mocht hij helpen demonteren en in de smederij het herstel van breuken zien, het toesmelten van haarscheuren, het effenen van bramen.

Een jaar later was hij met de stoommachines zo vertrouwd dat hij een keer, nog onder toezicht, een van de treinen eigenhandig mocht besturen. Iedereen nam aan dat dit een fase was, een kinderspel dat wel zou overwaaien met de onschuld.

Henrique was erg blij met Alberto's interesse voor techniek. Hij begreep maar niet waarom zijn jongste weigerde naar hem te aarden en bleef de jongen vragen waarom hij toch nooit mee uit jagen wilde, geen belang toonde in worstelen of rouwdouwen en daarvan eerder weerzin had, waarom hij toch voor de hanengevechten niet te porren was of voor het bijeendrijven en met de lasso's vangen van de stieren.

De waarheid was dat het kind de pijn van andere levende wezens voelen kon, maar dit hield Alberto wijselijk voor zich.

Aan het luidmannelijk gezelschap van zijn vader en zijn broers had hij geen enkele behoefte, zoals hij dat ook later nooit bij anderen heeft gezocht. Hij was nu eenmaal gelukkiger met boeken of de rust van machinale regelmaat. Dat laatste vond hij in het ritme van de messen bij het pellen van de bonen, maar ook in het schieten van de spoelen op Guilhermina's weefgetouw.

'Misschien is het tijd om daar eens mee stoppen,' beet Henrique zijn zoon op een dag toe toen hij hem aantrof terwijl hij zat te weven.

Alberto legde uit dat de schering en de inslag, het regelmatig pompen van de schachten en de hevels eenzelfde werking op hem hadden als het ritme van vliegwiel, zuiger en cilinder; dat de techniek van rijging en binding hem niet anders verwonderde dan die van dampspanning en stoomexpansie.

Uiteindelijk moest zijn vader zich erbij neerleggen dat zijn jongste niet op zijn broers zou gaan lijken en wierp hij zich op de enige fascinatie die zij deelden: mechanica werd hun verbond.

Nu het Henrique voor de wind ging, investeerde hij steeds in de nieuwste vindingen. De oogst werd door hem zo volledig geautomatiseerd dat de koffiebessen van pluk tot verscheping niet meer door mensenhanden werden aangeraakt.

In deze speeltuin van mechanica, orde tussen het ontembaar groen, met al zijn leven en beweging, bracht Alberto vele dagen zoet van het vroege ochtenduur waarop de bonen vers van het veld werden aangevoerd tot de late avond als ze vertrokken naar de boot.

Rood als kersen kwamen ze aan, verse, harde bessen door wagons het centrale plein van Ribeirão Preto opgereden. Middels grote trechters werden ze daar verdeeld over een batterij bassins waarin het water onophoudelijk vers en in beweging werd gehouden. Een wild bruisende stroom reinigde de lading van modder en ongedierte en spoelde gruis en kiezels weg. Door brede netten, waarin twijgjes en blaadjes achterbleven, werden de vruchten uit deze baden opgevist en gezeefd.

Een waterval, bloedrood van de in het zonlicht glimmend natte purperschillen, voerde de smetteloze bessen vervolgens naar de *despulpador*, een machine die ze kneust en openbreekt, om de twee bonen die zich in iedere bes bevinden uit de stugge pulp te bevrijden.

Van hieraf werd het proces delicater, omdat zonder schild het vruchtvlees kwetsbaar is als een hart zou zijn buiten de borstkas.

Rollend vervolgden zij hun weg door lange, schuin aflopende buizen waarin ze door hete lucht werden geroteerd tot de warmte ze volledig had gedroogd. Aan het eind van dit traject werden ze door een bakjeslift voorzichtig opgeschept en naar een volgend gebouw getild, waar ze opnieuw werden gezeefd, dan door een lift nog eens omhooggevoerd om van grote hoogte in de *descascador* te worden geworpen, de machine die de bonen van hun vlies ontdoet. Dit bleef het meest nauwkeurige werkje: was de ruimte tussen de messen en de boon te ruim, bleven ze ongepeld, was deze te nauw, dan braken ze.

De naakte bonen werden door een grote, taps toelopende koperen buis gevoerd die ze op formaat en kwaliteit sorteerde, van de goedkope kleinere tot de fijnste ronde mocca's. Soort voor soort werden zij ten slotte gewogen en via fijne trechters in jutezakken opgevangen, die eenmaal gevuld volledig automatisch werden dichtgestikt.

Reisklare balen werden voorzien van de juiste labels en op een lopende band naar de wagons geleid die, zodra een trein was volgeladen, vertrok naar het overslagstation vanwaar de koffie naar de wachtende schepen werd gereden.

Iedere machine kende Alberto op den duur. Zag hij dat ergens iets dreigde vast te lopen, dan herstelde hij een mankement zonder er een opziener bij te roepen. Herstel was het vaakst nodig bij de zeefbakken. Die liepen telkens spaak, soms wel twee-, driemaal in de week. Dit waren, viel hem op, in het hele proces de enige machines die niet roteerden maar een zijwaartse beweging maakten, aangedreven door een hefboom.

Omdat hem dit, klein als hij was, een zwakte leek, verraste hij zijn vader op diens verjaardag met een tekening van een zeefmachine die door wieltjes en raderen kon worden aangedreven.

Henrique nam zijn cadeau goedgunstig in ontvangst zoals elke ouder een kindertekening aanpakt, met overdreven lof. Toen wierp hij een tweede blik, bestudeerde het werk, liet het papier zakken en keek zijn zoon eens aan, studeerde verder, knikte instemmend, zei niets maar sloeg Alberto, zoals hij deed bij vrienden, op de schouder.

Henrique gaf zijn ingenieurs opdracht deze machine te bouwen, waarvan de zeven inderdaad wekenlang in beweging bleven zonder enig onderhoud.

Op zijn twaalfde verjaardag was ieders vertrouwen in Alberto's mechanisch inzicht sterk genoeg om hem tot machinist te maken. Tot algeheel vermaak kreeg hij een leren stokersschoot in zijn tenger maatje en een heuse machinistenpet die hem over de oren schoot.

Zijn eerste onbegeleide rit maakte hij op de Baldwin, de grootste van de locomotieven, onder veel bekijks en onophoudelijke schietgebedjes van zijn moeder. Maar na afloop vertrouwde zelfs zij erop dat hij wist wat hij deed, waarna de jongen, wanneer een machinist door oerwoudkoorts geveld op bed lag, in mocht springen.

Aan het roer te staan, jezelf wegvoeren en zelf bepalen met welke snelheid, steeds sneller bij iedereen vandaan... Het leven te sturen waarheen je het zelf wilt hebben!

Een enkele keer, op trajecten waar geen mens hem zag, verliet Alberto vol op stoom zijn post, hees zich op het stalen voorgewelf en klauterde boven op het voortdenderend gevaarte. Daar zocht hij zijn evenwicht, kwam overeind totdat het hem lukte om rechtop te staan... Vochtigwarm de lucht, brekend op zijn lichaam. Die tegendruk was soms zo sterk dat de jongen er, voorover-hellend, tegen leunen kon. Soms wankelde hij wel, maar herstelde zich dan en hield toch stand.

Je kunt je bij de minste weerstand omver laten blazen of je erdoor op laten tillen.

Als een schip de golven doorkliefde hij de lucht. Hij sloot zijn ogen, spreidde zijn armen zo wijd hij kon en liet ze vechten, rusten, vechten met de wapperende wind.

IV

Wonderreizen

Buiten machinerie, boeken binnen. Dit was zijn andere geluk. Het woonhuis aan de Zwarte Kreek was er vol van. Vanaf zes uur, zonsondergang, bracht Alberto zijn avonden lezend door.

Zijn ouders, die erin moesten berusten dat hij niet als andere kinderen was, probeerden hem hierin te sturen: arriveerde een nieuw deel uit de reeks heiligenlevens dan liet Dona Francisca dit zo nonchalant mogelijk in zijn buurt slingeren. Henrique zag hem vooral graag met technische handboeken en gaf hem op een dag zijn oude syllabi van de *École Centrale des* Arts *et Métiers*.

Het zure papier, waarvan hij nooit afstand had kunnen doen, had onder de tropen evenzeer geleden als hijzelf. Het vocht had ze broos en schimmelig gemaakt, maar zijn vader bleef bemoedigend glimlachen, ook wanneer bij het omslaan van de pagina's de hoeken onder Alberto's vingers verpulverden.

Niets las hij liever dan de *Buitengewone reizen* van Jules Verne. Vanaf het moment dat hij de delen uit het zachte blauwe pakpapier had mogen halen, hing rond die verhalen een magie die daarna door geen enkel werk meer is geëvenaard. Elke dag nam hij ze ter hand, las en herlas. Telkens weer droomde hij weg boven de pagina's terwijl hij de wereld begon te zien zoals Verne hem die voorhield.

In het begin, toen zijn kennis van de Franse taal nog ontoereikend was, had hij zich verloren in de tekeningen, desolate, gruwgrimmige landschappen waar hij moeiteloos in opging, mee met de getekende figuren, rillend tussen de bergen van ijs, op de vlucht voor de vlammen op de archipel, vol verwondering glijdend door grotten van kristal. Hij zweette, zoekend naar de goudaders van Yukon, en poetste de koperen wijzers en de knoppen op het instrumentarium van de Nautilus totdat die ervan glommen.

Hij geloofde gretig wat hem werd verteld, een eigenschap waarvan zijn broers en zussen vaak en graag hilarisch misbruik maakten.

'Voorzichtig met hem!' waarschuwde Guilhermina hen. 'Het is een glazen kind!'

Wanneer zij zelf zong kreeg zij hem altijd aan het lachen of huilen, en spookverhalen kon je hem echt beter niet vertellen, want hij leed onder de gevoelens en emoties van een ander. Tegen die van hemzelf had hij trouwens evenmin verweer.

Hij vluchtte in de Franse teksten, die hij zo aandachtig bestudeerde als Professor Lidenbrock de runen die hem de weg naar het middelpunt van de aarde wezen. Zoals hij in de slapende vulkaan, verzonk Alberto in Vernes verhalen, gebiologeerd door het onbekende, getrokken door het nog door geen mens verkende. Bedwelmd door alle spanning kon hij uren achtereen ondergedompeld blijven in die meest verbijsterende werelden vol van ongehoorde gevaren en ontdekkingen om uiteindelijk, soms pas na middernacht wanneer zijn lamp tot op het kousje opgebrand was en iedereen allang naar bed, met een schok uit de granieten krochten van zijn fantasie te worden opgerispt als Lidenbrock door de Stromboli.

Hoeveel hij ook later in zijn leven nog gereisd heeft, nooit heeft hij zoveel mijlen afgelegd als in zijn stoel onder de leeslamp waar hij elke avond kon inschepen op de Abraham Lincoln, de Nautilus of de drijvende stad van de Great Eastern. Met Lord Glenarvan navigeerde hij de Duncan, met kapitein Hatteras de Voorwaarts. Met Dolly Branican zocht hij naar de Franklin, op zoek naar de Britannia speurde hij de 37ste breedtegraad af. Hij raakte vast in het ijs op de Jeune-Hardie en op de Jangada bevoer hij de Amazone.

Vrijheid, begreep hij, lag binnen ieders handbereik. Als het je ergens niet beviel hoefde je niet toe te geven aan je heimwee, je kon ook de ketels op stoom brengen en uitvaren!

Daar was moed voor nodig en ondernemingslust, kennis en voldoende optimisme om alle bezwaren te pareren van de doemdenkers, waarvan er in elk boek wel eentje rondliep, die angstvallig vasthield aan het oude en van het nieuwe enkel onheil en gevaar verwachtte.

Meer dan de bodem van de zee, ijsgewelven onder de pool of al het goud van Klondike, meer dan het gloeiende hart van onze planeet of de achterzijde van de maan, meer dan verre volkeren en onontdekte gebieden fascineerde hem de techniek die zijn helden daarheen bracht.

Hem interesseerde, net als op de plantage, de werking van al die moderne vindingen, de technische gegevens en exacte constructie van onderzeeërs, de natuurkundige uitleg van de duizelingwekkende vaart die capsules konden bereiken en de luchtdruk die de bemanning binnenin in leven hield. Hij wilde leren over de bouw van gigantisch graafgereedschap en hittebestendige schilden, van machinekamers en lanceringsplatforms, over de samenstelling van de aandrijfstoffen, het waterstofgas, stoomkracht en elektriciteit.

Wat de jongen las oogde niet zo heel anders dan de technische informatie in zijn vaders syllabi en zo nam hij de verhalen ook tot zich.

Duizelingwekkend, de mogelijkheden die zich voor zijn geestesoog openden terwijl hij kennisnam van de nieuwste mogelijkheden van zijn tijd. Hij wist niet beter of Jules Verne was een wetenschapper van het eerste uur, een technicus, natuurkundige, geoloog én geograaf, mechanicus, begenadigd uitvinder, die gaande vermakelijke verhalen zakelijk verslag deed van de allernieuwste ondernemingen en vondsten.

Hij had geen reden om te denken dat de auteur misschien slechts een visionair was, een fantast of erger, weinig meer dan een romanschrijver. Integendeel, zijn werken waren stuk voor stuk gedrukt en uitgegeven in Parijs, volgens Henrique Dumont het wereldcentrum van alle kennis. Zijn zoon nam de technische en wetenschappelijke beschrijvingen van Verne aan als waren ze verspreid door de *École Centrale des Arts et Métiers* en onderdeel van zijn curriculum.

Wat heeft een boek voor nut als het je niet een betere versie van de werkelijkheid voorspiegelt? De waarheid kende hij al. Die was hem te alledaags, te weinig ongerijmd en zo voorspelbaar dat het hem onmogelijk kon boeien. Waarom zou hij moeten lezen over iets dat hij zich toch al goed kan voorstellen? Wat hij met eigen ogen overal kon waarnemen hoefde hij toch niet ook nog eens verwoord te zien?

Er bestaan mensen die zich niet in een roman kunnen verliezen omdat daarin gespeeld wordt met de feiten. Fantasie maakt hen onzeker, zij vinden houvast in wat zij al kennen en wanen zich misleid zodra iets onbestaanbaar lijkt. Zij wantrouwen alles wat ze zelf nog niet hebben ervaren en willen iets dat voor ze werd verzonnen nauwelijks geloven.

Aan deze tekortkoming leed Alberto zeker niet.

Als iets zijn begrip tartte, begon het voor hem interessant te worden. Zodra iets het mogelijke voorbijging, hechtte hij er pas geloof aan. Het simpele feit dat iemand iets had kunnen verzinnen, maakte het in zijn ogen al mogelijk. In gedachten bleek het haalbaar, waarom dan niet daarbuiten ook? Dan begon hij de kans van slagen te berekenen, tegenvallers en gevaren, probeerde hij obstakels te voorzien opdat die overwonnen konden worden. Hoe meer het er waren, hoe liever het hem was, want dit overpeinzen leidde hem bij de werkelijke wereld en zijn droefenis vandaan.

Tussen die ongehoorde technische ontwikkelingen, waarvan niemand aan Alberto vertelde dat ze maar verzonnen waren, bood Jules Verne zijn jongenshart, dat leek te pompen op het ritme van diens zinnen, nog een ander inzicht.

Meer dan zijn zeereizen trokken hem de luchtschepen en ballonnen die door tal van de verhalen zweefden: met Cyrus Smith liet hij zich op de wind meevoeren naar het verloren eiland in de Zuidzee; met Servadac koloniseerde hij een komeet, de maan rondde hij met Barbicane; met Doctor Samuel Ferguson steeg hij op in de Victoria om vanuit de lucht de Nijlbronnen te zoeken die Burton en Speke over land niet hadden weten te vinden.

Na alle horizontale verlangens van zijn ouders, zijn vaders ambitie en zijn moeders heimwee, boden deze helden hem een heel nieuw, grenzeloos verlangen: zij wilden altijd maar omhoog. Sterker: ze gingen!

Hoogmoed noemde Pompon het verlangen van de mens om te kunnen vliegen. Hij citeerde de regels die Racine aan Icarus en zijn vader wijdde en beschreef hun val in de woorden van Euripides.

Hij hoopte de jongen met beide benen op de grond te houden, maar op een geest als de zijne werkte zoiets averechts. Te weten dat anderen vóór hem diezelfde uitdaging hadden gevoeld! Hoe meer namen zijn leermeester in stelling bracht van lui die in de loop der eeuwen waren neergestort, hoe meer Alberto dacht: kan zijn, maar tot die tijd waren ze toch in elk geval een paar tellen niet op aarde.

Mannen die het niet bij alleen dromen laten! Hij vond ze zoveel stoerder dan zijn broers. De dwazen met hun jassen als zeilen, hun aangeplakte veren en hun met hete lucht gevulde varkensblazen, hem dienden ze eerder tot voorbeeld. Hij was een jongen nog, op zoek naar anderen zoals hij. Hoe ze het ervan afbrachten interesseerde hem geen zier, maar dát ze het durfden. Hij voelde zich door hen begrepen. Die kerels geloofden zo in het onmogelijke dat ze ernaar handelden. Hoop houden tegen beter weten in, bestaat er aan een mens iets aantrekkelijker dan dat? De zinnigste van alle dwaasheden!

Dát vond Alberto pas mannelijk, niet op de manier waarop zijn broers met hun ontblote bovenlijven in de weer waren, altijd met elkaar en andere jongemannen worstelend, schreeuwend, joelend; zijn broers die zich er elke dag op lieten voorstaan hoe flink ze wel niet waren, potig, altijd strijdbaar stoeiend en vechtlustig en zoveel steviger dan hij. Hem plaagden ze omdat hij lag te lezen of te staren. Zij hadden elkaar en hebben nooit geleerd dat een mens ook in zichzelf op avontuur kan gaan.

Zijn helden waren viriel op een manier die het samenzijn met anderen overstijgt, de anderen óntstijgt, een kracht die in stilte rijpt totdat het erop aankomt, manhaftig niet om aan elkaar iets te bewijzen of aan anderen, maar uitsluitend aan jezelf; een dynastie van eenlingen, die ondanks alle hoon een paar vleugels aangespten en daarmee wat heen en weer wapperden.

V

De wolkenvangers

De mannen over wie Alberto las tilden hem uit boven de Zwarte Kreek. Daar zaten zijn ouders steeds vaker in verbeten stilte. Spraken zij nog aan tafel, dan werd oud zeer in kort afgemeten mootjes gloeiend opgediend.

Niemand bleef langer binnenshuis dan voor de maaltijd strikt nodig was. Zodra iedereen zijn kruisje had geslagen liep het huis, dat Dona Francisca geprobeerd had om haar gezin heen te bouwen, leeg. De rest van de dag dwaalde zij er in haar eentje doorheen, altijd lichtelijk verbaasd, leek het, doelloos draaiend als een kip wier eieren onder haar vandaan geraapt zijn. Af en toe plukte zij een pluis van een gordijn of herschikte enkele bloemen in de vaas, alsof dat was wat er aan haar nest mankeerde.

Alberto vluchtte voor haar verdriet amper anders dan zijn vader, die nu vaak ook de nachten niet meer thuis doorbracht. Zijn broers en zusters hadden hun vriendjes, vriendinnen of verloofdes, hij zijn boeken om in weg te kruipen. Al doende ontleende hij begrip van luchtstromen en aerostatica aan Verne. Zo ook zijn kennis over luchtdruk, over waterstofgas en dat de moleculaire dichtheid binnen in een ballon verschilt van die daarbuiten. Dit werd zijn manier om de schaduwen van zijn ouders' onvrede te mijden.

Voor zijn dertiende verjaardag gaf Henrique hem een open rekening bij Garnier, zijn vaste boekhandel in Rio, zodat Alberto een hele verzameling begon aan te leggen over zijn helden.

Hij bewonderde uitvinders als Archytas van Tarente, Plato's vriend, die in de vierde eeuw voor Christus een mechanische duif knutselde die een korte vlucht kon maken. Met open mond bekeek hij de vliegende machines die Roger Bacon, Doctor Mirabilis, ontwierp in Oxford. Hij probeerde de vliegmethodes te doorgronden die John Wilkins, zwager van Oliver Cromwell, beschreef in zijn *Mathematical Magick*, las Borelli's theorie over de werking van vleugels en Leonardo's studie naar de principes van de vogelvlucht.

 Maar het meest hield hij van de mannen die het niet lieten bij het maken van een tekening, die van hun traktaten vleugels vouwden om ze uit te kunnen slaan, degenen die de sprong vanuit hun hoofd durfden te maken en hun lichaam aan de wind hebben gevoerd, de vogelmannen, of zoals Pompon ze schamperend noemde 'vogelbreinen', Eilmer van Malmesbury, die in de elfde eeuw tweehonderd meter in de lucht bleef voordat hij allebei zijn benen brak, of Giovanni Battista Danti, die voordat hij in het meer van Trasimeno plonsde een heel eind door de straten van Perugia vloog.

Dona Francisca hield ervan Alberto lezend aan te treffen. Vaak kwam ze dan bij hem zitten met haar missaaltje en vonden moeder en zoon elkaar in de synchronie van een armgebaar, beiden wuivend in gedachten om de motten te verjagen die zich lieten lokken door het lamplicht op hun verlichte pagina's.

Zijn interesse in de luchtvaarders leek haar te behoren tot dat terrein waar mannen de dienst uitmaakten en dat zij evenmin betrad als de fabriekshallen of de plantage. Mechanica was iets van haar echtgenoot. Machinerie hoorde bij zijn wereld van maîtresses en andere mannenzaken, waarvan ze zo'n pijn had.

Gesprekken zoals Henrique die met Alberto voerde over de nieuwste Britse stoomtechniek of de werking van de elektriciteitscentrale die in gebruik was genomen in Manhattan, kon zij niet voeren. Henriques enthousiasme over Alberto's ideeën, zoals de bouw van een eigen huisgenerator in de stroomversnelling van de kreek, deden haar vrezen dat, zoals haar oudste jongens haar inmiddels waren ontglipt, zij ook de jongste op een dag aan het kamp van haar echtgenoot verliezen zou.

Maar uiteindelijk doorzag zij hoe ijl zijn verlangen was; dat het bereiken van de wolken van minder belang was dan het ernaar streven.

Dit begreep zij wel.

Voor haar immers lag ook zoveel buiten bereik.

Op een avond kwam Dona Francisca bij hem zitten. Lange tijd was er alleen hun ademhaling en het zoemen van het woud, het krijsen van een apenjong dat haast had om gevoerd te worden. Na enige tijd schoof zij haar stoel dichterbij, legde haar hand in zijn nek en streek met haar vingers door zijn haren. Hij liet zijn boek op zijn schoot rusten en sloot zijn ogen.

Dit voltrok zich in de stilte van die avond. Hij dacht ondertussen aan de wolken, zij ongetwijfeld aan één etage hoger.

'Je hebt het vast wel gehoord. Van Gusmão?' sprak zij uiteindelijk, vertrouwelijk, alsof het ging om iemand die zij kenden. 'Je gaat me nu toch niet vertellen dat ze hem in die boeken van jou vergeten zijn?' voegde zij eraan toe toen haar zoon het verband niet meteen legde: 'Bartolomeu Lourenço de Gusmão!'

'De vliegende pater...'

'Wij hebben hem gekend, weet je?' Het was het trotse *wij*, dat Dona Francisca voor haar familielijn gebruikte en dat op iedereen van haar geslacht kon slaan uit welke eeuw dan ook. 'Daarover staat misschien niets in de boeken, elk verslag van de geschiedenis is er maar één, maar bij ons werd over hem gesproken. Een van ons schijnt er zelfs getuige van te zijn geweest...'

'Erbij geweest?' hapte Alberto. Nou en óf hij over hem gelezen had, de enige landgenoot in de geschriften, een Braziliaanse jezuïet, *o voador*, de eerste die een voertuig bouwde dat lichter bleek dan lucht en daarin was opgestegen! 'Een van ons was op de binnenhof van het paleis?'

Dona Francisca trok een wenkbrauw op.

‘Binnenhof, buitenhof, de exacte plek doet nauwelijks ter zake, tijdens de regering van João v stonden in Lissabon álle poorten voor ons open. Wat voor hof dan ook, wij waren er.’

‘Een van ons zag Bartolomeu de Gusmão vliegen, hoe is het mogelijk dat ik daar nooit eerder over heb gehoord?’

‘Wij zijn bij zoveel historische gebeurtenissen aanwezig geweest,’ ze schudde de gedachte van haar schouders, ‘als je die allemaal zou moeten opnoemen, is één leven gewoon te kort!’ Zij sloeg met een klap een waaier open en wuifde ermee tussen hen in zodat de koelte ook haar kind bereikte. ‘Twintig voet, is mij verteld, is hij van de grond gekomen, patertje Bartolomeu, zó voor de ogen van het koningspaar en kardinaal Conti, die later paus geworden is – niet helemaal zonder ons toedoen, maar waar het mij nu om gaat: hij was jong, de pater, vóór in de twintig nog. Hij had een plan ingediend voor de bouw van een luchtschip en toestemming gekregen. Dat heeft hij kennelijk knap gedaan want voor ieders ogen, hoppa, twintig voet!’

‘En dat schip van hem, hoe zag het eruit?’

‘Een papieren sigaar, is mij verteld, ik weet het niet precies.’

‘Papier.’

‘Papier waarvan hij een koker had geplakt, vraag me niet hoe. Hij had er een bakje kolen onder gehangen, zodat het hele ding wervelde op de hete lucht, omhoog, omhoog als de snippers van een onwelkome liefdesbrief in de haard. Hij ging omhoog, omhoog ging het gevaarte, jawel, met jezuïet en al. Uiteindelijk werd de huismeester bang dat de gordijnen voor de torenramen vlam zouden vatten. Hij heeft er een bak bluswater overheen gekieperd, zodat De Gusmão naar beneden kukelde boven op de schoenen van Zijne Heiligheid paus Innocentius in wording. Ik zeg het je, zo helpe mij God almachtig, rechtstreeks uit de mond van je voorouders!’

‘En verder?’

‘Verder niks. De inquisitie stelde dat het eigendom van de hemel berustte bij de Maker ervan. Ze vonden een Bijbelcitaat op grond waarvan ze De Gusmão konden vervolgen. Daarop heeft hij zijn toestel vernietigd, dook onder in Alcântara en is op het eerste schip terug naar Brazilië gevlucht. Hier is hij gestorven van armoe, roemloos en vergeten.’

Zij sloeg een kruis.

'Het is natuurlijk goed als we in dit leven alvast trachten een paar vleugels te verdienen, jongenlief, maar ze jezelf aanmeten en uitslaan wordt doorgaans niet op prijs gesteld.' Ze hield zijn hand een tijdlang tegen haar wang gedrukt en sloot haar ogen alsof dit een afscheid was. 'O God, als ik jou toch beschermen kon, als iemand wat hij liefheeft toch beschermen kon, zonder na te denken zou ik daar mijn leven voor geven, weet je dat wel? Zal je dat goed weten? Ik bid ervoor, elke dag, dat de hardheid jou bespaard mag blijven, maar ik zal niet worden verhoord! Ik zie het toch, ik zie jou, kind, ik zie je en ik kan er niets aan doen!'

Liefst had Alberto zijn hand terug gewild, maar zijn moeder hield hem stevig in haar greep, zodat hij uiteindelijk zijn vrije arm om haar heen legde en over haar haren streek.

De volgende dag leek zij niet beschaamd over de vertoning, maar juist kalmer dan in lange tijd, vertrouwelijk, alsof zij tweeën nu iets deelden waar alle anderen buiten stonden.

Zij is er, op één keer na, nooit meer op teruggekomen.

 Hun verbond school voortaan in een goedkeurend knikje wanneer zij hem ergens in zijn Verne verdiept zag, in een knipoog over tafel, of in de zorg waarmee zij aan het eind van de dag de boeken bijeenzocht die hij door het huis en op de veranda had laten liggen, zodat ze de volgende ochtend keurig voor hem klaarlagen: altijd even met de mouw van haar jurk over een vingerafdruk op de kaft, met zachte hand elk boek recht op het andere, het grootste onderop, het kleinste boven, en daarop dan als goedenacht een tevreden roffel met haar vingers.

VI

De kunst van het vliegen

Het allereerste kopje koffie, wie heeft dat gezet?

Als je iets nooit hebt geproefd, kun je er dan trek in krijgen? Je verlangen naar iets dat niet bestaat, hoe wordt dat zo groot dat je uiteindelijk denkt ‘geen idee hoe of waarvan, maar vandaag ga ik proberen om een kannetje te zetten’? Je weet niet wat het is of hoe het smaakt, geen idee zelfs of je het drinken ervan wel overleeft. Misschien is het wel bocht. Hoogstwaarschijnlijk zelfs. En toch besluit je dat het er moet komen.

Een appel op je hoofd krijgen, zoals Newton, om erachter te komen dat alles altijd naar beneden valt en nooit eens naar boven, da’s één ding. Daarvoor volstaat het geniaal te zijn, maar in je hoofd alle stappen uitdenken die nodig zijn om een kop koffie te kunnen maken, daar komt krankzinnigheid bij kijken.

Om te beginnen zal je naar een hooggelegen oerwoud moeten trekken, een gebied met niet te veel en niet te weinig regenval, en daar een plek vinden met voldoende zon, maar vooral ook niet te veel. Uit alle planten die daar groeien, welke kies je? En nadat je, God mag weten waarom, je keuze hebt gemaakt voor de *Coffea*, in het wild zo'n vijftien meter hoog, klim je er met gevaar voor eigen leven in.

Wat zal je er eens van plukken, de bladeren, zoals bij theeplanten? Keus te over, want de bloei- en rijpcyclus van de koffieplant begint na elke regentijd opnieuw, zodat de bloesem, de rode en de groene bessen allemaal tegelijk groeien. Hoe bepaal je, als niemand dat eerder heeft uitgezocht, welke je daarvan hebben moet? En wanneer je ten slotte met een handjevol ongedeerd beneden komt, blijkt het vruchtvlees niet te verteren en wat daar binnenin zit enkel pulp.

Toch geef je niet op.

Wat is dat in een mens?

Een wijze zou nu denken: zonde van mijn tijd, ik drink wel iets dat ik al in huis heb en ga wat nuttigs doen. Maar wijsheid komt bij doorzetten niet kijken. Daarvoor is de dorst te groot.

Dus je spreidt die bessen uit over de grond – vooral niet te dicht bijeen, want dan steken ze elkaar aan en gaan rotten – en je besluit ze in de brandende zon te laten liggen. Een maand, twee maanden, een half jaar? Regelmatig keer je ze, opdat ze niet gaan gisten, totdat je op een dag besluit een vuur te stoken om ze op te roosteren. Wacht je tot de boon alle vocht verloren heeft of totdat hij bruin is, laat je hem garen tot hij opgezwollen is of laat je hem liggen totdat hij openbarst? Haal je het velletje er nog af of laat je het zitten?

Heb je met veel moeite een gebrande boon, sla je hem – mogelijk uit frustratie omdat hij nog altijd niet te vreten is – tot gruis en giet je er kokend water over. Dit blijkt een gemeen bijtend bitter goedje op te leveren. Uitgesloten, denk je, dat zoiets ooit zou aanslaan, maar je vermant je, je hebt tenslotte al die maanden niet voor niets gesloofd, en na verloop van tijd krijg je de smaak te pakken. Je raakt er zo mee in je sas dat je het je vrienden, die zich al die tijd hebben afgevraagd waarmee je toch bezig was, ook wilt laten proeven, dus plant je een stekje zodat je over vijf jaar, wanneer de nieuwe aanwas eindelijk bessen geeft, een tweede kopje zetten kunt.

Newton was dit nooit gelukt. Daar had het eerst koffie op moeten regenen voordat hij op het idee was gekomen er een paar slokken van op te vangen in een omgekeerde paraplu.

En toch, ergens heeft een lang vergeten iemand al deze onwaarschijnlijke stappen ooit gezet. Omdat hij er nu eenmaal trek in had.

Alberto's trek begon op Cabangú. Zolang hij nog in de luiers lag, droeg Guilhermina hem, wanneer de was gedaan moest worden, in een mandje mee naar de rivier waar zij het kleintje neerzette op een rotsblok naast de schrobsteen. Zodra hij begon te huilen om aandacht, sloeg zij het vuur uit de pijp die altijd in haar mondhoek hing, schepte daarmee een scheut zeepsop op en blies.

'Op slag had ik jou daarmee stil, Betinho. Altijd weer,' vertelde zij hem later. 'Met open mond keek jij de bellen na.'

Een zeepbel was voor Guilhermina in de eerste plaats een voertuig voor haar voorouders. Die ontdekte zij sowieso overal, hangend tussen luchtwortels, zwemmend met de karpers, dansend in mistflarden die na de regens uit

 de koffievelden opstegen. Soms viel zij ineens stil, wees met grote ogen voor zich uit naar iets wat niemand anders zag en prevelde een Afrikaans gebed.

Geen mens nam haar serieus, behalve op dagen dat zij zich als priesteres had uitgedost. Dan sloop er afstand in haar blik, een geestelijke adeldom die waarschuwde haar niet te na te komen. Op weg naar een dienst droeg zij een spierwit, wijd kanten gewaad met een hoge witte hoofdtooi. In haar littekens, op iedere wang drie rituele kepen, zaten sporen van wit poeder. En zij droeg lange kettingen van mensentanden die, beweerde zij, in de regentijd met de modder van het kerkhof waren gespoeld.

'Jouw handjes in de lucht!' Met haar verhaal over Alberto en zijn zeepbellen deed zij zichzelf altijd zo'n plezier dat haar schouders begonnen te wiegen en haar oorhangers bungelden. 'Jij maar kijken en maar kijken, Betinho, terwijl ik de lakens stond te wringen. Ik wist meteen waarmee ik hier van doen had: "Dit is er één," zei ik tegen mezelf, "die op een dag de geesten van de doden achterna wil!"'

Zij klapte in haar handen en wiebelde haar hoofd. Guilhermina's herinnering leek een ver instrument dat haar verlokte tot een dans.

Op een avond zat Alberto met zijn moeder en madame De Saint-Pompon op de veranda.

'Geen nieuws van het oude continent,' mopperde Pomponette, want de twee vrouwen hadden elkaar gevonden in hun heimwee. 'Vooraan in het testament, maar om in de rij voor de postboot te komen maken mijn petekinderen geen haast. Het laatste dat ik bij de gratie Gods ontvangen mocht heb ik u laten zien, Dona Francisca, die fotografie van mijn neef met zijn korps mariniers.'

'Ja, wat zult u trots zijn!'

'Voor hetzelfde geld hebben ze hem naar Tonkin gestuurd en is zijn hoofd voor drie dubbeltjes verkocht aan de Chinezen om bij de rest van onze jongens te worden opgehangen ter versiering van de Grote Muur. Een tante is nu eenmaal maar een tante en geen moeder, aan wie je zoiets even zou vertellen.'

'Zijn kostuum,' onderbrak Alberto's moeder, 'dat prachtige kostuum van hem, wilt u dat nog eens voor me beschrijven, die epauletten, die tressen...'

'De knopen verguld.'

 'Die onberispelijke uniformen, ach, de tijd dat ik een man gezien heb in dat stralend smetteloze wit, ik kan het me gewoon niet heugen. En u moet weten, in de tijd van mijn grootouders, aan het Portugese hof zag je niet anders, daar liepen alle mannen er opgepoetst en glimmend bij...'

Ergens onder hun gerebbel keek Alberto op van zijn boek.

Zijn aandacht was getrokken door een lichtje. Het leek in de verte over de kreek te drijven. Langzaam gleed het langs. Even later kwam een tweede aanvaren en de jongen liep naar de oever.

Kerkkaarsjes waren het, dunne lontjes, eenmaal in was gedoopt. Zij waren neergezet in bollen van vlaspapier, een kleine vloot, kabbelende klaterlichtjes, ieder omgeven door een twinkelend halo van insectjes.

Dit was zo'n nacht waarop de zielen zeilden.

Hun havenmeester stond stroomopwaarts tot haar middel in het water. In de kom van haar handen hield Guilhermina een van de oplichtende bollen omhoog en beschreef er, zachtjes zingend, door de lucht een patroon van kaarslichtlijnen mee. Zij zag de jongen en zij zag hem niet, zoals dat ging wanneer zij in een van haar zelfopgewekte trances was.

Alberto had geleerd haar daarin niet te storen. Hij pakte een van de papieren bollen op. Ze wogen niets. Het vlas bleek ondoorlaatbaar, sterk genoeg om iets te dragen en zo licht dat het bleef drijven.

Natuurlijk is de man die als allereerste een slok koffie nam er nooit op uitgetrokken om eens een kopje te gaan zetten. En toch dronk hij ervan. Je hoeft niet op zoek om iets te vinden.

'Ritmes, ja, die hoor je hier, trommelen kúnnen ze,' hoorde Alberto zijn moeder klagen, toen hij even later uitgelaten de veranda op kwam rennen.

'Zingen doen de inlanders ook wel,' viel Pomponette haar bij, 'op hun manier. In de barakken hier wordt elke avond gezongen, eindeloos, maar niet iets waar ik melodie in kan herkennen. U?'

'Ach, de laatste keer dat ik muziek gehoord heb, echte muziek...'

'Mozart, Beethoven.'

'Gróte muziek...' Dona Francisca was twee tellen stil alsof zij een paar maten trachtte op te vangen, maar schudde toen haar hoofd. 'Ik kan het me niet heugen.'

‘Muziek? Ik ben gewoon vergeten hoe het klinkt. Thuis, ja, daar werd ’s zomers elke maand wel een concert gegeven in het Badhotel. Zingend ging je dan naar huis, wat zeg ik: dansend!’

‘Dansen, ook zoiets! Wanneer dansen wij nu nog?’

‘Nooit mevrouw, even vaak als wij er reden toe hebben. Liszt, Brahms, het is net als met mijn neef, ik weet onderhand niet eens meer of ze nog in leven zijn!’ Hier hield Pomponette, geheel tegen haar gewoonte in, haar mond en staarde zo verbaasd de donkere nacht in dat Dona Francisca zich geschrokken omdraaide.

Daar kwam hij aangezweefd vanuit het woud op een hoogte van ongeveer vijf meter, Alberto’s eerste eigenhandig in elkaar geflanste *montgolfière*! Twee, drie keer raakte het knutselwerk een tak, leek daarin vast te raken, hing scheef totdat de wind er goed vat op kreeg en werd dan weer vlot getrokken.

Het was niets bijzonders, een van Guilhermina’s bollen, maar dan omgekeerd, gevuld met warme lucht van het kerkkaarsje dat Alberto eronder had gehangen. Het vlaspapier schermde de pit af van de wind, waardoor het van binnenuit warm oplichtte. Al met al duurde de vlucht hooguit een minuut of twee. De lont werd te lang, de vlam te hoog en het papier te warm zodat het in brand vloog en als een aangeschoten vogel naar beneden kolkte.

VII

São Paulo!

Stoom wolkend uit fabriekjes, rook van vuren op binnenplaatsen en bedrijfsterreinen, een stofwolk wanneer een ruiter zijn paard de sporen gaf. Het eerste dat Alberto opviel toen ze boven op een van de steile heuvels stilhielden om het uitzicht te bewonderen, was de Avenida Paulista, een lange rechte ader langs het stadshart. In zo'n vier, vijf straten stonden woningen van steen, rondom tussen het groen overal nederzettingen van hout.

Hij zag er de mensen in de weer, doelloze drukte leek het van hieraf, heen en terug lopend, kriskras. Op een groot plein voor een kerk stonden tenten op het feestterrein, waar het krioelde. In groepjes werd muziek gemaakt maar alle vrolijkheid verwoei.

Zo heeft hij altijd het meeste van mensen gehouden. Hun zindering te voelen zonder hun zwaarte. Te weten dat die er is, al die energie die ze vragen en opwekken, maar ver genoeg bij hem vandaan om er geen schok van op te lopen.

Dumonts handelskantoor bevond zich in deze stad, waar doorgaans amper meer viel te beleven dan op de plantage. Henrique reisde er soms heen, bleef dan een week of langer weg en keerde terug vol verhalen over zijn verveling. Wilde iemand hem daarheen vergezellen, dan wist hij altijd wel een reden waarom dit niet de moeite waard was.

Dit jaar echter beloofde de zomerkermis groter te worden dan ooit tevoren en Alberto had zijn vader zo aan zijn hoofd gezeurd dat die er niet onderuit kon. Overal waren de feesten drukker dan normaal. Het was 1888. De Gouden Akte van prinses Isabel was net aangenomen, een wetswijziging waarmee Brazilië, als laatste land ter wereld, de slavernij afschafte.

Zoals de meeste grootgrondbezitters wist Henrique, hoewel hij vóór gelijkheid was, zich hierbij niet direct een houding te geven. Guilhermina en anderen die in huis werkten had hij allang manumissie geschonken, kwijtschelding, maar de plukkers en machinewerkers nog niet, een nalatigheid waarmee hij in zijn maag zat nu hij ze voortaan als gelijken tegemoet moest treden.

Met alle politieke verschuivingen, de roep om een republiek die steeds luider werd en een zweem van revolutie in de lucht, wilde Alberto's vader over de kleur van zijn hart geen misverstand laten bestaan. Voor de zekerheid nodigde hij Guilhermina daarom uit met zijn gezin mee te reizen naar de feesten in São Paulo, nadrukkelijk niet als bediende, maar als lid van het huishouden.

'Ik laat me net zo min voor de gek houden als de goden,' had ze gebromd, terwijl ze de jurk keurde die hij speciaal voor haar had laten maken. 'Dit is een vlag die u wilt uithangen om iedereen te laten zien dat u van goede wil bent en nu mag ik hem laten wapperen.'

Zij had de fijne zijde door haar vingers laten glijden. Die kleur geel zou haar erg goed staan. Ze had de jurk eens tegen het licht gehouden. Het viel er dwars doorheen.

'Zonde.' Henrique, gepikeerd, had een hand uitgestoken waarin zij het cadeau kon terugleggen. 'Hopelijk past hij madame de Saint-Pompon. Zij en haar man reizen met ons mee. Ik vraag háár wel zich over Alberto te ontfermen.'

‘Is dat mijn loon voor al die jaren die ik aan uw familie heb gegeven, dat u Betinho aan een ander toevertrouwt? Moet dan alles wat mij lief is me worden afgenomen?’

Guilhermina had het kledingstuk langs haar lichaam gedrapeerd, heen en weer wiegend om het soepele materiaal te laten zwieren.

‘Het is al goed mijnheer.’ Grootmoedig had zij haar hand uiteindelijk over haar hart gehaald. ‘In ruil voor een offerande doen zelfs de goden soms een oogje toe, nietwaar? Wie ben ik om koppiger te zijn?’

De kermis bevond zich niet ver van het hoofdkantoor van de handelsmaatschappij, waar de Dumonts logeerden. ’s Avonds lag Alberto te luisteren naar het gelach op straat en het gelal dat tot de vroege ochtend duurde.

Op bed te liggen terwijl anderen leven!

Triestblij werd hij van dat verre dansen zonder hem. Misschien werd hier zijn levenslange weerzin tegen middagdutjes wel geboren: te weten dat er buiten leven is, maar dat jij het missen moet en dat het net zo vrolijk doordraait zonder jou.

Alberto hóúdt van mensen, hij houdt zo van ze, o God als ze eens wisten, misschien eerder juist veel en veel te hevig, meer houdt hij van ze dan zij van zichzelf houden of van elkaar, hij heeft alleen nooit goed begrepen wat hij met ze aan moest!

De tweede ochtend ontbood zijn vader hem in zijn kantoor. Het was met notenhout gelambriseerd, afgezet met glimmend koperwerk, schitterend in zonlicht dat binnenviel, gefilterd door de paarse bloesem van twee jacaranda's. Als de klassieken stonden grootboeken en jaarverslagen in groen leer gebonden.

Henrique droeg zijn bureauklerk op hem een uur of twee met zijn zoon alleen te laten en opende de kasboeken.

'Jouw broers waren al groot toen wij naar Ribeirão Preto verhuisden,' sprak hij. 'Maar jij bent met de plantage opgegroeid. Hun geest werd geprikkeld door de spoorbouw, goeie jongens, niets op aan te merken, prima mannen, trots op ze, maar hun interesses liggen in constructiewerk.'

Hier zweeg hij een moment. Er trok een wagen kermisklanten langs die rondbazuinden waar zij die middag hun strapatsen zouden vertonen.

'Een mens kiest nu eenmaal makkelijk de weg waarop hij al een eind heeft afgelegd. Jij...' Hij legde een hand in Alberto's nek. 'Jij hebt van nabij gezien wat er bij de koffiebouw komt kijken. Jouw omgang met mensen is allerminst vanzelfsprekend, maar jij doorziet ze. Daar houden mensen van. Ze blijven door jou niet onopgemerkt, dat is een zeldzame kwaliteit. Jij weet wat er in ze omgaat. Iets te goed misschien wel, meer dan ze vermoeden. Als iemand zijn werk laat sloffen, spoor je ze met één blik aan, zitten ze bij de pakken neer, geef jij ze bemoediging, ik heb het je zien doen. Je doet het zo dat ze zich niet aangesproken voelen, niet op de vingers getikt. Het gaat vanzelf. Je denkt dat ik geen tijd heb om op jou te letten, maar ik zie het. Dat ik te druk ben om veel met je op te trekken... En da's waar, er zijn dingen... Je bent te jong maar later zal je het begrijpen. Soms komt een man tijd voor zijn gezin te kort. Maar dit is mijn manier: ik zie veel meer van jou dan jij denkt. Jij begrijpt het reilen en zeilen van zo'n bedrijf, al spelend heb je de machinerie leren kennen, je bent razend handig met het sleutelwerk, dat krijg ik van mijn opzieners te horen, je hebt verstand van mechaniek gekregen, meer dan ik bijna, ik moet het toegeven, en belangrijker: je hebt er net als ik plezier in. Heb ik gelijk?'

Het begon wel tot Alberto door te dringen dat deze reis niet voor puur vermaak was ondernomen.

'Nog even, jongen, en jij bent een man.'

Dat woord.

Hij bezigde het de laatste tijd te vaak.

Volwassenen die een voorschot nemen op je geslachtsrijpheid, mogelijk dat er stoere pubers bestaan die zoiets prettig vinden, maar stoer is Alberto nooit geweest. De goedmoedigheid waarmee wildvreemden zich naar een kind buigen en breed grijnzend vragen 'En jij, vertel eens, heb jij al verkering?' Hem heeft het slechts ineen doen krimpen. Alleen de knipoog die ze daarna geven aan de andere grote mensen, voor wie dit optreden was bedoeld, was nog vernederender.

'Mijn jongen,' zei zijn vader hoofdschuddend, 'een man!'

Onwillekeurig gleed zijn blik over Alberto's lichaam.

Die durfde er in een spiegel zelf nauwelijks naar te kijken. Hij was nog altijd een kop kleiner dan zijn vader. Dit zou ook zo blijven. Op zijn aandringen zwom hij tegenwoordig vaker in de kreek. En sinds een maand of twee oefende hij met houten kegels, maar geen centimeter was zijn borstkas ervan uitgezet. Geen spier had, waar dan ook, zijn door een ieder zo langverwachte opwachting gemaakt.

'Nou ja, bíjna een man.' Henrique dwong zijn ogen bij zijn zoon vandaan. 'Nog even, bedoel ik, en jij zult een man zijn. Dat zaken gaan veranderen, je voelt het vast al wel.' Hij keek de kamer rond, zoekend naar een uitweg. 'Aan alles. Bepaalde dingen.'

Niet alleen zijn lichaam kwam gewicht tekort. Zijn geest voelde de zwaarte van het leven wel, maar wilde er niet aan. Alberto leed aan onwil het bestaan serieus te nemen, maar niet omdat hij de ernst niet zag.

Hij verloor zich in zijn schetsen en gravures, begon van crêpepapier montgolfières na te bouwen en liet die opstijgen boven het fornuis. Op het feest van Sint Jan had hij voor het eerst een kleine luchtvloot losgelaten boven de

vreugdevuren van de werklui bij de barakken. Sindsdien vroegen zij hem dit elk jaar op 24 juni te herhalen. Zo leerde hij over volume en gewicht, over ontvlambaarheid en vatbaarheid voor luchtstromen, dit alles in het klein.

Hij werkte aan een mahoniehouten tafel, zwaar en donker als het jezuïetenklooster waar hij een eeuw lang in de refter had gestaan. Op een hoge stoel, benen onder zich gevouwen, was hij daarop in de weer met scharen, zakmessen en lijm. De vlekken die in het hout trokken, de inkepingen die hij in zijn enthousiasme maakte: die tafel werd een wereld waarvan geen mens dan hij de kaart kon lezen.

Misschien paste al dit spelen een vijftienjarige niet meer, maar de luiken sluiten van zijn fantasie, die hem zoveel opleverde, leek hem zoiets als het opdoeken van een goedlopende nering, hij kón het niet. Had hij de beperkingen van zijn tijd vermoed, dan was Alberto bepaalde wegen nooit ingeslagen, maar omdat hij niet twijfelde aan de onbegrensde mogelijkheden waarover hij bij Verne had gelezen, wierp hij geen grens tegen zijn denken op.

Zo bouwde hij van stro een werkend vliegtuigje, waarvoor hij een luchtschroef ontwierp, aangedreven door rubberelastiekjes waarmee zijn speelgoed op eigen kracht omhoog kwam en een rondje vloog. Het was nooit Alberto's bedoeling om iets uit te vinden, enkel om dichter bij Vernes romanfiguren te komen, te begrijpen hoe zij bewogen boven de wolken. Al doende blies de magie van fictie de onweerlegbare wetten van de materie nieuw leven in.

'Jij hebt ideeën,' vervolgde zijn vader hun onderhoud in het kantoor te São Paulo. 'Geen twijfel aan, je hebt ze, te veel eerder dan te weinig. Prachtig. Dat juich ik toe, ideeën heeft een man nodig. Ik zou ze alleen graag aardser zien, minder bevlogen. Meer toegespitst op bruikbaarheid.' Hij trok Alberto's stoel nog dichterbij en schoof hem een kasboek toe. 'Kijk nu eens, of jij mij kunt vertellen hoeveel er deze maand is uitgegeven en hoeveel er binnen is gekomen.'

De jongen wees op een verschrijving en maakte een berekening voor een verbeterd winstmodel. Maar terwijl Henrique dat instemmend doornam, trok zijn zoon de stoute schoenen aan en zei dat hij zijn toekomst niet in de eerste plaats in zaken zag.

'Welnee!' Henrique lachte. 'Jongen toch, welnee, geen denken aan, jij met die kop van jou, er zit voor jou maar één ding op, lijkt je zelf ook niet?' Hij knielde bij een kleine kluis en trok die open. ‘Ik heb mijn oude leermeester geschreven dat je mijn interesses hebt en een kunde die de mijne al aardig evenaart. Voilà, zijn antwoord!’

De brief die hij tevoorschijn haalde droeg het brievenhoofd van de *École Centrale des* Arts *et Métiers*.

‘Wanneer je klaar bent voor de grote reis, over een jaar of twee, misschien wat later, de ene jongeman rijpt sneller dan de andere, je mag het zelf aangeven, maar zodra jij de kriebel voelt om te vertrekken, is er in Parijs een plaats voor jou. Laat me niet lachen, jongen, met zulke capaciteiten, natuurlijk word jij ingenieur!’

‘Naar Frankrijk?’

‘Ah, dat land! Daarna oogt het leven voorgoed anders!’ Hij borg de brief terug in de kluis. ‘Ik wil zeker zijn, dat iemand, mocht mij iets overkomen, weet wat er is en wat er moet gebeuren.’

‘Papa!’ Alberto klonk geschokt. ‘Alsof zoiets aan de orde is!’

Henrique overwoog of dit nu zo’n moment was waarop een vader zijn zoon tegen zich aandrukt. Hij pakte een leren map uit de kast.

'Heb jij je naam nooit in een boom gekerfd?'

'Nee, papa.'

'Hoezo niet? Dat doet toch iedere jongen? Ik heb het gedaan. En jouw broers, ik zie hun namen zo nog voor me in de bast van de oude cashew aan de vijver op Cabangú, je weet het wel, die oude boom die zo half over het water hing?'

'Dat was vóór mijn tijd, papa. Mijn naam staat daar niet bij. In mij is zoiets gewoon nooit opgekomen.'

Henrique sloeg een boek open dat de adressen bevatte van alle afnemers, geordend op land van bestemming en grootte van de orders, kwam achter zijn zoon staan en las ze hardop met hem mee. Terwijl ze hiermee bezig waren, plaatste de man zijn handen op de schouders van de jongen.

'Je naam ergens achterlaten...' zei hij zacht. 'Om iets anders gaat het in het leven niet.'

VIII

De Grandioze Gilvaldo

Toen zijn leerling de trap af kwam stond monsieur de Saint-Pompon doorzweet tegen de muur geleund als een douairière na een vapeur. Ongemakkelijk had Alberto hem vaak meegemaakt, maar nooit nerveuzer dan op de avondwandeling door São Paulo, die zijn vader hun had gevraagd te maken. De schoolmeester grabbelde rond in de zakken van zijn lange jas. Met zijn wit linnen hoed wuifde hij zich lucht toe met korte, driftige gebaren.

‘Ah, de jongeman in kwestie!’ hakkelde hij, terwijl hij de deur opende. ‘Nou, dat wordt me wat jongen, kom!’

Hij weigerde te zeggen waar ze heen gingen.

‘Jij en ik? Wij gaan gewoon vooruit,’ zei hij, hoewel hij juist achteruitweek, alsof de hitte van de straat hem in zijn gezicht gemept had. ‘We moeten wel. Gewoon vooruit, want een terugweg is er niet, niet voor een man.’

Dit was het punt waarop Alberto begreep dat Pompon zich voor hun ommetje moed had trachten in te drinken.

'Als we van tevoren alles wisten, nietwaar,' mompelde hij moedeloos, 'dan begonnen we er niet aan. Wat zeg ik, als ik ook maar enigszins een vooruitziende blik had gehad, dan was ik in La Rochelle gebleven. En vrijgezel.' Rondtastend in zijn jas vond hij een sokophouder die hij bestudeerde voordat hij hem in een andere zak weer wegstopte. 'Maar goed, nu ik hier dan eenmaal ben, volg ik mijn roeping, jawel, mijn door God gegeven opdracht. Jij bent mijn leerling, ik ben jouw leraar, zo is dat, het hoort bij mijn taak jou te waarschuwen voor de dingen van het leven, jou erover voor te lichten en haarfijn te vertellen hoe je er om de donder mee moet oppassen!'

'Waarom maakt mijn vader ineens zo'n haast?' had Alberto die middag nog aan Guilhermina gevraagd. 'In een paar dagen probeert hij me voor de volwassenheid klaar te stomen. Wat is er met hem, gaat hij dood?'

'Zonder twijfel.' Zij had hem een kus op zijn haren gegeven en, zoals vroeger, aan haar grote zwarte borst gewiegd. 'Dood gaan ze allemaal, de een na de ander, dat is tenminste één ding waarover het leven ons niet in onzekerheid laat.' Zij had hem nog eens paardje willen laten rijden op haar knie, maar hij was te zwaar. 'Eerst laten ze met z'n allen het leven achter zich, maar na een tijdje proberen ze toch altijd weer even om de hoek te kijken. Liefst via mij. Dan is jouw Guilhermina goed om aan de levenden nog wat boodschappen door te geven. Ik zeg: heb je mekaar iets te zeggen, doe het liever zolang je zelf nog een tong hebt! Heb je enig idee wat een aanslag dat is op mijn gestel, Betinho, mezelf voor ieder kattenbelletje van gene zijde in trance te moeten brengen?'

'Maar ís er iets met hem, wat weet je, heeft hij iets onder de leden?'

'Datzelfde heeft hij mij ook gevraagd, een week of wat geleden. Drie keer heb ik de knoken voor hem gegooid: alle drie de keren niks. Hij heeft een voorgevoel gehad, da's alles kind, steeds dezelfde kwade droom, waarin hij naar beneden kukelt. "U zat in het nest," heb ik hem gezegd, "Da's alles. U zat erin en nu ligt u ernaast."'

'Vrouwen,' begon monsieur De Saint-Pompon met de moed der wanhoop. Hij diepte een kaasmes uit zijn zakken op, een leeslint en een doosje zinkzalf maar propte ze weer terug. 'Waar te beginnen?'

Ze waren neergestreken aan een lange houten tafel in een danstent op de jaarmarkt. Voor zichzelf had hij een cachaça besteld, wierp een blik op Alberto, riep de barmeid terug en zei haar dat deze avond voor zijn jonge vriend het uitgelezen moment was er ook eens een te proberen.

'Nou ja,' ging hij verder, 'mijn eigen vrouw heb je gezien, dus ik kan jou moeilijk wijsmaken dat ik over dit onderwerp met veel kennis van zaken spreek, behalve door te zeggen wat ik zeker weet: zij is er een.'

Daarop hief hij het glas, ging achterover zitten alsof zijn taak erop zat en nam een welverdiende slok.

'Zij is er een,' herhaalde hij. 'Probeer nou je daardoor niet meteen van het hele idee te laten afbrengen. Er zijn er meer.'

De jongeman nipte van het glas. De rum, siroopzoet, bracht een tinteling achter zijn ogen.

'Jawel,' verzekerde Pompon alsof hij tegen was gesproken. 'Er zijn er een heleboel. Is het de een niet dan de ander wel, begrijp je?'

 Zijn blik bleef even op de barmeid rusten, die een tafel verderop had leeggeruimd en vooroverboog om hem met een doek schoon te wrijven. Zij wiegde zachtjes op de muziek van het strijkje op het podium.

'Niet dat ik aan de verleiding ooit toegegeven heb, o God, ze zou me ombrengen!' Een pijpenrager en een potje walnootinkt kwamen uit zijn jas tevoorschijn. Hij bekeek ze vluchtig. 'Maar wat ik zeggen wil, ik ben er niet van genezen ook. Het is zelden wat je ervan hoopte, maar tegen die tijd heb je al ja gezegd en is er geen weg terug. Je vindt een manier. Ja, laat ik je dat dan ook alvast meegeven, nu alles in jou nog hunkert, er is een pad dat misschien niet naar het paradijs leidt, zoals ze je willen doen geloven, maar ook niet onherroepelijk naar het tegendeel. Nee, ondanks alles, ik heb me er niet van laten afbrengen, van het hele idee.' Hij had die trieste toon van mannen onder elkaar die weten dat hun bravoure door het leven is gereduceerd tot woorden. 'Van vrouwen, bedoel ik. Van het feit dat ze bestaan.'

Het meisje zweepte de doek over haar schouders en verdween met een stapel glazen naar achteren.

'Dit is eigenlijk wat ik jou vandaag mee wil geven: dat er niks is wat een man er nog van af kan brengen. Het is een vloek en een zegen tegelijk. Is het eenmaal begonnen – en ik ga er, omwille van de wetenschap, nu maar even van uit dat het ook bij jou al begonnen is –, is het eenmaal op gang dan blijft er de rest van ons leven altijd iets in ons, jongens, mannen, hoe moet je het noemen, dat er toch elke keer weer naar verlangt.’ Hij wiste zijn voorhoofd, niet ontevreden over de manier waarop hij zich tot nu toe van zijn taak had gekweten. ‘Maar dit heb jij dus als het goed is, eh, hoe zal ik zeggen, zelf al gemerkt.’

Zijn pupil knikte om ervan af te zijn, kort maar alwetend.

‘Mooi!’ Pompon mepte tevreden op zijn knie, slaakte van opluchting een diepe zucht en keek om zich heen alsof zijn leven, nu het een tweede kans kreeg, er een stuk rooskleuriger uitzag.

‘Nu ja, ik zeg *mooi*.’ Zijn gezicht betrok alsnog. ‘Maar zo mooi is dat natuurlijk niet. Het brengt van alles met zich mee waar ik het dan vervolgens over dien te hebben, zaken waarvan jouw vader vond dat het tijd werd dat je ze van mij te horen zou krijgen. Het is namelijk niet allemaal alleen maar mooi en halleluja amen. En omdat jij nu eenmaal nauwelijks met leeftijdgenoten optrekt, we zouden niet willen dat jij daardoor bepaalde kennis over de natuur misloopt. Neem de hygiëne, nietwaar, heel belangrijk, dat zal je met me eens zijn. En verder, altijd voorzichtig en zo mogelijk terughoudend zijn, want God verhoede... En bij voorkeur ook niet de hele dag door toegeven aan, ik zal maar zeggen, wat je handen willen, dat soort kwesties, maar misschien...' Hij keek zijn pupil hoopvol, bijna smekend aan. 'O lieve God, wat zou ons dát een boel werk besparen: misschien ben je daar allemaal zelf onderhand ook wel zo'n beetje achter?'

Als een razende dacht Alberto na, maar een luid en goddeloos gevloek uit het orkest was zijn antwoord voor.

Er leek een opstootje ontstaan. De violoncellist was omvergelopen door een oververhitte, breeduit wapperende dame.

'Dáár, daar zitten ze!' Het was Pomponette. Zij kwam met haar armen zwaaiend aangesneld, gevolgd door Dona Francisca, die van opwinding al even rood was aangelopen. 'Die zitten hier gewoon te zitten, is het mogelijk? Kijk nou, en ze weten nergens van!'

'Je moet snel komen, jongen.' Alberto's moeder greep zijn hand en trok hem mee. 'Nu meteen.'

‘En jij, mijnheertje, waar is jouw verstand gebleven?’ sprak Pomponette haar echtgenoot bestraffend toe. ‘Dag in dag uit zit je er met die jongen in boeken naar te turen en nu het voor zijn neus staat te gebeuren, houd je hem verscholen in een hoekje aan de praat!’

‘Ik probeer die jongeman iets bij te brengen over het leven.’

‘Ik zie het,’ zei Pomponette met een misprijzende blik naar de glazen op tafel. ‘Dat zal een diep gesprek geweest zijn en ik heb het verstoord.’

‘Geen zorg, lieve.’ Pompon liet een bankbiljet op tafel achter voor het dienstertje. ‘Jij zet met jouw verschijning mijn betoog alleen maar kracht bij.’

Op de Praça da Sé had zich een menigte verzameld rond een gevaarte dat langzaam begon op te zwellen. Feestelijk zeildoek was het, weids waaiend indigo, oker en oranje-geel in hoge golven welvend. Toen Alberto aan kwam hollen, verhief het zich al boven de hoofden. Een heuse ballon, nog halfleeg, bulkte breeduit bollend, op het punt de geest te krijgen.

En een tel later was het zover, dat adembenemende moment, waarop het

 doek zo van hete lucht is volgelopen dat het, langzaam, zich verheft, eerst hier en daar met zware zakken, totdat ook die zich vullen en daarmee het geheel. Een zacht zoeven wordt hoorbaar van de luchtstromen binnen in de stof. De constante toevoer van warmte creëert er leven tussen wolken van ongelijke temperatuur. Die botsen, zoeken de kortste weg naar boven totdat zij elkaar vinden, plots, en samenballen. Dit geweld van warme lucht ineens doet het hele stoffen gevaarte kantelen en met een ruk – de rieten ondermand hangt dan al scheef en schuurt een eind over de keien – schiet het doek zeilenwapperend omhoog.

Dit nu gebeurde voor Alberto's ogen.

De ballonvorm werd zichtbaar en daarop de naam van de luchtvaarder: *O Grandioso Gilvaldo!*

Op dat moment sprong de artiest met geheven armen tevoorschijn, Gilvaldo zelf! Snel en vaardig hees hij zich aan de touwen op en sprong in de mand die, nu de wind vat op de ballon begon te krijgen, vervaarlijk slingerde.

Terwijl zijn assistent de rest van de benodigde lucht toevoerde, zwaaide de luchtschipper alvast zelfverzekerd naar de toeschouwers. Aan weerszijden van de ballon stonden ze opgesteld. Met groot gebaar gaf Gilvaldo een opmaat aan een groep koperblazers, die losbarstte in de ouverture van *Wilhelm Tell*.

Luchtvaart diende geen enkel doel.

In honderd jaar had de vinding van de gebroeders Montgolfier het niet verder dan vermaak geschopt. Geen mens was het gelukt ballonnen te temmen en in te spannen. Ze bleven stuurloos. Wie opsteeg wist niet waar of wanneer hij weer zou neerkomen. Vervoer van post, vracht of passagiers was daarom zinloos. Vrije vluchten werden door amateurs wel gemaakt, maar te vaak leidden deze tot ongelukken of verdwijningen, zowel van personen als van het kostbaar materiaal.

Sinds jaar en dag werd het principe van de opstijging nog enkel voor de pret vertoond, op en neer, meestal in combinatie met vuurwerk, acrobatiek of andere toeren. De ballonnen zelf bleven daarbij vastgebonden, als onberekenbare beren op een markt.

De Grandioze Gilvaldo greep een toeter en bazuinde dat hij, eenmaal boven, *uit* de mand zou klimmen en *dan*..., *onvervaard*, *ontzagwekkend* *on*beschermd, *on*gelooflijk *on*verantwoord *on*gebonden, *voor* ieders ogen *over* de rand een rondje lopen zou! Hierna sloeg hij een kruis, zijn blik ten hemel en riep: 'Heilige Moeder, ik kom eraan!'

De koperblazers herhaalden Rossini's eerste maten terwijl het gevaarte met een schok de lucht inschoot. De eerste vijf, zes meter voor het effect met grote vaart, daarna – anders zou de show te snel voorbij zijn – even traag als Gilvaldo's assistent op de grond het verzekeringstouw door zijn lederen handschoenen liet glijden.

Dat vanzelfsprekende gemak waarmee een mens zich voor Alberto's ogen aan het mensdom onttrok! De majesteit verbaasde hem misschien nog wel het meest. Hij wist niet wat hij had verwacht maar niet de gratie waarmee iets, dat zo groot is als een huis, zich kan verheffen. Zelfs omgeven door de Zwitserse galop leek rond de zwevende bol een ziel, een stilte, autonoom.

Boven het portaal van de kathedraal steeg de luchtvaarder. Aan de klok van de barokke toren voorbij, daarboven nu en hoger nog, steeds hoger.

Alberto greep zijn moeder bij de arm vast. Dona Francisca hield zijn hand strak tegen haar zij gedrukt, tussen haar elleboog gekneld van spanning, en de jongen wist niet beter of zijn moeder beleefde dezelfde opwinding als hij.

En toen, ineens, hij merkte, er wás iets. Misschien haar ademhaling plots zo uit het ritme van de zijne. Iets wat maakte dat hij kort opzij blikte.

Zijn moeder kéék helemaal niet naar de ballonvaarder, zij keek niet eens omhoog. Zij staarde voor zich uit, strak en ontdaan. Staarde recht voor zich, als enige op dat moment van alle mensen in São Paulo. Gebiologeerd stond zij alsof het wonder zich óp het plein voltrok in plaats van boven alle hoofden.

Alberto probeerde haar blik te volgen, ging op de punten van zijn tenen staan, leunde op een schouder, duwde een andere wat opzij en nét, tussen twee hoofden door, ontdekte hij zijn vader.

Henrique stond aan de overkant. In de menigte die het opstijgen aan de andere zijde van de ballon had afgewacht.

Daar had zijn vader al die tijd gestaan, onbewust dat zijn vrouw en kind hier waren. En hij wist het nog altijd niet, want net als iedereen keek hij naar de hemel. Datzelfde deed de jonge vrouw die hij aan de arm had.

Zij had een hand op zijn borst gelegd en neeg haar hoofd daar ook wat tegenaan alsof zij amper naar de waaghals dorst te kijken. Onder bescherming van de arm die hij om haar heen geslagen hield, gluurglimpte zij af en toe.

Zo met elkaar vertrouwd stonden zij daar.

Alberto raakte zijn moeder aan. Hiervan schrok zij wakker uit haar schrik. Onmiddellijk lachte ze alweer, streek even over zijn haren, zuchtte een keer diep en keek uiteindelijk zoals iedereen omhoog.

Ach ja, daar was ook een wereld.

Daar ging Gilvaldo, de geluksvogel, zo blij, zo stil! Ver boven iedereen, zeker al twee-, driemaal hoger dan de toren en hij steeg nog steeds.

IX

Wat omhoog gaat...

De Grandioze Gilvaldo leek opgegaan in de nacht.

De onderkant van de ballon, wel honderd meter hoog, had in de maneschijn zijn kleur verloren, niet meer dan een verre, vage sfeer. Hier en daar begon men alweer met elkaar te praten, veelal met één hand knedend in de nek.

Henrique had zijn vriendin losgelaten. Ze liepen ieder een andere kant op en verdwenen in de menigte.

Niemand sprak erover, tegen Alberto al helemaal niet, maar het was een openbaar geheim dat het huwelijk van zijn ouders onder de spanning was bezweken. Dit verdriet werd door Dona Francisca nooit benoemd, maar het hing om haar heen.

Iemand schreeuwde. Een ander wees. Onmiddellijk schoot alle aandacht weer naar boven.

Rook was daar.

En vlammen!

De Grandioze had twee potten Bengaals vuur ontstoken, één groen, de ander rood. Het blaasorkest zette de triomfmars uit de *Aïda* in, waarop de waaghals uit zijn mandje klauterde, een opschepperij. Zijn kleurlichten dansten over de ballon, terwijl hij voetje voor voetje over de rand naar evenwicht zocht.

Moeders drukten hun kinderen een hand over de ogen. Gillen kaatsten over het plein. Sommigen waren bezorgd dat de man daarboven zou kunnen uitglijden en vallen, anderen vooral dat hij daarbij op hun kop zou landen.

In die menigte, die toch bestond uit menselijke wezens, klonterden kliekjes, waarvan de aandacht niet omhoog ging en zich verplaatste in de ander, maar naar binnen werd gezogen, een duister in waar juist gehóópt werd dat Gilvaldo neer zou storten. Dit waren niet minder goede mensen dan de rest, hun bloedlust waren zij zich misschien niet eens bewust, maar wie van glas

 is, vangt ze op in hun lachjes, uit hun plezier om de sensatie. Zonder elkaar te hoeven naderen vonden de kwaadaardigen elkaars golflengte, waarlangs zij elkaar ophitsten. Een enkeling was zo flink te roepen: 'Spring dan!'

Deze wreedheid overviel Alberto omdat hij nooit eerder te midden van zoveel mensen was geweest en nog met de werking van een massa onbekend.

'Spring!'

Zijn hart was in een kluis beter af geweest dan in een ribbenkast. Het had geen enkel verweer. Zag hij een volslagen onbekende zich ergens aan stoten, dan kromp het in zijn borst ineen. Het wilde ieders pijn vóór zijn en deed zichzelf daaraan zeer. Dat verdomde onvermogen zich voor anderen af te sluiten! Op deze manier hield het zich geen leven lang slaande.

Andermans emoties, Alberto ervoer ze zoals je op een stoomlocomotief het vuur ervaart. Je hoeft de vlammen niet te zien om te weten met hoeveel kracht ze laaien. Je hoeft ze zelf niet op te porren om het gevaar te kennen. Je hoeft hun hitte niet te voelen om erdoor te worden meegevoerd.

Zelfs vreemden voelde hij feilloos aan. Hij probeerde ze allemaal te troosten en te redden, maar kon niet altijd iedereen bereiken. Hiermee kon hij hele dagen in de weer zijn, onrustig als een spin in een Spaanse bakkerij, met ándermans gevoelens, en hij kwam dan aan zichzelf nauwelijks nog toe. Zijn eigen angst en zenuwen overwinnen, daar was Alberto een meester in, maar zijn hart voelde zich voortdurend ook zo verwoestend verantwoordelijk voor het geluk van ieder ander.

Een schild had het nodig, desnoods alleen een mandje met een dekentje eroverheen waaronder het zou kunnen schuilen. Het is niet dat Alberto zijn hart niet zou wíllen pantseren, zoals hij dat anderen zag doen, het is alleen, hij wist niet hoe!

Zijn hele jeugd had hij ze gevoeld, de spanningen van elk en van ieder, elke dag opnieuw, de onderhuidse wrijvingen in huis, de aanrollende ruzies. Eerder dan hij zijn Franse vervoegingen onder de knie had, kon hij in iemands stem al ironie, oftewel minachting verhuld als vrolijkheid, onderscheiden van cynisme, zelfbeschadiging vermomd als overwicht. Van ieder woord ving hij de onderliggende bedoeling, als was het een balspel waarin hij de beste wilde worden. Worden moest! Razendsnel, voordat het aankwam bij degene voor wie het was bedoeld, viste de jongen het venijn uit de lucht om het bij te sturen, te verzachten of neutraliseren.

Raakten zijn ouders elkaar in het hart, dan leed het zijne. En kon hij dat voorkomen, dan deed hij hiermee ook zichzelf goed. Zo maakte hij zich ongemerkt verantwoordelijk voor het geluk van anderen, en het zijne afhankelijk van hen.

Een goed ontwikkeld zintuig was het, dat hart waarmee Alberto was behept, meer niet, gespitst op spanning tussen mensen. Hij ving hun gedrag op zoals een vleermuis trilling in de lucht, in de hoop niemand in de haren te vliegen.

Kruipen had hij geleerd omdat zijn moeder lachte als hij naar haar toe kwam. Hij leerde op zijn voeten staan om aan zijn vaders hand te kunnen lopen. Hij at met mes en vork om met de anderen aan tafel te mogen zitten. Hij deed niet meer dan nodig is om in een gezin te leven.

Vóór hem bungelde Gilvaldo's touw.

Het sleepte wiegend over het plaveisel heen en weer.

En hij dacht slechts: ik wil omhoog! Ik klim er gewoon in, wat let me? Ik weeg niet veel, ik hijs nu mezelf zo naar boven en vraag de Grandioze om mij met zich mee te nemen, weg te voeren, hier vandaan, hoog boven iedereen te zijn en ver van alle indrukken.

De muziek stopte.

Er werd geklapt. Gilvaldo werd voor zijn acrobatiek met bravogeroep beloond. Iedereen ging ervan uit dat de voorstelling ten einde was. De artiest bazuinde nog iets door zijn toeter, maar daarvan was beneden weinig te verstaan. Om aandacht te trekken zwaaide hij nog eens breeduit met zijn Bengaalse vuur.

Een ogenblik hield hij stil, misschien voor een gebed, en slaakte toen een ijselijke schreeuw. Alle harten op het plein sloegen over. En voor ieders ogen deed hij precies waartoe een enkele gek hem eerder opruiend had aangespoord: hij sprong.

Hij sprong!

Dona Francisca greep Alberto bij de arm, van schrik haar vingers klauwend in zijn vlees. Hij voelde ze nauwelijks omdat zijn maag met het slachtoffer meeviel. Iedereen rondom ervoer ditzelfde, het hart dat extra zuurstof vraagt, het bloed dat wegtrekt uit de maagwand, de ziel die zich schrap zet, de val van die ander een ogenblik te voelen alsof je hem zelf maakt.

Zie, dit helder ervaren wat er in een onbekende omgaat, zo vreemd is dat mensen niet.

Een meter of vijftig suisde de Grandioze Gilvaldo in vrije val voordat hij de parachute opentrok die hij daarboven ongezien had omgegespt.

Als één man slaakte men op het plein een zucht toen de durfal met een schok omhoog veerde. In applaus en getier vond iedereen ontlading, terwijl de man, die deed wat zij nooit zouden durven, in alle rust naar beneden zakte.

Alberto's moeder schudde haar zoon dooreen van opluchting. Toen ze merkte dat hij had gehuild, kreeg hij een dikke zoen en de verzekering dat alles nu toch goed was afgelopen, maar de jongen kon zijn ogen van die man niet afhouden.

X

De val

Konden moeders aan vogels maar een voorbeeld nemen, wat zou ze dat een tranen schelen. Zo opgelucht als de ene soort is dat hun zware taak erop zit wanneer hun kuikens uitvliegen, zo gebroken is de andere bij ieder die het nest verlaat.

Alberto's moeder zag het hare onder haar vleugels leeglopen.

Zijn broers hadden het huis al verlaten. Van zijn zusjes waren er inmiddels twee getrouwd, allebei met zonen van Villares, een zakenpartner van Henrique, die na het huwelijk met hun bruid naar Porto waren vertrokken.

Kroost in Portugal te hebben schonk Dona Francisca voldoening, alsof de geschiedenis hiermee een hak gezet was, maar de afstand en de tijd die hen scheidden, deed haar soms jammerend op haar knieën vallen voor Onze Lieve Vrouw van Zeven Smarten.

Tot haar ongeluk bestond er een derde broer Villares.

'Weten die jongens niet dat er bij andere families ook meisjes rondlopen?' verzuchtte Guilhermina toen hij om Virginia's hand kwam vragen.

Virginia hield hem af, om haar moeder geen verdriet te doen, maar daar wilde Henrique niet van horen. In de ruzie die volgde maakte hij zijn vrouw de meest vreselijke verwijten en sloeg hij enkele crucifixen van de muur.

Alberto hoorde ze breken.

Hij zag zijn vader het erf afstormen, tierend dat hij Dona Francisca's droge lijf naar een klooster zou sturen omdat zij toch al jaren leefde als een non. Hij sprong op zijn sjees en gaf zijn paard de zweep, vloekend dat zij zich daar voor zijn part in een cel mocht inmetselen.

De Zwarte Kreek deed zijn naam die laatste jaren te veel eer aan. Alberto deed zijn best er nog lucht en leven te brengen, maar de schaduwen waren in het huis gedrongen. De rotting waarvan de bladerbodem altijd in beweging was, begon op te borrelen in de ziel.

Henriques onderneming bleef de grootste koffieleverancier ter wereld. De hele streek profiteerde hiervan. Ook São Paulo, waarvan de bevolking in die twee jaar sinds hun bezoek was vervijfvoudigd, had zijn welvaart voor een belangrijk deel aan hem te danken.

Succes heeft echter, anders dan mensen aannemen wanneer ze jong zijn, geen effect op iemands geluk. De koffiekoning had in korte tijd van zorg zijn haar verloren. Hij naderde de zestig. De liefde had hij na enkele teleurstellende escapades opgegeven. Eigenlijk verlangde hij vooral nog naar het moment waarop hij een stap terug zou kunnen doen en toen zijn jongste jongen zeventien werd droeg hij aan hem het bestier over een deel van de plantage alvast over.

Alberto wist toen al dat hij nooit de zoon zou worden die een vader zich droomt. De opvolging zou een manier zijn om zijn naam alsnog in de boom te kerven. Maar het vooruitzicht hing als anker aan zijn fantasie.

Pompons taak zat er nagenoeg op. Hij wachtte vol ongeduld tot de Villares-jongens Dona Francisca grootmoeder zouden maken, zodat hij misschien in Portugal een volgende generatie zou mogen opvoeden. Hiernaar snakte hij, nu in zijn vrouw na de liefde ook het leven leek opgedroogd.

Pomponette leed aan onduidelijke kwalen, elke week een andere, waarvan vooral gedacht werd dat zij die verzon. Ze maakten haar angstig en prikkelbaar, zodat iedereen haar ontliep. De kwijnende lag een groot deel van de dag op bed met kruidendrankjes en kompressen en zag niemand meer, behalve haar man en zijn laatste leerling.

'Kan jij me vertellen,' vroeg ze Alberto, 'waarom niemand mij komt redden?'

Het was diezelfde ochtend van de ruzie rond Virginia, waarop zijn vader briesend was weggestoven op zijn sjees. Onder leiding van monsieur had de jongeman een uur lang geprobeerd zich op zijn Latijn te concentreren. Toen hij wegging, zat Pomponette op de veranda.

'Ik weet het niet, madame,' antwoordde hij. 'U redden waarván precies?'

Zij keek hem aan, met grote ogen starend zoals pasgeborenen soms doen, alsof ze ineens iets opvalt dat ze in hun korte leventje niet eerder zagen.

 'Het is niet erg.' Ze haalde haar schouders op en snoof de jasmijn die in de lucht hing. 'Je gaat alleen denken: hoeveel mensen heb ik zelf niet gehoord toen ze mij om hulp vroegen?' Even dacht ze na, alsof zij haar gemiste kansen telde, toen sloeg ze met een klap haar handen resoluut ineen. 'Het is ook te veel gevraagd, wat moet een mens ermee?'

Ze schikte op en tikte met haar handpalm op de vrijgekomen plek.

'Toen wij hierheen reisden, mijn man en ik, we hadden geen idee. Wij wilden nog iets met ons leven en hij wilde graag iets van de wereld zien... Nou goed, ik heb me laten overhalen. Wij dachten vooral, ach weet je wat, we gaan sámen, en als het hongeren wordt... we hebben elkaar en verder zien we wel.' Ze lachte om haar onnozelheid. 'Wat je niet weet, is dat samen dáár iets heel anders is dan samen híér. Elkaar hebben midden in het leven of elkaar hebben in zulke afzondering. Als het er zo op aankomt, je kent jezelf niet eens, blijkt dan, laat staan de ander. En je raakt teleurgesteld. Niet in hem, dat moet je niet denken, niet in hem, het is een goeie man, de beste, zeg ik je, een mooie ziel, dat maakt het juist zo erg. Zo'n man en die dan niet gelukkig kunnen maken!'

Alberto knikte alsof hij het begrepen had en dan nu maar eens op zou stappen.

'Van de week heb ik haar betrapt, weet je.' Ze klonk ineens vurig. 'Guilhermina. Bij mijn dressoir. Het raam stond open. Ik zeg je dat ze op mijn haarborstel aasde.'

Pomponette had zichzelf aangepraat dat haar spookpijnen wel veroorzaakt moesten worden door de creoolse en haar voodoo.

'Waar zie je me voor aan, Betinho!' Guilhermina had beledigd gereageerd toen hij er ronduit naar vroeg. 'Als ik dat mens een keer een haar uitruk en daarmee aan de slag ga, is de hele dag op bed liggen er niet meer bij, geloof me, dan laat ik haar totdat ze erbij neervalt dansen als de Heilige Sint Vitus zelf.'

Alberto verzekerde Pomponette nog eens dat zij uit die hoek niets had te vrezen.

'O, maar het doet er niet meer toe,' antwoordde zij bijna verbaasd, alsof hij het verkeerd begrepen had. Ze lachte zelfs. 'Nu toch niet meer! Echt, jongenlief, zeg haar dat ook maar en vertel het iedereen, laat ieder doen wat hij moet doen, dat doe ik zelf ook, maak jij je alsjeblieft geen zorgen.'

Kort na het middaguur kwam een opziener van de zuidelijke velden in galop het erf op. Een van Guilhermina's kippen werd daarbij onder de voet gelopen. Zij at er die avond soep van.

De man sprong uit het zadel, nam zijn hoed af, veegde zijn haren van zijn voorhoofd, maar voordat hij kon aankloppen kwam Dona Francisca al naar buiten gerend.

Henrique Dumont was gevonden onder zijn sjees.

Waarschijnlijk had hij het paard, dat al oud was, zo lang zonder mededogen voortgejaagd dat het halsstarrig was geworden. Het had geweigerd of was in paniek geraakt. Hoe dan ook, Henrique was van de bok gekieperd. Zijn arm lag onder hem, gebroken of verrekt, en hij was met zijn hoofd hard tegen de grond geslagen. Toen een patrouille hem vond lag hij buiten westen, maar ze hadden hem bijgebracht.

Alberto reed erheen met de apotheker en een zak kruiden die Guilhermina in de haast had meegegeven. Tegen de tijd dat ze ter plekke waren had zijn vader, in een poging op te staan, het bewustzijn opnieuw verloren.

Drie volle dagen heeft Dona Francisca, overtuigd dat haar man gestraft was voor het vernielen van de crucifixen, op haar knieën aan zijn bed gebeden om genade. Op de ochtend van de vierde dag werd zij verhoord. Hij opende zijn ogen.

'Chiquinha!' was zijn eerste woord.

In plaats van de drinkbeker aan te nemen die zij hem voorhield, deed Henrique een poging haar hand te pakken en te kussen, precies zoals hij gedaan had bij hun verloving.

Maar zijn mond hing scheef.

Een ooglid wilde niet goed open.

Zijn zenuwgestel bleek door een hersenbloeding aangetast, zodat hij altijd zware pijnen hield en ondanks Guilhermina's rituele wassingen aan één zijde verlamd bleef.

Gekluisterd aan zijn bed vulde Alberto's vader zijn dagen met dagdromen. Hij liet zijn lichaam waar het was en flaneerde in gedachten door Parijs.

 Zijn zoon zat naast hem en las hem op verzoek Stendhal voor en Balzac, maar vooral het laatste nieuws uit Frankrijk, of het nu ging over de moordaanslagen van Ravachol met zijn anarchisten of een schotschrift tegen Eiffels 'ijzeren zetpil' op de Champ-de-Mars.

Henrique leefde op wanneer hij zich kon opwinden over alle veranderingen die de stad had moeten ondergaan, tegelijk verkneukelde hij zich op een kans die nog met eigen ogen eens te zien. Alles aan de oude wereld deed hem goed, vooral te merken hoe daar het aanzien van het beroep van ingenieur sinds zijn studietijd veranderd was. Met het gebruik van ijzerconstructie in alle nieuwe bruggen, viaducten en gebouwen was kennis als de zijne onmisbaar geworden.

'Iemand met mijn interesses,' zei hij eens, 'zou dáár meer toekomst hebben dan bij ons.'

Met name het nieuws over de revolutionaire medische vindingen die in Frankrijk werden gedaan, verslond hij, zoals die over de microbische inoculatie van Pasteur die zoveel kinderen het leven beloofde te redden, de wonderlijke genezingen door magnetisme en de nieuwe behandelingen met elektrische stralingen en radium.

Zodra hij zich, met stokken, weer wat voortbewegen kon, wilde hij dat Alberto hem opnieuw zou vergezellen naar São Paulo. Er wachtten hem daar zaken en hij bezocht enkele artsen. Die schreven hem morfine voor tegen de pijn maar waren het erover eens dat zijn verlamming vrijwel zeker permanent zou zijn.

Henrique zag hun diagnose als bewijs dat de medische stand in Brazilië hopeloos achterliep op die in Europa. De mening van die kwakzalvers, zoals hij ze voortaan noemde, leek hem eerder opgewekt te stemmen. Toen Alberto hem bij het verlaten van de kliniek ondersteunde, grijnsde zijn vader als een kind dat een ondeugend plan had opgevat.

Diezelfde dag nog sprak hij met zijn bank, met zijn zakenpartners en zijn advocaten, want op beslissende momenten in zijn leven – en uitsluitend dan – liet Henrique zijn intuïtie winnen van zijn starheid.

Na het diner trokken zij zich terug in het kantoor, naast elkaar aan het bureau. Henrique tilde met zijn goede hand zijn slechte omhoog en plaatste die boven op Alberto's hand.

Zwaar en koud rustte die daar, terwijl de jongeman zich afvroeg waarom zijn vader dit nooit gedaan had toen er nog gevoel in zat. Maar korte tijd zaten zij alsof dit wel zo was, vader en zoon, versteend.

Toen trok Henrique uit een la een document, dat hij die middag had laten opstellen, en liet het lezen. Het betrof Alberto's emancipatie. Zijn vader had besloten zijn volwassenheid drie jaar te vervroegen van de wettelijk gangbare datum naar zijn achttiende verjaardag.

Zo maakte hij zijn zoon waar hij al die jaren ongeduldig op had gewacht, een man.

Met onmiddellijke ingang kreeg Alberto toegang tot alle tegoeden en bezittingen en toestemming hier, indien nodig, naar eigen inzicht mee te handelen.

Het leek even alsof zijn vader hierbij iets wilde gaan zeggen.

Maar de woorden kwamen niet.

De akte zei alles. Een korte hoofdknik volstond.

Hij gaf zijn zoon een pen en zij tekenden in de schemer van die dag het stuk in stilte, waarbij Alberto zijn vaders vingers moest omklemmen en Henriques hand over het papier leidde.

XI

Een vreemde vrucht

Vóór het einde van het jaar had Henrique zijn onderneming met het recht op exploitatie van de velden voor een duizelingwekkend bedrag verkocht aan de Companhia de Melhoramentos do Brasil. Alberto leek minder op zijn vader dan deze had gehoopt, maar één ding had de jongen met de man gemeen: zij hebben nooit geaarzeld voor een sprong.

Die kerstavond, hun laatste aan de Zwarte Kreek, lagen als geschenk drie passagebiljetten voor de s.s. Elbe bij de kribbe.

Henrique had contact gelegd met een sanatorium in Lamalou-les-Bains, een kuuroord aan de voet van de Pyreneeën, waar de geneesheer hoop gaf op herstel.

Eerst zouden ze naar Porto varen, voor een hereniging met Alberto's zusters, zijn moeders hartenwens. En na de genezing zouden zij met zijn allen verder reizen naar Parijs waar, zo wist Henrique stellig, Alberto's toekomst lag en die van de wereld.

Tijdens het kerstmaal, dat traditioneel op het erf gehouden werd aan lange tafels, waarbij Dona Francisca een bord soep en twee worsten uitdeelde aan alle opzieners met hun familie, kwam Henrique overeind. Dit wilde hij per se op eigen kracht doen.

Rechtop en ondanks zijn verminderde longfunctie met een stem zo krachtig als vroeger liet hij weten dat hij met zijn gezin in januari zou vertrekken. De verkoop van het bedrijf meldde hij kort en zakelijk, als voetnoot bijna, direct gevolgd door de geruststelling dat hij had bedongen dat ieder die dit wilde zijn baan levenslang zou kunnen behouden.

Guilhermina stond in de commotie op. Zij was niet klaar met eten, maar liet haar bord staan en liep in alle rust achter de anderen langs, zoals altijd met die rug van haar kaarsrecht, het statig breeduit wiegen van haar heupen, hoog deinend haar lange, trotse nek. Hier en daar legde zij bedachtzaam een hand op iemands schouder, alsof zij zeker wilde zijn dat iedereen het naar zijn zin had, maar uiteindelijk verdween ze in het lover.

Henrique richtte het woord intussen tot zijn echtgenote. Het luidop spreken vermoeide hem. Heser, haperend, vroeg hij haar om vergeving, openlijk. Het speet hem, zei hij, dat zijn werkzaamheden haar zoveel jaren van de wereld hadden afgesneden. Hij hoopte dit goed te maken door haar naar Europa mee te nemen, waar zij zoveel opera's en concerten zou kunnen bijwonen als zij maar wilde.

Dona Francisca was inmiddels al in tranen, zodat zij niet merkte dat haar man met zijn goede arm een teken gaf, waarop een strijkje, dat hij in het geheim had laten komen, het *Quartetto* van Scarlatti speelde zoals dat aan het hof van de Bragança's had geklonken op de avond dat de echtelieden elkaar voor het eerst hadden ontmoet.

'Van één ding heb ik het meeste spijt,' fluisterde hij terwijl hij weer kwam zitten. 'Dat ik hieraan niet heb gedacht toen wij nog sámen hadden kunnen dansen.'

Zodra de muzikanten op een mazurka overgingen stonden mensen op en vormden paartjes. Alberto zag de kamermeisjes hoopvol naar hem giechelen. Hij was klein en pezig en rond die leeftijd, scheen het, best gewild, maar zijn lichaam was hem vreemd en de verwachting dat hij een van hen of wie dan ook ten dans zou moeten vragen viel als onoplettend afgeworpen ballast boven op hem.

Alleen de Saint-Pompons leken nog minder in de stemming voor een driekwartsmaat. Het plotselinge vertrek van de Dumonts betekende het einde van hun eigen dromen over terugkeer. Pompon kwam aan de hoofdtafel staan. Zijn handen gingen alle zakken van zijn lange jas in, uit en nog eens in. Het assortiment van een kleine fournituurenzaak ging door zijn vingers. Aan de overkant van het erf zat madame stilletjes verslagen.

Henrique beloofde een glanzende referentie te schrijven, waarmee monsieur in het snel groeiende São Paulo vast wel een betrekking vinden zou. Hij zei de onderwijzer een traktementje toe, maar niet de gehoopte overtocht naar Portugal.

Met dit nieuws keerde Pompon terug naar zijn echtgenote, maar hij vond alleen de stoel die zij in haar haast en zenuwen had omgegooid.

‘Maak je over mij geen zorgen, Betinho, alsjeblieft.’

Guilhermina zat haar pijp te roken op een rotspunt in de kreek.

‘Aan mijn kant van het leven leer je al vroeg dat niets daarvan voor jou is. Niets blijft. Je weet het de dag na je geboorte, wanneer je moeder je op haar rug bindt omdat ze terug het veld in moet.’

Alberto wilde bij haar komen zitten, maar zij schikte niet in.

‘Het zit in het ritme waarin je met haar beweging mee zwiept, bukken om te plukken en weer overeind. Háár zweet spat in jouw ogen, de doek waarin je hangt zuigt zich ermee vol. Je ziet de wereld om je heen, maar hij is niet van jou. Bij mijn eerste blik op jou heb ik mijn hart ingeprent dat jij niet van mij was. Dat jij wérk was, dat dit niets met liefde heeft te maken en dat het zich dus niet aan jou moest binden.’

‘En míjn hart,’ vroeg de jongen, ‘heeft dat niks in te brengen?’

‘Dat hart van jou! Wat weet dat helemaal? Dat weet nergens van, het kent de wereld niet. Het is te eigenwijs, ben ik bang, om er ooit iets van op te steken. Jij moet de dingen zien zoals ze zijn. Nee, je dacht toch niet dat ik mezelf ook maar een moment heb wijsgemaakt dat ik jou in mijn buurt zou mogen houden?'

Zij bekeek de pijpenkop, blies erop om het vuur terug te vinden en nam een diepe trek. In de gloed haar strenge blik.

'Die aardigheid van jou, Betinho... Het is ongepast die zo te menen. Het leven staat tussen ons in. Ik bevind me aan de ene kant, jij aan de andere. Het is tijd dat jij jouw positie inneemt. Blijf waar je hoort. Dat is makkelijker voor ons allebei.'

Guilhermina smoorde zijn protest met een handgebaar.

'Op een dag ben ik gestopt jou te wassen. Zelf begreep jij niet waarom, de spons, de zeep, je vond het altijd nog zo lekker mijn handen over je huid, je drong aan toen ik weigerde, je dreinde – "Nog één keer Guilhermina, toe!" – maar ik had gezien wat jij niet zien kon. Ik zag jouw lichaam veranderen. Het was tijd. Het is mijn taak in het leven dat te zien. Jouw lijf was eraan toe dat jij het zelf ging ervaren. Het was zover, dat is alles. Als ik langer was doorgegaan met jou in bad te doen was alles in de war geraakt. Zo is het nu ook. Het is tijd, Betinho. Het zou ongepast zijn als wij onze posities niet innemen, jij en ik, ieder aan een kant. Jij vertrekt. Ik blijf hier. Dat is prima, zo hoort dat, maar láát mij dan ook aan mijn kant. Blijf jij aan de jouwe. Laat mij waar ik hoor.'

Ze stond op, klopte haar pijp leeg op de steen en blies de resten in het water. Alberto stak zijn hand uit zodat zij die grijpen kon en niet zou uitglijden als ze op de oever sprong, maar ze wuifde hem weg.

'Mensen verwachten niet dat je met ze meevoelt, jongen, pas daarmee op. Dat verwart ze. Niemand neemt het je in dank af als je hun gevoelens vóór probeert te zijn. Maak het jezelf makkelijk. En ons. Jij bent veel te lief, nog altijd, veel te zacht voor iedereen. Dat moet afgelopen zijn, ik waarschuw jou! Blijf aan jouw kant van de lijn. Het is zover. Je hebt het zelf nog niet door, maar ik heb het gezien, dat was mijn taak.'

Hij liet haar met haar enkels in de modder staan en beende weg, meer kwaad dan in verwarring.

In gedachten was Alberto alweer bij de reis en alle zaken die hij mee zou moeten nemen om goed voor de dag te komen in Parijs. Daar beleefden ze de seizoenen omgekeerd, zodat het er nu winter was, en dikke, warme kleding bezat hij niet.

Toen hij de bijgebouwen naderde, die waren versierd met kaarsen en lampions, hoorde hij iets.

Achter zich.

In de bosschages.

Een kort heftig ruisen van takken, gevolgd door een rochel, alsof ergens een dier omgelegd werd en gesmoord. Direct daarop was het alweer stil waarna hij zijn weg wilde vervolgen, maar zijn hart zei hem dat hij daar verkeerd aan deed.

Ver van het pad hoefde hij niet te gaan. Twee, drie takken raakten hem in het gezicht voordat de jongeman op een zwaar log voorwerp stuitte.

Hij gilde.

Dacht dat er iemand voor hem stond.

 Hij hield zijn adem in, maar er gebeurde verder niets, zodat hij zijn armen uitstrekte en tegen het obstakel durfde te duwen. Het gaf mee, maar veerde ook weer terug tegen zijn borst. De contouren doemden op en zijn ogen, aan de schaduwen gewend, begrepen wat deze boom voor fruit droeg.

Het was Pomponette.

Tegen haar benen was hij aangelopen.

Hij herkende een van haar witlederen gespschoenen, de andere had zij uitgeschopt, zodat hij haar blote tenen zag. Er zat nog leven in, een stuiptrekking, twee-, driemaal trokken ze samen en ontspanden weer, als bij iemand die na een dag hard werken zijn gewrichten speels hun vrijheid gunt.

Zonder na te denken greep Alberto haar kuiten beet, tilde het lichaam daaraan omhoog en nam zo haar volle gewicht op zich. Hij wist dat ze niet slank was, maar deze last overviel hem. Die te dragen vroeg zoveel kracht dat hij verder onthand stond.

Madame had zich verhangen aan een leren riem.

Haar nek was verdraaid maar niet gebroken, de tong hing naar buiten en leek al blauw, maar haar ogen, groot en bol – in het oogwit flonkering van de lampions – keken nog om zich heen. Alsof ze trachtten te zien wat er voor onverwachts gebeurde daar beneden.

Hij probeerde haar knieën steun te bieden met zijn schouders, maar zij gleden telkens weg, want met haar laatste krachten en misschien omdat zij nu, gestut, wat lucht kreeg, kwam zij in beweging. In haar paniek leek het zelfs of zij naar hem schopte.

Hij kon haar vasthouden, een stukje optillen, zodat de strop wat speling kreeg maar om meer te kunnen doen was Alberto te klein van stuk. Hij schreeuwde dus om hulp.

'Hup vrouwtje, een beetje meewerken nu!'

Guilhermina, die was toegesneld, trad direct streng op.

'In de hel is het druk genoeg,' mopperde ze. 'Het laatste waar ik op zit te wachten is dat jij me straks in mijn dromen ook nog komt bezoeken met die schrille stem.'

Zij raapte de stoel op die Pomponette onder zich vandaan had geschopt, stapte erop en probeerde de riem los te pulken.

'Was het je niet genoeg ons leven te verzuren met je bestaan, dat je ons met je dood nou ook nog last bezorgt?'

Guilhermina wierp een blik op Alberto.

'Hoe is het daaronder? Houd je het nog even? Zie je nou wat ervan komt wanneer een mens zich niet genoeg vermant!'

Madame de Saint-Pompon steunde inmiddels zelf met één voet op de stoel, maar hij moest haar telkens toch weer tillen zodat de riem speling hield en Guilhermina de lus kon losmaken.

Madame had haar ontlasting laten lopen. De jongeman rook het. Hij begon het te voelen ook en dankte God toen zij zich eindelijk van de tak liet plukken.

Haar dikke flanken met brede horten zuigend, persend, kwam Pomponette weer wat op adem. Ze hielpen haar terug naar haar woning, ieder sjorrend aan een kant. Daar zakte zij achter de deur op de vloer van de gang ineen en wilde niet meer voor- of achteruit. Zij hield haar handen voor haar gezicht geslagen en wilde niet worden gezien.

Alberto stelde voor dat hij haar man zou halen, maar dit wilde Guilhermina niet.

'Laat ons maar even.'

Zij ging bij het hoopje ellende op de grond zitten, schoof haar jurk omhoog zodat ze makkelijk achter haar kon schuiven met aan weerskanten een been, trok Pomponette tegen zich aan totdat die zich overgaf en tegen haar borst leunde.

'Wij gaan nu eerst een beetje bijkomen, nietwaar?' sprak de grote zwarte vrouw tegen het lusteloze lichaam dat ze wiegde zoals zij dat ooit met de jongen deed. 'Eerst eens even rustig kijken waar we zijn en wat we willen, wat opfrissen in elk geval, ja, zo meteen eens even in bad en dan een mooie nieuwe jurk aan zodat we weer een beetje voor de dag kunnen komen, het blijft tenslotte feest, nietwaar, dat zou een mens vergeten. Wil jij ons wat water brengen, Betinho, een karaf en twee glazen? Dat lijkt me om te beginnen fijn voor de keel, lekker zacht, ja zo, dat zal wel zeer doen, voorzichtig een paar slokjes maar, dat lijkt me nou goed. En ga jij dan maar.' Ze gaf de jongen met haar ogen een teken dat zij het verder zo wel redden zou. 'Zeg nog maar even tegen niemand iets, Betinho, goed? Ze zijn daarbuiten zo aan het dansen, dit gaat nu even voor, en de rest dat komt wel. Daar is nu geen haast bij, vind je wel? Welnee, wat we eerst alleen nodig hebben is rust en kalmte en daarna zien we wel.'

Zo liet hij de vrouwen achter, tegen elkaar aangeleund op de grond als twee schoolmeisjes die elkaars haren vlechten.

XII

De grote oversteek

Drie lange stoomsignalen en de Elbe kwam in beweging. Terwijl de kade langsgleed stond de familie Dumont aan de reling en zwaaide naar niemand in het bijzonder. Langzaam, alsof het bedenktijd wilde geven, verwijderde zich het vaderland, maar in gedachten keken Alberto en zijn ouders al vooruit.

Genezing, hereniging, ieder had zijn eigen reden om zich te verheugen op Europa, alleen voor iemand van achttien, zoals Alberto, vielen op zo'n eerste grote reis avontuur en leven even samen, gewoon omdat een jong mens zoveel hoop koestert en oversteekt naar zijn volwassenheid.

Toch stond hij af en toe als een kind dromend op de voorplecht, de boegspits onder hem, golven doorklievend. Bij het dreunen van de pompen, de hitte van de machinekamer, het trillen van het plaatijzer, stelde hij zich voor dat hij de steven wendde om een ijsberg te ontlopen, dat hij opdracht gaf de periscoop omhoog te brengen of onder de zeespiegel te duiken mijlendiep tot aan de tweede koude golfstroom, of om de zijvleugels wijduit te ontvouwen opdat de wind daaronder slaan zou en zijn schip de wolken kon splijten.

Wonderbaarlijker nog dan de oplossingen die ze bedenken, is de kalmte waarmee de mannen van Jules Verne hun uitzichtloze situaties met elkaar bespreken. Zonder enige angst bij het vooruitzicht weldra te pletter te zullen vallen op de maan, te verbranden in de zonnestormen of te worden fijngeknepen en verslonden door een reuzenoctopus, melden zij elkaar bij het ontbijt het aantal dagen, uren of minuten dat hun tot aan hun allesverzengende ondergang nog rest.

Hun rap naderende levenseinde – '*een kwestie nog van enkele uren, commandant, dan zal onze capsule op het maanoppervlak inslaan*' – lijkt ze op geen enkele manier af te leiden van wat ze te doen staat of zelfs maar hun eetlust te bederven.

Dit had Alberto altijd zinnig geleken. Deze houding leek hem een stuk interessanter en productiever dan paniek. De reis en zijn problemen hebben hun volle aandacht, niet de verpletterende aankomst, een concentratie die hij de rest van zijn leven voor ogen heeft gehouden. Het leidde zijn helden zonder uitzondering en altijd weer net op tijd tot briljante invallen, oorspronkelijke inzichten en onvermoede oplossingen. Zo wentelden zij het onheil af, zonder van hun afternoontea ook maar een scone te hoeven missen, en volbrachten zij hun tocht naar huis waar hun steevast een nieuwe wending wachtte of een volgende opdracht.

Driemaal werden de Dumonts onderweg overvallen door zwaar weer, dat telkens meerdere dagen aanhield.

Dona Francisca, die aan de kreek overal gevaren zag, voer onverwacht wel bij de vrijheid van de baren. Het zout op haar huid, de kou, het zingen van de touwen, het leek wel of álles haar goed deed.

Na enkele dagen al kon je haar bij nacht en ontij met twee handen aan de reling op de uitkijk zien staan als de piratenkoningin met opgebonden rok, haren breeduit wapperend met niet meer dan een haarband om de pieken uit haar ogen te houden. Zelfs wanneer de stormvlag werd gehesen en iedereen zich naar het vooronder haastte, bleef zij doof voor elke waarschuwing in haar dekstoel zitten, ingesnoerd desnoods, om zo min mogelijk van het natuurspektakel te missen.

Op een namiddag, toen de kapitein Alberto kwam waarschuwen dat hij de verantwoordelijkheid voor Dona Francisca zo niet langer dragen kon, vond de jongeman haar zittend op het voordek, haar vingers uit alle macht de stoelleuning omklemmend, maar kin vooruit, ogen stijf gesloten, genietend van de wind die, als een jonge minnaar, haar haren in de war bracht.

Ze keek hem aan, kalm verrast alsof hij haar kwam wakker maken uit een zonnige droom. Zij straalde naar hem op, onbevangen, zoals hij haar sinds zijn kleuterjaren niet meer had gezien.

'Wij moeten ons voorbereiden, jongen.'

In de verlaten eetzaal waar zij zich warmden met een hete grog sprak Alberto's moeder zonder omhaal, alsof de oceaan haar geloof en bijgeloof had afgespoeld.

 'Wat hij ook nog allemaal van plan is, jouw vader heeft niet lang meer. Ik denk dat hij dat zelf ook weet. Misschien zal hij in Porto willen blijven bij je zusters en dan zal ik hem verzorgen zolang het moet.' Zij tuurde door de patrijspoort, alsof de sterfscène daar doorheen te zien was. 'Maar ik ken hem, hij zal voor het einde in Brazilië willen zijn. Heeft hij daarover iets gezegd?'

'Hij heeft nog alle hoop op Lamalou-les-Bains.'

'Waar hij hoop op heeft is jou naar Frankrijk te zien gaan. Als jij gaat, kan hij in gedachten mee.'

'En jij?'

'Ik hoop dat jij hem dat plezier zult willen doen. Gá naar Parijs, ook als hij dat niet meer haalt, en schrijf hem. Schrijf hem vaak, schrijf hem veel. Waar je loopt, wie je spreekt, wat je doet, zodat hij elke dag iets heeft om zich jou daar voor te kunnen stellen. Weet je, ik ga niet verder met hem mee.'

'Wat bedoel je, wou je in Portugal blijven in je eentje?'

'In mijn eentje zal ik toch niet zijn,' lachte ze. 'Ik kan bij je zusters wonen, als die mij willen hebben, en anders biedt de Heer altijd wel ergens plek.' Een golf sloeg tegen het raam. Zij keek hoe het zoute water van de ruit droop. 'Je vader heeft mij niet nodig. Hij heeft mij nooit nodig gehad, niet echt, behalve als trofee, aanvankelijk, daarna als moeder voor zijn kinderen. Dat is al veel, dat weet ik wel. Dat is meer dan sommigen ooit krijgen. Misschien is dat genoeg, wat wil ik meer? Ik weet het niet, hij heeft mij ook zoveel gegeven. Júllie heeft hij me gegeven. En financieel natuurlijk, materieel, het heeft mij nooit aan iets ontbroken, dat vergeet ik niet. Andersom heb ik hem veel niet kunnen geven. Veel waarop hij had gehoopt... ik kon het niet. Dat spijt mij nu. Ik heb mezelf vaak verweten dat ik ondanks alles niet tevreden was.'

Zij leegde haar glas.

De whisky brandde. Ze hapte lucht.

'Na al die jaren op de *fazenda*... Jullie zijn volwassen. Dan gaat het nu eigenlijk om wat ik zelf het liefste wil. En kijk, ik bén op weg naar Portugal!'

Zij drukte het lege glas, dat nog lauwwarm was, tegen haar voorhoofd, rolde het daar even heen en weer terwijl ze nadacht. Haar wangen gloeiden.

'En als Portugal tegenvalt?'

'Daar heb ik ervaring mee, dingen die tegenvallen. Tegenslag zit in de familie, ik zeg het je recht uit de mond van je voorouders! Ik heb er voldoende

 ervaring mee om niet meer al te veel te hopen, maar toch ook weer niet genoeg om niet nog eens voor één keer iets te durven.’ Zij stond op en tevreden verzuchtte zij: ‘Eindelijk eens iets te durven, zeg!’

Alberto begeleidde haar met de nodige moeite naar haar hut.

‘Jij en je ballonnen!’ Zij opende het slot en stapte de waterdorpel over. ‘Weet je dat het mij soms tot voorbeeld is geweest, dat jij al die dingen voor je zag – of ik moet zeggen ziet? Ik vond dat angstig maar ook hoopvol. Jij bedenkt dingen en je doet ze, gewoon omdat het leven jou nog niet geremd heeft.’

Zij trok haar jongen naar zich toe om hem te kussen maar zij werden door een hoge golf juist omvergeworpen, zodat zij elkaar misten. Dona Francisca schudde haar hoofd giechelend om zoveel avontuur.

‘Het is een vergissing te denken dat iemand die in zijn gedachten leeft, niet precies doorheeft hoe alles werkelijk is. Als iemand dat zou moeten begrijpen, Alberto, dan toch zeker jij. Alleen als je werkelijkheid onomstotelijk is, onontkoombaar, kun je je verliezen in iets anders. Móét je je verliezen. Pas dan ontstaat die diepe hunkering naar iets heel anders. Die blik vooruit, dat altijd maar vooruit willen ook tegen beter weten in...’

Een nieuwe deining wierp hem tegen de muur. Aan een kus waagde Dona

Francisca zich niet meer en ze wierp in plaats daarvan een kushand toe.

'Ja,' zei ze alleen nog, 'die ballonnen van jou, daar heb ik veel aan gehad. En nóg! Het enige wat ik indertijd onmogelijk kon begrijpen, was dat jij niet bang leek voor de onveiligheid van het soort avonturen dat mijnheer Verne beschrijft. Zijn oneindig troosteloze, onontdekte leegtes leken jou juist te trekken. Ik dacht: ach ja, zo denkt een kind, dat ziet nou eenmaal nergens gevaar. Maar nu...' Zij stond op het punt de deur te sluiten. 'Nu denk ik: kom maar op. Kom maar op! Avontuur is natuurlijk ook maar gewoon een wereld buiten de alledaagse. Zal je straks lekker slapen, dan, lief kind? Tot morgen!'

Alberto klopte bij zijn vader aan en bracht nog een aantal uren met hem door. Zij fantaseerden samen over Frankrijk, zoals ze dat zouden blijven doen tot hun aankomst in Leixões.

Door zijn verlamming had Henrique bij kalme zee al last van de deining. Rondgaan door de nauwe, stalen gangen was voor hem uitgesloten en aan manoeuvres met zijn stokken door de eetzaal moest hij helemaal niet denken, zodat hij in zijn hut gevangen zat. Meestal bracht zijn zoon hem zijn eten, waarvan hij het meeste terugzond naar de kombuis. Alberto zag zijn vaders lichaam in die korte tijd op zee verstarren, zijn gelaat vermageren, zijn blik versomberen.

‘Ik heb nog wat te leven,’ verzekerde Henrique hem. ‘Een jaar of wat misschien, welja. Ik zou heel graag nog weten wat er van jou wordt, ik wil zien hoe jij je gedraagt. Ga. Wóón in Parijs, de gevaarlijkste stad voor een jongen. Zoveel verlokking op die leeftijd, je hebt geen idee, zoveel verrukking. We zullen eens zien of zij voor elkaar krijgt wat mij niet gelukt is. Er is nog tijd. Ik zou niets liever willen dan nog mogen beleven dat die stad van jou een kerel maakt.’

Er droop wat speeksel uit zijn mondhoek, dat Alberto weg depte met een handdoekje, een noodzakelijke intimiteit die zijn vader meestal slecht verdroeg, maar deze keer greep hij zijn hand en hield hem even vast.

‘Ik heb liever niet dat jij je tijd verspilt met het halen van een of ander doctoraat, nergens goed voor. Je zult schatrijk zijn. Met zo’n fortuin, wie zal jou ooit vragen naar een studiedocument? Dat je de hersens hebt dat weet ik wel, dat hoef ik niet zwart-op-wit te zien. Wat jij nu vooral nodig hebt is praktische kennis, de laatste nieuwigheid op allerlei gebied. Zoek een specialist, privé, die jou onderwijzen kan in fysica. En zoek anderen die je alles bijbrengen over chemie, mechanica, elektriciteit, over wat er op dit moment allemaal wordt uitgevonden, de ontwikkelingen gaan zo razendsnel. Alleen al in míjn leven, in die luttele decennia sinds ik mijn studie heb voltooid, is onze wereld ingrijpender veranderd dan in alle eeuwen daarvoor. Laat je daarvan op de hoogte brengen, bestudeer al die zaken, maar vergeet niet: de toekomst ligt in de mechanica. Doe wat je doen moet. Jij hoeft je geen zorgen te maken over je levensonderhoud, geen dag, nooit. Dat is mijn geschenk aan jou. Jij zult volledig vrij zijn om je ideeën te laten rijpen, te testen en uit te voeren. En doe ondertussen vooral ook alles wat ik gedaan heb op jouw leeftijd in die stad, doe wat een man daar doet, Alberto, onderzoek, ga eropuit, wees niet timide, alsjeblieft, wees niet zo bang voor je natuur, dat bleue hebben we gehad, meer dan wat ook is het nu eerst nodig dat jij leven leert en liefhebben.'

 De rest van hun tijd brachten vader en zoon zoet met mijmeren over Alberto's toekomstige woonplaats. Zij maakten een lijst van mensen die Henrique in Parijs gekend had en die Alberto daar zouden kunnen helpen. De meeste namen moesten uiteindelijk weer worden weggestreept. Na even rekenen begreep de zieke dat die oude vrienden, wier gezichten hij zó voor zich zag, onmogelijk nog in leven konden zijn.

Ook van zijn lijst met clubs en theaters waarvan hij wilde dat zijn zoon ze zou bezoeken – van de dertigduizend Parijse cafés kende Henrique de tien beste – en de lijst van eethuizen met het fijnste voedsel bevonden waarschijnlijk weinig etablissementen zich nog op hetzelfde adres.

Zijn ogen herwonnen glans terwijl zij zich de moderne stad met zijn technologische wonderen probeerden voor te stellen, de telefonische verbindingen aan huis, de *theâtrophones* op elke straathoek waardoor men de opera's, toneelstukken, kamermuziek of politieke bijeenkomsten kon beluisteren die binnen bezig waren.

Hoe het zijn zou, stelden zij zich voor, om het elektrisch licht te zien vanaf het observatiedek van Eiffels gloednieuwe toren, een ijzeren constructie tweemaal zo hoog als welk ander gebouw ter wereld ook. Daar met een lift rechtstandig langs omhoog te zoeven!

Henrique raadde zijn zoon ook aan salons te frequenteren, als die nog steeds bestonden, omdat daar meer dan in de musea en de galeries, het brandpunt van het artistieke leven lag. Hij zou er de kunstenaars kunnen ontmoeten wier werken zij hadden verslonden, Zola, Mallarmé, Baudelaire, of degenen over wie zij jarenlang hadden gelezen in de bladen: Debussy, Rimsky-Korsakov en Monet, Manet, Cézanne, alleen de klanken van hun namen leken hem al goed te doen. Alberto zou daar in het echt al die doeken gaan zien, stelde zijn vader zich voor, die zij altijd alleen maar in zwart-wit of aquatint hadden afgebeeld gezien: Degas en Caillebotte, Morisot, Cassatt, Signac, Redon. Sommige van die namen sprak hij quasi-spottend uit, omdat hij het maar prutsers vond die nu de dienst uitmaakten in een stad die ooit van hem was. Voor andere vernieuwers koesterde hij eerbied of hij vond hun werk aanstekelijk, zoals dat van Toulouse-Lautrec, die een wereld van vermaak schetste, waarnaar hij ongegeneerd kon terugverlangen.

Het kwam nogal plotseling, de manier waarop zijn vader hem in zijn zwakte als broer of vriend leek te gaan zien. Alberto zou zich er ongemakkelijk bij hebben gevoeld, als hij de pret niet had gezien, waarmee de zieke hem bepaalde confidenties deed, guitig, waardoor hij soms meer aan het begin van zijn leven leek te staan, dan aan het einde.

Op een avond, ze hadden de haven van Dakar al achter zich, boog hij naar de jongeman over en vertrouwde hem een adres toe aan de Boulevard de Rochechouart, aan de voet van Montmartre, dat de keizer van Brazilië hem eens hoogstpersoonlijk had ingefluisterd, waar iedereen die ook maar iemand was, kwam luisteren naar liedjes, die vaak opruiend waren, schunnig en schandalig. De prins van Wales had dit cabaret bezocht, wist de keizer, aartshertog Rudolf van Oostenrijk en diverse Russische groothertogen, dus hoe erg kon het zijn om daar gezien te worden?

De picador is laat vandaag
Ai, ai, zijn arme moeder

Stem wankel, maar plezier op stoom, zong Henrique voor zich uit. Aan zijn hangende zijde lekte de ooghoek zoals altijd en toch leek dat wezen, één arm steunend op zijn matras, dat daar vooroverleunde op zijn ziekbed nauwelijks nog Alberto's vader; het was een jongen met levenslust en ondeugd in zijn ogen, klaar het leven nog eens uit te dagen.

Maar Carmencita tra-la-la
Leegt aan de toog een vaatje
In de meid is het bier
In de wei staat de stier

Zijn zoon bette de mondhoek en pulkte een korstje bij het oog weg. Ondertussen ving Alberto de melodie en zong zo'n beetje met hem mee.

Was, Carmencita tra-la-la,
Jouw picador vandaag te traag
Met het prikken van een gaatje?
Ai, ai, zijn arme moeder.

DE HARTSTOCHT

19 december 1932

Niets is aan de doden irritanter dan hun onvermogen om zich helder uit te drukken. Als ze bij leven ook zo vaag waren, is het geen wonder dat ze het geen van allen hebben gered.

De storm door het gebladerte, het panisch fladderen van mottenvleugels tegen het lantarenglas, Guilhermina had er maagpijn van. Klapperende deuren, om half drie het balken van de ezels en twee uur later nog eens. De geesten lieten zich de hele nacht al horen, maar eens één keer een concrete waarschuwing ho maar.

Het geweld waarmee de militairen de volgende ochtend het erf op denderden, had haar daarom net zo overvallen als wanneer zij niets voorvoeld had. Gierende banden, piepende remmen, slaande portiers. Drie soldaten en een jonge officier sprongen tevoorschijn en leken op hun beurt verrast door de onschuld van het tafereel dat ze verstoorden.

Enigszins onthand stonden ze met hun getrokken revolvers tegenover de bejaarde creoolse.

Guilhermina zat op haar schommelstoel. Het wiegen verlichtte de pijn in haar versleten wervels. Wippend met haar tenen hield zij de beweging gaande, en staarde haar overvallers aan, niet van plan als eerste met haar ogen te knipperen.

Even was er alleen het piepend kraken van haar zetel.

De soldaten keken elkaar aan.

De officier liep terug naar de wagen, opende het achterportier en overlegde fluisterend, waarna een man in burger uitstapte. Die gaf de militairen een teken hun wapens op te bergen en zich te verspreiden. Hij kwam op haar toe en lichtte zijn hoed.

'Dokter Catunda.'

'Mij mankeert niks, dokter,' zei Guilhermina. Zij pakte het breiwerk op dat in haar schoot lag. De draad gleed alweer door haar vingers, en in een zacht, vanzelfsprekend ritme rond de naald. ‘Dat wil zeggen, niks dat u nog kunt verzachten.’

‘Slijtage.’ Hij zuchtte. ‘We ontkomen er geen van allen aan.’

‘Dat is teleurstellend nieuws.’ Vol aandacht telde zij haar steken en keek toen weer naar hem op. ‘Ik hoop niet dat u van ver hebt moeten komen voor die diagnose.’

‘Daarvoor kom ik niet,’ zei Catunda. ‘Ik ben lijkschouwer.’

‘Dan ben ik er slechter aan toe dan ik dacht.’ Ze kneep eens in haar arm om te zien of ze nog leefde. ‘Nee, ik moet u teleurstellen, mijnheer, u bent te vroeg.’

‘Bent u bekend met dokter Haberfield?’

‘Dokters zijn duur. Ik heb het geld niet. Als mij iets plaagt, heb ik mijn eigen middelen. De natuur is er zo rijk aan, u hebt geen idee.’

‘Dokter Walther Haberfield.’

‘Het zegt me niks.’

‘Ik heb reden te geloven dat hij u iets heeft toevertrouwd.’

‘Dokter Wal-ther Ha-ber-field?’ Zij dacht diep na. ‘Is hij soms overleden?

Wacht, u komt voor een bericht van gene zijde.'

'Van gene zijde, waarom denkt u dat?'

'Omdat onderhand iedereen die ik aan deze zijde heb gekend daarheen is verhuisd. Krijg ik nog bezoek dan meestal van iemand die hoopt op een boodschap. Bovendien, dat is mijn manier om nog een kleinigheidje te verdienen.'

Dit ging een moeizaam gesprek worden, het mensje was duidelijk ver heen. Roberto Catunda trok zijn broekspijpen op en nam plaats op de trap naar de veranda, naast de oude, zwarte vrouw, gemoedelijk.

'Ik waarschuw u...' Zij sloot haar ogen en hield haar hand op. 'Zonder offerande geven de doden niks zinnigs prijs, minstens vijf *mil-réis*, voor minder komen ze hun graf niet uit en zelfs dan, garanties vallen niet te geven.' Guilhermina begon te brommen en maakte zoemende geluiden als een radio die een frequentie zoekt.

Catunda viste een paar munten uit zijn broekzak. Hij had ze nog niet op haar palm gelegd of een van haar scharrelende kippetjes vloog op, geschrokken van niets.

 De dokter dook.

Het beest scheerde rakelings over. De kracht van de vleugelslag bracht zijn haar in de war.

‘De doden houden er niet van gestoord te worden als het licht is,’ verklaarde Guilhermina. ‘Net andersom dan wij. De nacht is hun domein.’ Zij borg de munten in de zoom van haar rok en ging er nu echt voor zitten. ‘Goed, daar gaan we. Mocht ik even wegvallen, in trance raken of in vervoering, maak me niet wakker, ik kom vanzelf terug. Dus, zeg het nog één keer, wilt u? De naam van die dokter die u noemde, wie is het precies van wie u iets zou willen weten?’

‘Met Dokter Haberfield telefoneer ik liever. Hij is een studievriend en nog springlevend,’ zei Catunda. ‘In plaats daarvan, nu we toch bezig zijn, ik heb wel een vraag voor iemand anders...’

Guilhermina wist welke naam hij zou gaan noemen al voordat hij hem uitgesproken had. Leven maakt een mens vanzelf helderziend.

Enkele maanden eerder, nadat Haberfield zijn dokterstas aan haar had toevertrouwd, na de plechtigheden in São Paulo, was Guilhermina er de crypte mee uit geslopen. Uit de gescheurde naden van haar jurk stak tsjilpend het bekje van het gevallen zwaluwjong.

Op weg naar boven had zij zich langs de onderbisschop van Caraguatatuba moeten wurmen, die juist in gezelschap van een groepje monniken afdaalde voor een laatste zegening. De mannen keken op van haar verschijning, maar de stilte was te doods geweest om met woorden te ontwijden.

In de kathedraal heerste na afloop van de dienst zo'n droeve drukte dat een creoolse er met een dokterstas kon wegkomen. Ook op de Praça da Sé waren mensen te zeer met elkaar en hun verdriet bezig om te letten op een oude vrouw. Terwijl zij zich een weg door de rouwenden baande, begon de waarheid pas te wegen.

Guilhermina had haar last opgetild. Zij had haar gang versneld, voor zover dat nog lukte met benen als die van haar, en de rest van de weg had zij Alberto's hart in haar armen gedragen, zoals zij hemzelf zo vaak gedragen had, stevig tegen haar borst geklemd.

In de trein had zij hem op schoot gezet. Zij zweette. Bij iedereen die haar coupé inkwam was zij bang geweest dat haar zou zijn aan te zien dat zij er met een deel van Braziliës nationale trots vandoor ging. Pas een uur of anderhalf voor Ribeirão Preto – zij was doende een jong weduwvrouwtje uit São Carlos te troosten met een berichtje van haar gesneuvelde man – durfde zij te geloven dat geen mens de inhoud van haar tas ging raden, omdat die gewoonweg te bizar was.

De laatste paar mijl naar de oude plantage liftte zij terug zoals zij was gekomen, achter op de laadbak van een wagen van de Antarctic-brouwerij. Het was al donker toen zij bij haar huisje aankwam. Die eerste nacht had zij de tas niet binnen willen hebben, maar hem begraven onder een struik aan de stroom.

Op bed had Guilhermina liggen piekeren wat zij er in hemelsnaam verder mee moest. Ze was opgestaan en toen ze uit het raam keek, onwillekeurig, als om zich te verzekeren dat alles aan de waterkant nog veilig lag, zag zij dat zich vuurvliegjes rond de struik hadden verzameld. Ze dansten gloeiend door de takken.

'U bent gekomen om mij verdriet te doen,' zei Guilhermina zodra dokter Catunda de naam genoemd had van de man die hij aan gene zijde wilde spreken.

'U kunt tevreden zijn, het is gelukt.'

Zij schudde zich los uit haar concentratie en hees zich overeind. Haar huid hing dan misschien los, haar verontwaardiging trok nog altijd formidabel strak.

'Dus u geeft toe dat u Santos-Dumont kent?'

'Ik geef meer toe dan dat, mijnheer. Ik heb hem gezoogd nadat mijn eigen jongen in de wieg was omgekomen en Alberto's eigen moeder niet voldoende melk had. En nu is ook hij dood. Het stond in alle kranten, ik weet het, ik overleef ze allemaal. Wat komt u doen, mijn pijn opporren?'

'Ik had begrepen dat u in contact staat met de geesten.' De dokter deed zijn best om niet te smalen. 'De zijne had ik willen vragen of hij toevallig ook weet waar zich op dit moment zijn hart bevindt.'

'Vraag liever waar uw eigen hart zit, dat u een oud mens zo overstuur probeert te maken!'

'Ik was het die indertijd zijn lijk geschouwd heeft.'

'Had hem er dan meteen zelf naar gevraagd.'

 'Helaas, ik mis uw gave. Bovendien, toen ik mijnheer Santos-Dumont onderzocht, zat zijn hart nog waar het hoorde. Pas onlangs kwamen wij erachter dat het ergens onderweg is zoekgeraakt.'

'Slordig.'

Haar stem sneed zo dat de militairen erop afkwamen. Voor de zekerheid bleven zij in de buurt. Twee leunden tegen de motorkap, de officier liep naar het zijraam van haar huisje, schoof het gordijn opzij en keek naar binnen.

'Ziet u,' zei Dokter Catunda alsof hij haar iets toevertrouwde. 'Iets eigenaardigs is gebeurd. De bijzetting in de kathedraal van São Paulo was op zich al indrukwekkend. Nu ja, dat weet u, u was daar immers bij...'

Hij pauzeerde maar Guilhermina hapte niet.

'Nu de opstand is neergeslagen, is de weg vrij om het stoffelijk overschot dan eindelijk naar Rio te vervoeren. Mijnheers laatste wens was het daar te rusten op het kerkhof van São João Batista. Hieraan zal komende week gehoor worden gegeven tijdens een staatsbegrafenis waarvan president Vargas alle kosten op zich neemt.'

'Doden hebben een hekel aan heisa,' onderbrak Guilhermina. 'Ze zijn blij dat het eindelijk stil is. Laat ze toch liggen.'

‘Dat was voor iedereen beter geweest, ja. Maar nu ligt Santos-Dumont in Rio opnieuw opgebaard. Toen zij daar zijn kist openden om hem een beetje bij te werken, kwam de diefstal aan het licht.’

‘Ongelooflijk, waar mensen toe in staat zijn.’ Omstandig schudde zij haar lange grijze kroeshaar. ‘Een man zijn hart!’

‘Wat bent u ermee van plan? Gaat het om voodoo?’ Ondanks zichzelf huiverde de dokter. ‘Wat voor praktijken houdt u erop na?’

‘Ik?’ stamelde Guilhermina.

‘Is het omdat u er bepaalde krachten aan toeschrijft? U beoefent candomblé, nietwaar, het hele dorp weet het. Op zondag gaat u naar de kerk, maar ondertussen... Waar is het nu, dat hart, *mãe-de-santo*, wordt het gebruikt bij rituelen?’

‘Ik ben een oude vrouw, ik weet van niets.’

‘In dat geval zult u geen bezwaar hebben...’ Roberto Catunda gaf een teken waarop de soldaten in actie kwamen.

De officier aarzelde.

Zijn eigen grootmoeder was priesteres. Haar dwarsbomen was de goden vragen om ellende. In zijn pubertijd had hij door zijn oma's toedoen eens overhoop gelegen met de heilige Zumbarandá, die maandenlang zijn baardgroei had ontregeld.

Bevel was natuurlijk bevel, maar terwijl zijn mannen over de kale, houten vloeren van haar huisje klosten, haar kastjes doorzochten, en de strovulling van haar matras, keek de militair het oudje een paar maal aan als om de inbreuk te verzachten en lachte verontschuldigend.

Diezelfde dag, een paar uur later

‘Vanavond nog?’ vroeg Pomponette. Zij keek door de persienne. Op straat begon het al te schemeren. ‘En waarom ga je zelf niet?’

‘Omdat ze mij in de smiezen hebben.’ Guilhermina schoof het theeservies opzij, sloeg het tafelkleedje terug en zette haar knollenmand op tafel. ‘Bovendien, jij kent de weg in Rio. Je hebt er vast nog wel een kennis om bij te overnachten. Wat wil je, dat ik zelf dat hele eind reis en dan op straat slaap? Moet je mijn benen zien!’

‘En ik,’ zei madame De Saint-Pompon, ‘wat ben ik, vijfentwintig?’ Onwillekeurig kneedde zij haar nek die altijd scheef was blijven staan. Sinds haar wanhoopsdaad waren de bovenste wervels vergroeid zodat haar kin schuins naar haar borst wees en zij je altijd van onder haar wenkbrauwen aankeek alsof zij iedereen wantrouwde.

‘Lekker stel, wij samen,’ bromde Guilhermina. ‘Voor zo’n geheime missie.’

‘Hoezo geheim? Het is een staatsbegrafenis. Iedereen komt, ook vanuit het buitenland, God weet hoeveel staatshoofden daar worden verwacht. Niks geen geheim, de hele wereld weet ervan, het staat in alle kranten.’

‘Staan onze namen daar soms tussen?’

‘Natuurlijk niet.’

‘Dat bedoel ik. Omdat geen mens ons verwacht. En toch zullen wij er zijn. Dat wil zeggen: jij. Jij duikt daar straks op.’

‘Wat heb ik op Betinho’s begrafenis tussen de hotemetoten te zoeken?’

Guilhermina pakte een knol uit de mand, blies het stof eraf en plukte een oneffenheid weg.

‘Vraagt iemand daarnaar, dan vertel je hoe die goeie jongen jouw redder is geweest.’ Zij keek de Française recht aan. ‘Want zo is het wel. Wat vind je, dat Betinho jou het leven heeft gered, is dat geen reden om behoorlijk afscheid van hem te willen nemen?’

Zodra zij de ene knol schoon had, legde Guilhermina die terzijde en begon aan de volgende.

‘Van veel dingen heb ik lang geleden al afscheid genomen.’ Madame De Saint-Pompon huiverde. ‘Nee, ik ga niet naar Rio, ik denk er niet aan. Alberto was lief, hij was goed, maar ik kan dat niet. Het is voorbij. Net als hijzelf. De hele familie. Die tijd heb ik al eens een keer begraven, samen met mijn man. Begrijp je, er komen nu toch al telkens dingen boven. Je kunt geen krant opslaan of het gaat over Santos-Dumont. Die foto’s van hem overal, die lofredes! Mijn hart breekt bij alles wat aan hem herinnert.’

‘In dat geval,’ zei Guilhermina, ‘zou ik dat hart van je dan nu maar even heel goed vasthouden.’

Uit haar mand tilde zij de tas van dokter Haberfield, die door zijn maandenlange ondergronds verblijf nogal was aangetast, en zette hem op tafel. Er klonterde nog aarde aan, die rondvloog nu zij hem opendeed. Zwart mergel klaterde over het mahonie. In modderpoeltjes viel het uiteen in Pomponettes porseleinen theekopjes.

Na de overname van de koffieplantages en het vertrek van de Dumonts waren de Saint-Pompons naar Rio de Janeiro getrokken in de hoop op werk, maar monsieur, op zijn leeftijd, had moeten opzwemmen tegen een eindeloze stroom Europese immigranten, stuk voor stuk slimme, jonge mensen met moderne kennis, beter opgeleid dan hij. De hiaten in zijn leerstof, die hij altijd met groot gebaar had overbluft, waren niet alleen anderen opgevallen maar ook hemzelf. Na zijn zoveelste ontslag had hij het roer omgegooid.

De oudste volontair die zich ooit bij het Teatro Lírico had aangediend, was hij geweest, maar met zijn onverwachte kennis en zijn grenzeloos enthousiasme kreeg hij binnen enkele weken betaald als manusje-van-alles. Achter de schermen werd hem de ene dag gevraagd een batterij lampen te bedienen, een volgende de trekkenwand, maar elke avond kon hij nu na de voorstelling met acteurs rondhangen in de kroeg. Deze wereld, waarvan hij altijd had gevoeld dat hij er hoorde, leidde hem af van het onstilbare verdriet van zijn echtgenote. Met alle liefde die hij in zich had was het hem niet gelukt om haar te troosten. En dacht hij soms aan thuis, hoe lusteloos zij in haar stoel zat in de donkere achterkamer in Santa Teresa, dan was er altijd wel weer een impresario die de hele *troupe* een rondje gaf.

 Pompon dronk met de jeunes premiers mee op, maar kon daar niet goed tegen. Wanneer zij hem op tafel hesen om toch alsjeblieft zijn *Brittanicus* nog een keer voor ze te doen, was dit niet omdat zij zo van zijn gebaren en zijn declamatie hielden. Hij wist wel dat Racine zo'n hilariteit doorgaans niet wekte, maar dan nám hij er gewoon nog één en zei tegen zichzelf dat artiestenvolk nu eenmaal op alles uitgelaten reageert.

Pomponette kreeg haar man alleen nog aangeschoten thuis, maar zij zei niets. Zij begreep te goed dat hij verstrooiing zocht van háár.

En vertelde hij over de nieuwe stukken op het repertoire, over de internationale gezelschappen, die soms met de grootste sterren het theater aandeden, dan lichtten zijn ogen op, eenzelfde vuur van pret zoals dat vroeger gewoed had in hun intimiteit. Dan hing zij aan zijn lippen alsof zij weer even deel uitmaakte van het leven, en lachte hij naar haar, dan was het of een steen voor het graf werd weggerold waarin zij levend zat begraven, een licht dat dan bij haar binnen scheen, zijn oude enthousiasme.

Na enkele jaren, toen het noodlot toesloeg, was zijn lichaam door de drank al aangetast. Het ongeval vond plaats terwijl het hele theater toch al in rep en roer was omdat Sarah Bernhardt er een week lang optrad.

Pompon, die als enige de taal van de vedette sprak, trad die week op als toneelmeester. Zijn belangrijkste taak was haar vóór iedere opkomst de wacht verstaanbaar door te geven. Hij genoot. 'De Goddelijke', zoals zij werd genoemd, sprak hem als gelijke aan en maakte, wanneer zij áf was, soms met hem zelfs een praatje.

De laatste avond ging het mis, tijdens de derde akte van *La Tosca*.

Zij had de dode Cavaradossi gekust en rende de Engelenburcht al over om zich in de Tiber te storten, toen Pompon zag dat de matrassen die haar achter het decor moesten opvangen niet onder de borstwering lagen, maar daarnaast. Hij probeerde de actrice uit alle macht te waarschuwen, riep zelfs hardop dat zij niet moest springen, maar zij had zich verloren in haar spel, wierp zich van de trans en brak haar rechterknie.

De fout was niet de zijne, maar toch is Pompon dit zo altijd blijven voelen.

Hierna ging het snel. Hij keerde in zichzelf, ging na afloop nooit meer mee de kroeg in – hij schaamde zich te erg – maar dronk verder in zijn eentje, ook toen hij er pijn van kreeg en begon te kwijnen.

 Nadat zij haar man begraven had, was Pomponette teruggekeerd naar de plantage. Daar trof zij niemand meer van vroeger, behalve Guilhermina. Vriendinnen waren zij nooit geweest, maar soms bezocht zij de creoolse nu met zelf getrokken soep of een gebraden haantje, soms ook kwam de ander bij haar op de thee met haar mand vol groente en de mond vol roddels uit de geestenwereld.

Eens in de zoveel tijd, wanneer de vrouwen samen zaten, haalde Pomponette haar mans oude enkellange mantel uit de kast en gingen zij samen door zijn vele zakken.

‘Dat is zo heerlijk aan de doden,’ zei Guilhermina dan, ‘die nemen ons niets kwalijk.’

Een sokophouder, zegellak, een pennenmes, aan alles wat er uit Pompons jas tevoorschijn kwam, kleefde een herinnering die zij getweeën gretig ophaalden; zijn bril, zijn doezelaar, een waspit met een tondel. En altijd weer vroeg Pomponette zich af hoe het toch kwam dat, wanneer Guilhermina haar bezocht, leven haar soms lichter viel dan vroeger.

Vandaag overigens had haar bezoek het tegenovergestelde effect.

Zodra Alberto's hart ter tafel kwam was madame De Saint-Pompon opgesprongen. De aanblik was weerzinwekkend. Zij was er zo voor achteruitgedeinsd, dat zij haar stoel had omgestoten en zelf haast was gestruikeld.

Terwijl Guilhermina het hele verhaal opdiste, was Pomponette wat gekalmeerd. Het had even geduurd voordat zij naar het orgaan had durven kijken en langer nog voordat zij de tafel weer had willen naderen, maar eraan plaatsnemen deed ze niet zolang dat ding daar stond. Zij bedacht ondertussen dat zij haar Limoges nu weg moest doen, want uit die kopjes zou zij niet meer drinken.

'Blijft de vraag waarom je hier in godsnaam mee naar mij komt.'

'Ah,' verzuchtte Guilhermina. Zij knikte alsof het antwoord voor de hand lag, maar zij er alleen niet één, twee, drie de woorden voor kon vinden. Zij won tijd door eens te gaan verzitten maar sprak toen gedecideerd: 'Het leek me passend.'

'Passend? Een mens met zoiets lugubers op te zadelen?'

'Het is niet eenvoudig, dat begrijp ik, maar ik denk dat Betinho zich bij jou op zijn gemak zou voelen.'

 'Ik geloof niet,' zei Pomponette met een meewarige blik op het verschrompelde orgaan, ‘dat gemak of ongemak op dit moment zijn grootste zorg is.’

‘Het komt door iets wat mij in vertrouwen is verteld. Dokter Haberfield heeft mij uit de doeken gedaan hoe Betinho is gestorven.’

‘Typisch weer een van jouw geheimen. Heb je er ook die niet al in de krant hebben gestaan? De oorzaak van zijn dood is overal breed uitgemeten. Dat ding dat je daar hebt, zijn hart, was zwak. Hij was ernstig vermoeid. Het stond echt overal te lezen. Daarom hadden zijn artsen hem ook al naar het strand gestuurd. Om er volledig rust te houden. Omdat zij zich al zorgen maakten. Ze hadden hem een regime voorgeschreven waar hij, eigenwijs natuurlijk weer, zich niet aan heeft gehouden. Het was een erg hete dag. Hij had nooit naar buiten mogen gaan maar hij ging toch. Mijnheer heeft te lang in de zon gezeten en voilà!’

‘Dat is het juist.’ Guilhermina fluisterde. ‘Zijn hart mankeerde niets.’

‘Natuurlijk wel. Anders bezwijkt een kerel van die leeftijd toch niet aan een beetje hitte?’

‘Met hitte had het niets van doen. Wat jij gelezen hebt, dat waren leugens. Verspreid van hogerhand. Om geen verdere onrust te zaaien.’

‘Ik begrijp het niet. Waarom zou de ware toedracht onrust geven?’

'Het was...' Guilhermina aarzelde. 'Het is erg dat een mens het zeggen moet van een kind dat hij gekend heeft, maar lieve God Pomponette, luister, onze Betinho, het is geen natuurlijke dood geweest.'

'Wat betekent dat, is hij vermoord?'

'Dat niet. Hoewel Haberfield daaraan eerst twijfelde.' Zij stond op en sloeg een arm om de ander. 'Nee, lieve, het is erger.'

'Erger? Wat een onzin!' Madame De Saint-Pompon maakte zich los uit de greep van de creoolse. Die begon haar mateloos te irriteren. 'Erger dan te worden vermoord, wat kan nou erger zijn?'

En terwijl zij de vraag uitsprak, wist zij het antwoord.

Het vuur gleed uit haar gezicht, haar mond viel open. Zij liet zich zakken op de stoel. Pomponette haalde adem, heel erg diep, en stootte alle lucht weer uit. Haar ogen schoten heen weer, alsof de verschrikking ergens te zien moest zijn. En ja, ze vond hem in haar geest.

'O God!' Om de gedachte binnen te houden, sloeg zij haar hand voor haar mond. 'Hij heeft toch niet...?'

 Guilhermina ging achter haar staan. Pomponettes hoofd tegen haar buik.

Zij nam haar zachtjes bij de schouders en kneedde die.

‘Daar had hij altijd al moeite mee,’ sprak zij zo luchtig mogelijk. ‘Zijn voeten op de grond te houden. Weet je nog? Altijd in de weer om ervan los te komen. Wel, hém is het gelukt.’

Een tijdlang was er alleen hun beider ademhaling en het zacht kneden van die verstarde spieren. Toen leunde Madame De Saint-Pompon voorover.

Zij legde haar handen rond de glazen jampot met formaldehyde en tilde die van tafel. Ze hield hem tegen het licht en zo goed en zo kwaad als dat ging met die nek van haar bestudeerde zij het bleek geworden, pezige lapje dat daarin dreef.

20 december 1932

Dat kloppen, lieve God, daar is hem alles aan gelegen, en verder denkt een mens maar weinig aan zijn hart. Ze openen het wel eens voor een ander, maar niet vaak. Nog minder komt het voor dat ze iemand erin sluiten. Ze hebben er de mond van vol, dat wel, maar waar ze dan op doelen is de liefde, niet het leven.

Het grootste deel van de rit naar Rio had madame De Saint-Pompon Alberto's hart dicht tegen zich aan gehouden.

De pot waarin het werd bewaard had zij in het ronde kartonnen koffertje geplaatst dat zij ooit, voor hun vertrek uit La Rochelle, nog van Pompon gekregen had, en waarin zij haar rouge altijd had bewaard, haar haarnetjes, haar krullers en haar poederdoos. Zij had die voor het laatst gebruikt toen hij nog leefde. Nu had zij alles eruit gekieperd behalve de oude wattendotten. Die had zij rond het glas gepropt tegen het stoten.

Pomponette had er niet meer op gerekend de Zwarte Kreek nog rechtop te verlaten, dus het had even geduurd voordat zij toonbaar was. Maar nu haar haar weer opgestoken zat, zij met wat spuug en potlood wenkbrauwen getekend had, stak ook weer wat leven in haar op. Het zwart satijnen jurkje had ze achter de helsdeuren vandaan moeten halen maar toch, het stond haar nog.

Zij was op een leeftijd die haar zelf soms verbijsterde, maar ergens halverwege was een heer ingestapt die zijn hoed voor haar had afgenomen alsof zij dertig was. Of nou ja, vijftig. Waar het om gaat: hij had naar haar geglimlacht, heel galant, en aangeboden om het koffertje voor haar boven in het net te leggen. Zij hield het echter liever op de zetel naast zich.

Vrijwel de hele reis liet zij haar onderarm erop rusten. Soms trommelden haar vingers over het deksel en zo nu en dan gaf zij het, zoals je doen zou met een hondje, een zacht, bemoedigend klopje.

Met haar eigen hart – onderweg bedacht zij dit – was zij heel wat minder zorgvuldig omgesprongen. Zij had het gretig weggeschonken aan haar man, maar vooral omdat zij zat te springen om het zijne. Er een van een ander te bezitten, was haar altijd meer waard geweest dan dat onnozele hartje van haarzelf en nu zij terugkeek, begreep zij niet zo goed waarom. Misschien is het omdat een mens zijn eigen hart cadeau krijgt bij geboorte, dat hij meer hecht aan dat van een ander, dat eerst op het leven moet worden veroverd.

Het hare pompte vandaag in een ritme waarop al heel lang geen lied meer was gezongen. Het ongerijmde van deze tocht, haar ongehoorde bagage! Het simpele feit dat er een beroep op haar gedaan werd, stuwde Pomponettes bloed.

Zij wist niets van politiek. Twee jaar geleden had zij nog op Getúlio Vargas gestemd omdat die beloofd had voor de armen op te komen. Bovendien, hij was tegen communisten, voor wie zij zelf ook zo bang was. Dat hij, na zijn verlies bij die verkiezingen, een revolutie was begonnen en zich tot dictator had ontpopt, had haar vooral verward. Nu het deze zomer tot zulk geweld gekomen was, had Getúlio wat haar betreft afgedaan. Meer pijn en verdriet, voor wie of waar dan ook, verdroeg madame De Saint-Pompon naast het hare gewoon niet. Hoe zij die tiran met deze actie precies een hak zette, had ze eerlijk gezegd niet helemaal begrepen, maar als die kerel op Alberto's hart uit was, bij God, dan zou hij haar, dat wist ze wel, eerst moeten omleggen om het te krijgen!

Het had iets weldadigs, dit voor die jongen terug te kunnen doen. Ooit had hij zich om het kloppen van haar hart bekommerd, nu deed zij iets voor dat van hem. Haar wangen gloeiden ervan. Dit was goedbeschouwd de tweede keer dat hij haar weer tot leven bracht.

'Een vrouw als u,' fleemde even later de charmeur in haar coupé, 'die hoort toch zeker niet op weg te zijn naar een begrafenis! Met zo'n lach? Het leven hoort u te leiden naar een dansfeest!'

Zij moest gniffelen. Zij zei tegen zichzelf dat de man heel goed een huwelijkszwendelaar kon zijn of anders blind, maar toch maakte haar ziel even een koprol.

Duizelig van alle indrukken dacht zij voor het eerst sinds de avond waarop zij zich verhangen had aan alles, hoe onnozel ook, zelfs dit nietszeggend compliment, dat zij had moeten missen als haar dat toen was gelukt. Stel

 dat het echt uit aardigheid alleen maar was, dat de onbekende zoiets had gezegd, gewoon maar vriendelijkheid en verder niets, een zonder baatzucht aangeboden roos, misschien was dat voor iemand zoals zij uiteindelijk wel het allermoeilijkst te bevatten!

En van het ene moment op het andere vulden haar ogen zich met tranen om Alberto en alle lieve woorden die iemand hem, als hij had dóórgeleefd, misschien nog in had kunnen fluisteren; om al het zonlicht dat hij dan had kunnen vangen, maar nu misliep.

En zij wist wel dat zij daaraan zelf verkeerd gedaan had, toen, om dood te willen, maar zij wist ook dat zij op dat moment onmogelijk anders had gekund. En zij huilde om iedereen die ooit door het leven tot dat punt gebracht was. En ook omdat niemand hen begrepen had of ooit begrijpen kon.

Pomponette deed haar best zich te verbijten, maar er was geen houden aan. De overjarige hartenbreker tegenover haar klemde zijn kaken opeen en draaide zich af.

Nadat Alberto haar, ruim vijfendertig jaar geleden nu, uit de boom had geplukt, had zij, vlak voor het vertrek van de familie naar Europa, op een middag de moed bijeengeraapt en hem daarvoor bedankt.

Een onhandig moment had zij ervoor gekozen. Aan de andere kant, passende momenten bestonden er voor zoiets niet.

In een impuls – zij zocht aan de waterkant verkoeling en zag hem zwemmen – had zij hem geroepen. Zij hadden een tijdje samen aan de oever gezeten, de jonge jongen nat, zo goed als naakt, en zij, te zeer gebroken om hem recht in zijn gezicht te kunnen zien.

'Ach, weet je,' had zij op een bepaald moment gezegd om het maar wat lucht te geven, 'jij bent, gelukkig maar, te jong om zoiets te begrijpen.'

Hij zat met opgetrokken benen, kin rustend op zijn knieën, en had even nagedacht.

'Toch zou ik dat wel willen,' had hij gezegd. 'Er iets van begrijpen. Probeer het eens, madame, vertel me waaraan u toen dacht, probeer het maar gewoon, wie weet val ik u mee.'

Hiermee had hij haar gedwongen iets te formuleren waar geen woorden voor bestaan, een duisternis voorbij de taal.

'Iedereen geeft zo hoog over het leven op.' Zij had haar schouders opgehaald. 'Dat is een van die dingen die iedereen elkaar napraat. Geen mens trekt het in twijfel, en ik begrijp dat wel omdat het ook zo zinnig klinkt. Zeker als je er nog aan beginnen moet. Je ademt toch, dus waarom daar niet gewoon mee doorgaan? En het is ook vaak zo mooi, het leven, natuurlijk, heus wel, echt en toch... het is niet per se voor iedereen het beste.'

Hij had geknikt.

Dit had zij nooit kunnen vergeten. Hij had geknikt ten teken dat hij het begreep! En zij had zo gewild, zo vurig graag gewild dat hij haar níét begrepen had.

Dat onvolgroeide lijf, zon op het dons, benen opgetrokken voor zijn borst, daarop gesteund zijn hoofd, zo in gedachten droef.

Hij had naar haar geknikt, ten teken dat hij haar begreep, en uit zijn natte zwarte haar, waren druppels neergevallen, telkens weer, als tranen op zijn jonge huid.

Vijf dikke plakboeken bezat madame De Saint-Pompon inmiddels. Alles wat zij de laatste decennia over Alberto tegen was gekomen, had zij gelezen. De mooiste artikelen en veel foto's had zij verzameld.

Over Frankrijk las zij altijd graag. Veel was daar veranderd sinds zij er vertrokken was, onherkenbaar soms, maar dat zij daar iemand kende, nu ja, gekend hád, de man van het moment nog wel die in het middelpunt stond van de beau monde... Hun Betinho aan tafel bij de gekroonde hoofden van Europa en op de thee bij Teddy Roosevelt!

Zij smulde, zoals vrouwen overal, van de avonturen van de vrijgezel, schatrijk, die elke maand weer met een nieuwe knappe dochter uit de highsociety betrapt werd. Zelf had zij gegokt dat het Aida da Acosta zou zijn die hem uiteindelijk aan de haak zou slaan, een Amerikaans-Cubaanse, rijk, knap, afstammelinge van de hertogen van Alva, wier foto Alberto jarenlang pontificaal op zijn bureau had staan wanneer hij zich liet portretteren, maar uiteindelijk was ook die affaire doodgelopen.

Pomponette weet dit aan zijn ziekelijke verlegenheid, de eenzaamheid, die hem als kind al zo plaagde dat hij zich in een volle kamer altijd zwijgend en ineengedoken in de verste hoek verstoppen moest. Die schuchterheid werd
 ook beschreven in de kranten: zo uitbundig als Santos-Dumont met zijn vrien-

den was, zo kromp hij ineen wanneer een jonge vrouw zich bij hen voegde. Dan trok hij zich geschrokken terug, schijnt het, of zat er verder bij als een doofstomme, *angstig*, schreef er eentje, *als een jong meisje op haar eerste bal*.

Dit soort roddels gooide zij, zoals ze dat met spotprenten deed, na lezing weg, evenals die andere geruchten, de meer kwaadaardige. Sommigen, door afgunst ingegeven, ongetwijfeld, trokken zijn mannelijkheid in twijfel. Meer dan eens had zij hierover grappen moeten lezen, die zij liever nooit gezien had. Alles had zij – naar de hel ermee! – onmiddellijk verbrand.

Slechts één zo'n artikel had haar verzameling gehaald, maar alleen omdat het gelardeerd was met unieke prenten van zijn interieur. Het deed haar plezier te zien hoe prachtig hij terechtgekomen was, die pupil van haar Pompon. In de bijschriften werd zijn inrichting beschreven als *uitgesproken meisjesachtig*, net als Alberto zelf, die *tweeslachtig* werd genoemd. *Hoe hij aan zijn reputatie van ladykiller komt is de verslaggever een raadsel, aangezien er in zijn houding niets is dat doet vermoeden dat hij ook maar de vaagste belangstelling heeft voor het andere geslacht.*

Over dat soort onzin las Pomponette eenvoudig heen terwijl zij wegzwijmelde bij het zien van zijn zelfgeborduurde zetels en de trijpen draperie-en. Bovendien, bladerde zij verder door haar plakboek, dan zag zij Alberto Santos-Dumont alweer innig gearmd met de ene na de andere begeerlijke Française, een nichtje van de Rothschilds of de Romanovs. Van iemand die buitengewoon is kun je nu eenmaal niet verwachten dat hij doet als iedereen.

Nu ze de stad naderden werd het, telkens wanneer de trein een tunnel binnen tufte, in de coupé korte tijd donker. Van iedere verduistering maakte Pomponette even gebruik: met een zakdoek veegde zij haar wangen schoon, zij wond een losgeraakte lok rond haar vinger en stak die terug, maar het heertje stapte al te Cascaduro uit zonder verder nog belangstelling te tonen.

Op Central do Brasil was iedereen te druk om een oude vrouw te helpen. Zij nam de hoge treden zelf. Zodra ze op het perron stapte, reed een kruier haar bijna aan met zijn steekwagen vol koffers, maar schold daarbij alsof dat háár schuld was, en ook een jongen die met een blad vol warme koffie en broodjes ham liep, kon zij maar ternauwernood ontwijken.

Ferm voegde madame De Saint-Pompon zich in de mensenstroom die zich door de terminus naar de uitgang haastte. Haar koffertje hield zij stijf tegen haar borst gedrukt, aangedaan ineens bij het idee dat zij het binnenkort zou moeten afstaan.

21 december 1932

Het verbaasde de jonge Parisienne zelf dat zij volschoot. Maar madame Levaisseur miste ineens haar zoontje zo.

Zij was de kathedraal van Rio binnengegaan – een blonde, stralende verschijning was zij, zelfs in zo'n eenvoudig zwart jurkje – en plotseling, terwijl zij tussen het glanzend goudbarok naar voren liep om het lichaam te zien dat daar voor het altaar lag opgebaard, kon zij zich niet goed houden.

Haar kind zat veilig thuis bij zijn vader in de rue de Vaugirard, dat wist ze wel, boven de ijzerwarenwinkel lekker warm bij de haard, en over anderhalve week zou zij alweer in Frankrijk zijn en hem terugzien, maar toch, tien hele dagen!

Het kwam natuurlijk ook doordat zij oververmoeid waren. Haar moeder, die erop had gestaan de dagenlange vliegreis mee te maken, voelde zich vanochtend zelfs nog zo beroerd dat zij in het hotel gebleven was. Het lawaai, het ongemak en de kou in de ijzeren luchtcabines waren tot daaraan toe, maar de overnachtingen onderweg op de meest verschrikkelijke plekken hadden hen uiteindelijk opgebroken. Na anderhalve dag op Braziliaanse bodem voelden de vrouwen zich nog altijd wankel, en niet alleen lichamelijk.

Maar goed, voor dit ogenblik was zij gekomen, Berthe Levaisseur stond voor de baar.

Links en rechts knielden zusters karmelieten. Die hadden hier de laatste dagen zoveel mensen voor de kist in tranen zien uitbarsten, dat ze niet opkeken toen de knappe jonge vrouw voordat zij naar de dode durfde te kijken, een zakdoekje tevoorschijn haalde en even haar neus snoot.

Hierna vatte zij moed en deed een stap naar voren.

'Hallo mijnheer,' zei ze beschaamd en stilletjes. Dat haar moeder zich liet excuseren, mompelde ze nog. Dat die wel degelijk meegekomen was, zich nu niet lekker voelde, maar er straks op het kerkhof absoluut bij zou zijn, waarna het zo dwaas begon te voelen, dit gebabbel tegen iemand die al een half jaar dood was, dat zij haar mond maar hield en verder met Santos-Dumont in gedachten vertoefde, een verre plek, waarvan zij niet onmiddellijk terugkeerde.

‘Cavalcanti.’ De man die haar aanklampte noemde zijn naam fluisterend. Toch weerkaatste die tegen de kerkmuren. ‘Godofredo Cavalcanti.’

Voor belangstellenden was de kathedraal inmiddels gesloten. Alleen madame Levaisseur, als invitee van de Franse ambassade, had men voor het afscheid wat extra tijd gegund.

‘Ik ben notaris van de familie,’ friste Cavalcanti haar geheugen op. ‘Al vijfentwintig jaar. Ik heb u geschreven over mijnheers erfenis...’

‘Ach ja.’ Zij gaf hem haar hand. ‘Het is dankzij u dat wij hier zijn.’

‘De ambassadeur heeft mij gevraagd u nu naar het hotel terug te brengen.’ Hij bood de Parisienne zijn arm en begeleidde haar over het middenpad. ‘Ik heb ook nog enkele boeken bij mij, buiten in mijn wagen, waarvan mijnheer Santos-Dumont uitdrukkelijk wilde dat ze naar u zouden gaan.’

‘Boeken?’

‘Strikt genomen zijn ze niet voor u, maar voor uw zoon. Zo heeft hij het gespecificeerd: dat uw zoon de boeken krijgen zou. Hij stond daarop.’ De notaris haalde over die gril zijn schouders op. ‘En verder zou ik nog het een en ander met u door willen nemen als dat schikt. De uitleg over de beleggingsfondsen die ik meestuurde was duidelijk?'

Er werd al met bloemstukken door de kerk gezeuld die dadelijk op wagens in de stoet zouden worden meegevoerd. Koorknapen en priesters die de lijkkoets lopend naar São João Batista zouden begeleiden, hadden zich in een zijbeuk rond het doopvont verzameld. Ze fatsoeneerden elkaars haren en controleerden hun kleding. Een donkere jongen die voorop zou lopen met het wierookvat oefende zijn slinger.

'Er zijn er twee, ondergebracht bij de bank van Rothschild & Cie, eentje op uw meisjesnaam, het andere fonds ten behoeve van uw kind, een fors bedrag waarvan de rente vrij zal komen op de dag waarop hij eenentwintig wordt, of eerder indien fondsen nodig blijken voor zijn studie.'

'Het spijt me,' zei madame Levaisseur. 'Mijn hoofd is er niet bij. Zullen wij al dit soort zaken vanavond bespreken, de praktische kant, wanneer mijn moeder er ook bij is?'

'Bij de ontvangst op de ambassade,' zei Cavalcanti koel, 'zoals u wilt,' en tijdens de rit beperkte hij zich tot het aanwijzen van enkele plaatsen die hem voor een toerist de moeite waard leken.

Pomponette zat al die tijd te wachten in de lobby van het Copacabana Palace en hoe langer zij erover nadacht, hoe meer zij de moed verloor. Dit was het echte leven, niet de schemerwereld waarin zij was verzonken aan de Zwarte Kreek. Het was alsof zij zichzelf zag zitten door de ogen van de hotelgasten.

O God, wat was zij eigenaardig geworden in haar afzondering, een vreemdelinge in het leven. Of nee, dat was zij altijd geweest natuurlijk. Als je jong bent weet je zoiets dondersgoed, maar kennelijk ontschiet je met de jaren hoe erg dat eigenlijk is. Hoe onoverkomelijk. En Pompon! Ineens miste zij hem zo verschrikkelijk! De enige die van haar gehouden had zoals ze was. Kijk me nou toch, dacht ze, in mijn sleetse jurk op het pluche. Het kartonnen koffertje stond aan haar voeten. Probeer zo meteen aan een wildvreemde maar eens te vertellen wat daarin zit. Waar moest ze beginnen?

Bij elke schoonheid die binnenschreed sloeg haar hart over. *Een geheimzinnige Parisienne!* moest het zijn volgens *O Cruzeiro*, dat zijn lezers beloofde volgende week een foto te plaatsen van *Santos-Dumonts onverwachte erfgename.*

Madame De Saint-Pompon ging ervan uit dat deze *madame Berthe Levaisseur* wel een vamp moest zijn, een van die jongedames uit de highsociety met wie zij Alberto op zoveel foto's had zien staan. Een glimmende, nauwsluitende jurk verwachtte ze, niet te veel juwelen, zeker niet vandaag, maar een parelketting toch minstens wel. Wat haar erfdeel precies inhield, wist het blad ook niet te vertellen, maar *volgens ingewijden is zij de enige, buiten de directe familie, die in het testament vermeld staat*. Een armband. Die droeg zij vast. Jawel, in de bladen droeg geen van zijn vriendinnen minder.

En op zo'n vrouw zou Pomponette moeten afstappen? Ze bezat niet eens meer een fatsoenlijk paar schoenen. Pompon! bleef het ondertussen in haar hoofd maar schreeuwen, alsof zij in dat koffertje al die jaren meedroeg waarvan zij dacht dat zij ze al begraven had; net zoals zij Pompon zelf had moeten begraven, die man met al zijn liefde, zoveel warmte die zij op een dag beloond had door niet meer te willen leven! Maar andere dan deze oude gespschoentjes bezat zij niet meer. Ze waren wit, maar iedereen droeg zwart. Mijn God, dacht zij, wat een vergissing om te komen!

Afzondering kun je maar beter niet doorbreken. Zolang een mens zijn eigen werkelijkheid nergens aan toetsen kan, is die verreweg te prefereren. Op de
 een of andere manier had zij zichzelf wijsgemaakt dat zij het leven kende,

maar wat ze ervan wist, wist ze enkel uit de bladen. Als zij ergens geen deel van uitmaakte was het de wereld wel en nu zij er onbeschermd middenin stond wilde zij alleen maar terug naar de Zwarte Kreek.

Toen de draaideur een jonge vrouw naar binnen slingerde, onopgesmukt in haar goedkope zwarte jurk, sjouwend met een kartonnen doos die zij in twee armen voor haar buik hield, dacht madame De Saint-Pompon dat het iemands kamenierster was. Zij keek zelfs rond om te zien of haar meesteres misschien nog volgde.

Maar een receptionist schoot toe en op datzelfde moment werd madame Levaisseur geroepen door haar moeder.

'Berthe!'

De oudere vrouw die wuifde, zat verscholen in het verste zitje. Zij oogde, tot Pomponettes verbazing, in deze overdadige omgeving niet minder ongemakkelijk dan zijzelf. Het mensje had iets, hoe moest je het zeggen, iets volks, het zat hem in de manier waarop het grijze haar gekapt was, in de losse coupe misschien ook wel van haar japon, zeker geen maatwerk, maar meer dan wat ook in haar houding die zo goed als sméékte om maar niet te zeer op haar te letten.

Haar dochter zwaaide terug, stak de monumentale ruimte zelfverzekerd over, gevolgd door de receptionist met haar pakket. Hij zette het bij de dames neer en liep weg om *citron pressé* voor ze te halen.

Het stel sprak samen Frans, zoveel was zeker, maar verder voldeed dit paar zozeer niet aan haar verwachtingen dat Pomponette de hotelmanager staande hield. Hij kon haar teleurstelling alleen maar bevestigen: die jonge dame daar was inderdaad madame Levaisseur.

Pomponette was eerst een stukje dichterbij gaan zitten. Dit hoorde niet, dat wist ze wel, maar soms schrijft het leven de scène voor en hebben wij maar onze rol te spelen. Verdekt opgesteld in een stoel met hoge rugleuning had zij het gesprek een tijdje aangehoord.

Over gezondheid was het gegaan – de moeder had wat geslapen en voelde zich nu beter – over Alberto – 'Hij lag er prachtig bij, mamma, heus, alsof hij sliep, je had het aangekund, het was niet eng' – over het verdere verloop van de middag en de plechtigheden, de plannen voor vanavond, maar net nu zij begonnen over de notaris en de erfenis, besloten de Françaises op te staan om hun kamer op te zoeken.

Het was dus nu of nooit.

Pomponette schoot overeind.

Zij deed dit in haar zenuwen onhandig. In haar haast wilde zij zich tegelijk omdraaien om hen achterna te gaan én bukken om haar koffertje mee te grissen. Ze kon door die geknakte nek vanuit een bepaalde hoek niet altijd alles overzien. Hoe dan ook, toen zij overeind kwam om hen achterna te vliegen, keerden de twee anderen, die achter die stoel geen mens hadden verwacht, juist om.

Het drietal botste.

Met een kreet liet Berthe Levaisseur de boekendoos uit handen vallen, madame De Saint-Pompon kon haar koffertje ternauwernood redden, terwijl de moeder de twee anderen aankeek en in de lach schoot.

Ieders schrik en verontschuldiging kwam in het Frans, direct gevolgd door hartelijke kreten van verbazing tussen landgenoten onderling die elkaar vinden in den vreemde.

'Ach, dus u bent ook hier voor de begrafenis!' zei madame Levaisseur, 'dan logeert u hier vast net als wij als invitee van onze ambassade.'

'Helaas,' begon madame De Saint-Pompon. 'Ik ben al zo lang hier, mij is men vergeten. Bovendien, ik ben sinds jaar en dag genaturaliseerd.'

Dit wilden de anderen dan, gezien haar nog altijd vlekkeloze dictie, weer niet geloven. En zo had iedereen het gesprek nog wel beleefd een tijdje kunnen rekken, als op dat moment de receptionist niet opnieuw was toegesneld.

De man knielde aan hun voeten om de boeken op te rapen, die uit de doos gekukeld waren en daar lagen uitgewaaierd.

Madame De Saint-Pompon zag het direct.

Midden in een zin viel zij stil.

Zelfs voordat zij goed keek, had zij ze met haar scheve hoofd vanuit een ooghoek eigenlijk al herkend: het diepe rood, het donkerblauw waarin de delen waren gekaft. Het waren de werken van Jules Verne die op een dag voor Betinho vanuit Marseille waren gekomen, elk goud op snee, hun glimmend gouden opdruk!

Zij nam er eentje op, en nog een en zij sloeg ze open.

‘Die zijn voor mijn zoon,’ stamelde Berthe Levaisseur, die niet begreep waarom het scheve mensje plots ontdaan was.

Beduimeld oogden ze.

De banden waren sleets.

Het papier, als oude huid, vertoonde bruine vlekken.

Pomponette sloeg een van de prenten op, daarna een ander en toen nog een. Het vocht van deze streken had ze danig aangetast, maar de dromen waren nog altijd zichtbaar. Haar vingers gleden langs een groot zeilschip dat hoog boven de oceaan de wolken doorkliefde.

‘Heeft *hij* dat zo gewild?’ sprak Pomponette tussen ontzag en ongeloof. ‘Dat *uw* zoon deze zou krijgen?’

Zij sloeg de zware boeken dicht en rook eraan. Als een schat, dankbaar, drukte zij ze aan haar borst.

‘Ik denk,’ zei ze en greep de ander bij de hand, ‘dat wij elkaar in alle rust even ergens moeten spreken...’

FRANKRIJK

1897–1901

Hoeveel dingen, waarvan de ene dag
werd gezegd dat ze onmogelijk waren,
zijn niet de volgende dag
toch werkelijkheid geworden?

– Jules Verne,
VAN DE AARDE NAAR DE MAAN

1897

De laatste warme dag

Het was zo'n jaar waarin de herfstzon het Île-de-France nog zo opwarmt dat de bewoners van Ferrières de rotting ruiken die ondergronds al woekert sinds de onweersstormen van augustus, een zwaar, melancholiek stemmend melange dat hen eraan herinnert dat alle fleur alweer voorbij is zonder dat ze er voldoende bij hebben stilgestaan.

Over het plateau hangt dan de geur van schimmels, door de broeiende aarde zo aangespoord dat het eerste eekhoorntjesbrood al vóór oktober op de markt zal liggen. Het is een damp die rond het middaguur met de warme lucht opstijgt en zich zuchtend mee laat voeren naar de binnenplaats van het kasteel en soms zelfs verder nog tot ín de salons.

Een paar decennia eerder onder James de Rothschild, die het chateau liet bouwen, had dit uren extra werk betekend. Op dergelijke dagen, zo verstikkend dat de boeren hun kazen tweemaal moeten keren, gaf mijnheer de baron iedereen van hoofdbutler tot livreiknecht opdracht om 'die graflucht van jullie hier' weg te houden uit de slaapvertrekken.

Zijn zoon echter, monsieur Alphonse, verdeelde zijn aandacht liever tussen zijn herenhuis aan de Place de la Concorde en zijn wijngaarden rond Lafitte in het zuidwesten. Al had Ferrières geroken naar de pisgoot in de paardenstallen dan had het hem nog niets uitgemaakt. Zolang je de flanken van zijn Arabische volbloeden maar in korte, bruusk draaiende bewegingen met de vleug mee borstelde.

Albert had die septembernamiddag dan ook niet lang hoeven twijfelen toen Nicolas, de andere stalknecht, zijn riek in het hooi had gestoken en was weggerend om te gaan zwemmen.

Behalve over de paarden, ontfermden die twee zich samen ook over een automobiel die sinds kort deel uitmaakte van de menagerie. Zij deelden hun fascinatie voor de nieuwe vinding, die drie en een halve paardenkracht kon voortbrengen. Elke cilinder en iedere zuiger hadden ze gedemonteerd, van alle kanten bestudeerd, glimmend opgepoetst en teruggeplaatst. Hun kennis van de werking van een motorvoertuig, dat niemand in hun omgeving nog bezat, gaf de jongens enig aanzien, wat bekendheid zelfs in de streek. Afgelopen voorjaar, toen een Parijzenaar met een soortgelijk ontwerp van Peugeot pech had gekregen in de bossen bij Bobigny, waren zij tweeën erbij geroepen om het euvel te verhelpen.

Dit was hun band en Albert was er trots op. Waar Nicolas ging, ging hij, dus toen hij zijn maat over de velden zag rennen – die had zijn hemd alvast uitgetrokken en zwaaide het boven zijn hoofd in de rondte – had Albert zijn roskam in de emmer gemikt en was er als de donder achteraan gegaan.

Bij het meertje van Arminvilliers hadden de jongemannen hun laatste kleren uitgetrapt. Ze hadden elkaar het water in geduwd, alleen om er weer uit te klauteren en joelend wraak te nemen tot ze worstelend en van de omgewoelde modder smerig glibberend waren moe gestoeid. Ze hadden nog wat heen en weer gezwommen en gedobberd, maar uiteindelijk waren ze langs de waterkant gaan liggen om zich te laten drogen in de late zon en zelfgenoegzaam wat te mijmeren over de kameniers, vooral over de nieuwe strijkster, Ernestine, die er volgens Nicolas wel pap van lustte en naar hem had lopen lonken, maar ook over de keukenmeiden ging het en bij wie van hen ze de meeste kans zouden maken.

Albert hield van zulk gepoch dat, zoals altijd bij mannen onderling, niets over de meisjes zei, maar was bedoeld om elkáárs intimiteit te delen. Het gaf hem het idee erbij te horen.

Hij wilde juist een stoere duit in het zakje doen, toen hij uit zijn ooghoek een gevaarte vanuit de blauwe hemel op hen af zag komen suizen.

Het was een luchtballon in nood. Met wijduit wapperend doek verloor hij hoogte, touwen vervaarlijk zwepend.

Uit het zwalkende mandje dat eronder hing staken de hoofden van drie benauwde heren. Zij zetten zich schrap voor hun botsing met de aarde, een klap waarvoor de stalknechten maar net op tijd weg wisten te duiken.

Zij zagen elkaar in een flits. De luchtvaarders, op en top gekleed als waren ze aan het flaneren over de Boulevard Raspail, keken met een mengeling van doodsangst en verbazing de naakte jongemannen aan.

Het volgende moment stuiterde de ballon door de weerstand en tegendruk alweer omhoog. Even leek het alsof de inzittenden uit de mand zouden worden geslingerd. Onbestuurbaar als die dingen zijn, ten prooi nu aan de kolking van de lucht, joeg de ballon in volle vaart in de richting van een rij populieren en, erger nog, regelrecht op de oude kastanjebomen in het bos daarachter.

Het is niet alleen wáár of wanneer het leven inslaat maar ook hoe adequaat je daarop reageert.

Albert, die als kind al nooit begreep waarom mensen hun leven liever van een afstandje beschouwen, schoot overeind en hij begon de ongelukkigen achterna te rennen.

Je moet er toch niet bij nadenken hoeveel afslagen een mens op zijn pad misloopt omdat hij eerder naar zijn twijfels luistert dan naar zijn impuls.

Het geleidetouw sleepte woest zwiepend over de grond. De stalknecht, die mallemolenmaaiend rondsprong door het gras, kreeg het als door een godswonder beet en wist het vast te houden, ook nadat de eerste ruk hem enkele meters mee de lucht in sleepte.

Zijn gewicht deed het luchtschip weer wat dalen, maar dat vocht terug. Verder voerde het de arme jongen. Hoger. Onbeschermd vloog hij in dezelfde staat waarin hij was geboren een eind met de rampzaligen mee totdat de zwaartekracht het alsnog won en zijn blote voeten weer de aarde raakten.

In plaats van op dat moment zijn hakken in de grond te zetten, zoals ieder denkend mens gedaan had, en los te laten wat verloren is, deed Albert het tegenovergestelde. Hij klampte zich uit alle macht aan het sleeptouw vast en rende met de ongelukkigen mee op, die inmiddels in volle vaart op de bomen afstevenden.

'Los, idioot,' schreeuwde Nicolas hem toe. 'Laat los, Albert, laat gaan!'

Maar daaraan dacht hij niet, integendeel, Albert maakte zo'n vaart dat hij al snel vooropging en de ballonvaarders meesleepte, achter zich aan, alsof hij met hun vaartuig aan het vliegeren was. En inderdaad, als bij een vlieger, ving het gevaarte door de snelheid nieuwe wind en steeg weer op, precies op tijd, en schoot, gered, rakelings over de kruinen.

Albert liet de leidraad los.

Het laatste wat hij zag, voordat de ballon op die rottende najaarsasem verder zweefde in de richting van Ferrières-en-Brie waar hij zou kunnen landen op de uitgestrekte velden, waren de opgestoken armen der inzittenden, opgelucht en dankbaar naar hem zwaaiend.

Albert viel achterover tussen de halmen langs de Seine-oever en kwam met diepe halen op adem. Zo bleef hij liggen totdat een schuit op weg naar de hoofdstad langsvoer met een ruim vol gistend gerstebier.

Ze hadden, vond hij, wel een glas verdiend.

Het werden er meer.

‘Ik weet wat u zeggen wilt...’ Nicolas nam het voortouw toen de opziener ze in de kroeg kwam zoeken. ‘Maar dit was een noodgeval, mijnheer, u had het moeten meemaken. Ons is iets ongelooflijks overkomen, echt, en Albert, onze eigen Albert hier, heeft maar liefst drie man het leven gered, mijnheer. Drie man!’

‘Ik weet het.’ De opziener neeg licht naar voren. ‘Ze zijn op het kasteel. Hun komst gaf een consternatie waarbij wij jullie hulp hebben gemist. Tegen de schrik is de opvarenden in de bibliotheek een versterking geserveerd en de heren willen nu op huis aan.' Hij trok een wenkbrauw op en nam twee snuiven van de dranklucht die om de stalknechten heen hing. 'Het luchtschip is neergekomen in de weide achter de dressuurbak en ligt daar op jullie te wachten. De schipbreukelingen worden dringend in Parijs verwacht, dus haast je wat. Jouw verantwoordelijkheid Albert, het hele gevaarte moet mee mét alle tuigage. Als je mans genoeg bent om zulke heren het leven te redden, dan kun je ze ook bijtijds op het station krijgen.'

Het slappe zeildoek behoorde twee van de inzittenden toe, niemand minder dan de heren Lachambre en Machuron, auteurs van het boek *Per luchtballon naar de Noordpool*. Met alle bijbehorende touwen en ogen, haken en klemmen bleek zo'n leeg vaartuig opmerkelijk zwaar en stug. Op het perron liepen de eigenaren hun spullen grondig na.

De derde reiziger, hun gast, een buitenlander – smalle schouders, kort postuur – een iele, zwijgzame heer met grote, ietwat bolle ogen, hield zich van dit alles nadrukkelijk terzijde.

Af en toe haalde hij een hand langs zijn haren als was hij bang dat er zich plotseling een had losgemaakt uit de pommade, en streek dan vanaf de scheiding, die hij midden op zijn hoofd droeg, links en rechts over zijn schedel om ten slotte de voorste lok, die quasi nonchalant loshing, met een wip van een wijsvinger, waaraan twee grote edelstenen fonkelden, terug te werpen.

Dit was 's mans enige beweging.

Verder stond hij tegen de seinpost geleund. Toen de trein arriveerde en de ballon moest worden opgeladen, sloeg de buitenlander met zijn donkere ogen de jongens bij het sjouwen gade.

De stilte die van hem uitging overstemde de bedrijvigheid.

Albert moest het vliegende moordtuig boven zijn macht tillen om het in de eersteklaswagon te krijgen.

'U was het, nietwaar?' klonk het achter hem, juist toen hij hiermee bezig was. Het was de kleine man met de bolle, droeve ogen. 'Ik legde het verband niet zo direct omdat u nu...' De vreemdeling had een hoge stem die paste bij zijn tengerheid. 'Nou ja, omdat u nu geklééd gaat.'

'Het was niks, mijnheer.' Albert nam zijn pet af en hield die voor zijn buik.

‘Ik dacht niet na, het ging vanzelf.’

‘Zo komen de beste dingen in het leven tot stand, per ongeluk.’

Met al zijn ernst, zijn donkere hangsnor en sombere frak oogde de vreemde ouder, maar nu hij naar hem lachte, zag Albert dat hij hooguit begin twintig was, een jonge man, niet veel ouder dan hijzelf.

‘U dacht niet na,’ ging de buitenlander verder, ‘en toch, in een impuls deed u precies wat moest gebeuren. Hebt u verstand van luchtverplaatsing?’

‘Welnee, mijnheer.’

‘Maar van de natuurwetten bent u toch schijnbaar op de hoogte.’

‘Ik weet iets van de gewone wet, mijnheer. Daar houd ik me aan en dat vind ik al lastig genoeg. Ik werk graag met paarden en ik heb een beetje kijk, dat wordt tenminste wel gezegd, op de werking van de automobiel. Dat is het wel zo’n beetje. En verder heb ik natuurlijk mijn gezond verstand.’

‘Gelukkig wel,’ lachte de ander. ‘Dank God voor uw gezond verstand, anders stond ik hier nu niet. We kunnen rustig stellen: ik sta bij u diep in het krijt.’

 Hij stak zijn hand uit en Albert greep die van harte, maar dit bleek de bedoeling niet. De jonge heer bood enkel twee vingers aan met daartussen zijn visitekaartje. Dat schoot er, geschrokken van de werkmansgreep, nu tussenuit, een onhandigheid die beiden probeerden te verbloemen door het op te willen rapen, waardoor – pok! – hun schedels elkaar halverwege tegenkwamen.

‘Da’s toeval!’ lachte Albert terwijl hij de naam las die in vergulde letters op het kaartje stond gedrukt.

De machinist floot ten teken van vertrek.

‘Ik wilde maar zeggen...’ De buitenlander stapte in. Enigszins verlegen haalde hij zijn schouders op. ‘...als er ooit iets is waarmee ik u van dienst kan zijn, aarzelt u niet. En zoekt u ooit werk: ik heb wat plannen en kan wel hulp gebruiken. Aarzel niet. Iemand die dingen doet zonder erover na te denken... ja, zo iemand te hebben lijkt mij ideaal.’ Hij stak opnieuw zijn hand uit, nu meer gedecideerd: ‘Alberto Santos-Dumont.’

De trein zette zich langzaam in beweging.

‘Dat bedoel ik, mijnheer. *Albert*. Zo heet ik zelf ook,’ zei hij nog terwijl hij van de treeplank stapte en op het perron sprong. ‘Toeval. Uw moeder en de mijne hebben dezelfde ingeving gehad.’ Hij stak zijn pet in de lucht en holde nog een eindje mee. 'Albert, mijnheer, dat is de naam. Albert Chapin!'

De ander had zich inmiddels in de gecapitonneerde kussens laten zinken en was waarschijnlijk al in gesprek met zijn gezelschap want hij keek niet meer op of om.

Enkele maanden later, 28 december om precies te zijn

De eerste vlokken vielen terwijl de bierschuit Charenton passeerde. Over het water kaatsten de kreten uit het gesticht in Saint-Maurice. Albert kon de woonkazernes aan de rand van de hoofdstad al zien liggen.

Sneeuw bleef dwarrelen. De hangende bui zwol tot een dik wolkendek waarvan de hemel dichttrok. Tegen de tijd dat ze onder de Pont d'Austerlitz doorvoeren, de bootsman – 'Bakboord!' – begon aan te meren, zag je de huizen langs de kaden alleen nog door een gordijn pluizigzachte bolletjes.

Nadat hij zijn vervoer had afgerekend – twee sous vroeg de kuiper voor die luttele anderhalf uur vanaf Ormesson – en Albert meegeholpen had de vaten naar de overslag te rollen, iets waar hij niet onderuit kwam omdat hij nog niet geleerd had dat je tegen Parijzenaars tien keer harder van je af moest bijten dan tegen ieder ander, toen hij zich dan uiteindelijk aan de kant van de Pont de Sully een weg had weten te banen uit de walmende waanzin van de wijnhallen en zich plots in de drukte van de Boulevard Saint-Germain bevond, stoof een ijssluier laag over de trottoirs. De maretakken rond de kerstetalages gingen inmiddels schuil onder een mollig wit laagje.

Albert bestudeerde de koppen die hem passeerden, vaker verbeten viel hem op dan lachend; loonwerkers op weg naar huis, welgedane dames ook die hun inkopen deden voor Saint-Sylvestre en een enkele straatventer: 'Kastanjes, zoet en warm!', 'Zeep uit Aleppo bij het pond'.

Carbid rook hij, die ontsnapte aan een automobiel, een model van Panhard-Levassor dat hij kende van de tekeningen die hij met Nicolas bestudeerd had in de *Illustration*. Onder bekijks en lichte paniek bij fietsers en paarden ratelde het vehikel over de keien naar het eindstation van de ijzeren spoorweg uit Orléans.

Chapin sloeg zijn kraag op, zwaaide zijn knapzak over een schouder en zette er de pas in richting Saint-Michel terwijl de elektrieke straatlantarens aangloeiden.

De dagen rond kerst hadden voor hem, net als voor de kinderen in de speelgoedwinkel die hij passeerde, zolang hij zich herinneren kon het hoogtepunt van het jaar gevormd. Voortaan echter – er ging een rilling door hem heen – zou hij nooit meer een kribbe kunnen zien zonder terug te denken aan de laatste dagen.

Wat liep hij zich zorgen te maken over de komende jaren terwijl hij niet eens wist hoe hij de avond tegemoet moest!

Hij had geen plan.

Niet echt.

Hoe dan ook, hij moest een slaapplaats zien te vinden en zo goedkoop mogelijk, want hij was halsoverkop vertrokken zonder te durven vragen om zijn weekgeld, zonder iemand ook maar te laten weten dat hij wegging.

Nicolas zal hem hebben vervloekt. Ongetwijfeld had hij inmiddels hun kamer doorzocht, zijn matras omgekeerd en ontdekt dat Alberts bezittingen daar niet meer onder lagen. Dan was het nu alleen nog een kwestie van tijd tot zijn vriend het nieuws van zijn verdwijning onder het eten in de keuken vertellen zou aan Ernestine.

De boulevard boog aan het eind naar rechts en leidde naar de Concorde-brug, met op de andere oever de obelisk aan het begin van de Avenue des Champs-Élysées.

Niets stond verder van de natuur dan het stratenplan van deze stad. Met zijn berekend grit, zijn aan het brein ontsproten rechte lijnen leek het een machine. Het stervormige web van al die boulevards met hun eendere huizen, hun uniforme façades. Het oog vond geen herkenning, de ziel nergens houvast, overal had menselijke maat zich moeten schikken naar het idee.

De sneeuwval was gestopt. Albert legde zijn handen op de brugleuning. Het koud kolkende water, dat nog diezelfde middag langs Ferrières had gestroomd, snelde er nu even ongedurig als hijzelf van weg.

Ernestine, de nieuwe strijkster, had afgelopen zomer met haar komst nogal wat onrust in de stal gebracht. Onder het roskammen hadden de knechten, koetsiers en palfreniers lustig op haar los gefantaseerd. Er was iets in haar houding, hiermee zweepten zij elkaars verlangen op, er was iets in haar lach dat daarom leek te vragen. En inderdaad, zoals te verwachten omdat hij de knapste was, had zij tijdens de hondsdagen, waarop de jongens zonder hemden reden, haar oog laten vallen op Nicolas.

Maar niet op hem alleen.

Was een mens maar beter op zijn hoede.

Het noodlot had niet alleen in de lucht gehangen, die laatste zomerse septemberdag. Nadat het er met ballon en al uit naar beneden was gelazerd, was het Albert tot diep in de nacht op de hielen blijven zitten.

Samen met Nicolas was hij teruggereden van het station, uitgelaten van de herfstwarmte en het zwemmen en het toch al samen naakt te zijn geweest, dronken van het gevaar dat uit de lucht was komen vallen en het daaropvolgend avontuur, toen zij Ernestine in de velden zagen.

Wat zij daar deed was niemand duidelijk, maar zij stond daar.

Stil en rechtop stond zij tussen de korenschoven te kijken hoe de stalknechten met hun lege kar van verre kwamen aanrijden. Misschien was zij van plan geweest zich ter verkoeling wat te baden in het stroompje dat daar liep, misschien ook stond zij hen daar op te wachten. Het was er het moment niet naar om van zo'n kleinigheid een punt te maken.

Zij stond daar maar en keek hen aan, strak en brutaal, hypnotiserend haast.

Nicolas had hem met zijn ellenboog gepord. En toen Albert niet onmiddellijk ingehouden had, greep hij de teugels en bracht zelf de knol tot stilstand. Ze stonden nu nog een meter of dertig uit elkaar, de jongens op de bok en het meisje met haar blote voeten in de aarde.

En daarna niets.

Stilte.

Afwachten.

Het bleef maar erg warm.

Uiteindelijk had zij haar handen op haar dijen gelegd, de stof van haar rok gegrepen en die tussen haar vingers, langzaam kriebelklauwend, steeds verder omhooggetrokken.

Albert had het niet gedurfd zijn ogen van haar af te wenden om naar zijn vriend te kijken, maar hij hoorde diens ademhaling, hoog en snel met op elke inademing iets dat bijna leek te kreunen.

 Zij trok die rok omhoog tot aan..., nee, tot óver haar middel helemaal, zonder daarbij haar blik van de jongens af te wenden. Zij wist dat zij gezien werd, zij wilde dit zo graag.

Daarna was zij neergehurkt, wankelde even, wat het schouwspel haast bedierf, maar herstelde zich, was zo even blijven zitten en plaste toen, een dikke, klaterende straal waarvan de droge modder smolt tussen haar voeten.

En zolang het liep was er dat vrijaf van iedere schaamte, die tussentijd, een vacuüm in hun levensloop, en daarbij waren er zonder onderbreking die blikken over en weer.

Nog voor de laatste druppels was Nicolas al van de kar gesprongen om op haar af te gaan.

Albert wist wat hem te doen stond. Hij had zijn vriend wel eerder met een meid alleen gelaten. Hij nam de teugels en klakte twee keer met zijn tong om het trekpaard weer op gang te krijgen.

'Niet zo achterlijk doen!' hield Nicolas hem tegen. 'Zoiets laat je je toch niet ontglippen, man!'

In één ruk had hij Albert van de kar getrokken en met zich meegesleept.

Hand in hand waren zij de greppel overgesprongen recht op het strijkstertje af, dat hen breed lachend stond op te wachten, ook al sloeg zij, toen ze voor haar stonden, alsnog haar ogen neer. Kijken durfde ze niet meer, maar van verwachting sidderend beet ze op haar onderlip.

En pas toen Nicolas zijn hemd uittrok, alsof ze opnieuw met zijn tweeën een duik zouden gaan nemen, toen pas had hij Albert losgelaten.

'Rue Washington?'

Het heertje dat, bang voor de gladheid, langs de brugleuning over de Seine schuifelde, wierp een achterdochtige blik op Albert voordat hij het visitekaartje las.

'En daar wordt ú verwacht?' De man haalde zijn schouders op. Het was zijn zaak tenslotte niet. 'In de richting van de boog lopen. Dan na La Boétie de eerste of de tweede rechts, dat is de Washington.'

Het begon te miezeren. Van de affiches op de dichtgetimmerde ramen van het zomercircus was de vrolijkheid al af gedropen.

 Albert zag op naar de gebouwen, de kale bomen die daarvoor in strak stedelijke rijen stonden opgesteld. De sneeuw vermodderde en bleef in klonten aan zijn zolen kleven.

Het was een dwaasheid geweest, alles, een dwaasheid en meer niet.

Ernestine had de mis op kerstdag uitgekozen, drie dagen geleden, om het hem te vertellen. In de Sint Jacobs-kapel van het kasteel van Ferrières. Het voltallige personeel was daar en enkele families uit de buurt.

Na het ontvangen van de hostie was het strijkstertje plotseling, als op een ingeving die zij pas knielend voor het altaar had gekregen, voorgedrongen en, twee banken verder dan waar zij eerst zat, was zij aangeschoven in zijn rij.

En daarna schoof ze nog iets door.

Tegen Albert aan.

Zolang het lichaam van Christus weekte op zijn tong was hij strak voor zich blijven kijken, pas nadat het uiteengevallen was en in het zijne opgelost, keek hij opzij.

Terwijl haar tranen opwelden had hij het eigenlijk al begrepen.

Als een razende bracht hij in gedachten alle argumenten in stelling die hij ter verdediging nog zou kunnen aanvoeren, maar tegelijk overheersten twee gedachten: een bitterwrang besef dat ontkennen zinloos was en, om te lachen haast, de ironie. De speling van het lot. Hij nu... uitgerekend hij.

Nicolas, die aan de rand van het meertje zo had liggen pochen, had het die zwoele vooravond in de velden uiteindelijk niet gedurfd. Zoenen ja, en haar bepotelen totdat zij ervan droop, dat kon hij, maar toen Ernestine zich op de grond had laten vallen, giergeilend geroepen had om meer en meer, en zij hem van ongeduld zowat boven op zich had getrokken en geprobeerd had om de staloudste met twee handen tegelijk in zich te proppen, toen wilde mijnheer niet.

Schrikschuchter was hij van haar af gerold ineens, waarna zij alle drie – Ernestine kwam hiervoor zelfs half overeind, steunend op haar ellebogen – tellen lang hun adem hadden ingehouden.

Met een hoofdknik hernam Nicolas zijn superioriteit; een ruw, bozig gebaar had hij gemaakt naar Albert ten teken dat die zijn plaats nu maar had in te nemen. Alsof dit hoorde bij het spel; alsof dit van meet af aan al zijn bedoeling was geweest.

Albert had tot dan toe, verbaasd over zijn eigen durf, hier en daar wel wat gevingerd en gefrunnikt, maar toch in de eerste plaats staan toekijken hoe zoiets zomaar kon bestaan, opgewonden van het zien vooral en uitgelaten van het uitverkoren zijn, van samen zo intiem vertrouwd te mogen wezen. Ergens zo werkelijk innig bij te mogen horen!

Met een pets tegen zijn rug joeg Nicolas hem op.

Nu moest hij wel, Albert, al was het maar om het gezicht te redden van zijn vriend, die hem onhandig nog een zet gaf in de goede richting, alsof hij anders niet zou weten waar precies het diende te gebeuren.

En zo waren de twee stalknechten van plek gewisseld en daarin was iets moois geweest, een broederschap, voornaam, een mannenritueel dat zoveel meer was en eigenlijk hoger nog en heiliger dan alles waarop Albert al zo lang had gehoopt. En hij deed dit alles nu verrassend schaamteloos ineens en zo onverwacht openlijk, in de duizelingwekkende wetenschap dat zijn vriend Nicolas hem zien kon en eindelijk eens zág, en naast hem stond daarbij, en even later vóór hem stond, wijdbeens over het parend stel, en dat die zichzelf beetgegrepen had en zich van het zien helemaal wild beroerde.

En verdrietig was het ook, maar daaraan dacht Albert heel bewust niet, want op dat moment ging het er enkel om te voelen en te mogen bestaan, dit te beseffen, en te zíjn vooral, te zijn zoals de ander hem nu wilde.

'En wat is het aan u dat mijnheer mogelijk zou kunnen interesseren?' vroeg de butler, die de voordeur van het woonpaleis op de hoek van de Rue Washington geopend had. Doorverwijzing naar de leveranciersingang had niet geholpen, de mededeling dat de heer des huizes na de middag nooit ontving evenmin. Het werkmanspak liet zich niet afpoeieren.

'Stel...' De huisbediende trok een wenkbrauw op. 'En ik zeg met nadruk stél dat ik besluit mijnheer om een kleinigheid als dit te willen storen, wat kan ik hem dan voor informatie verschaffen die zijn interesse in u enigszins zou kunnen prikkelen?'

'Niet veel,' zei Albert, 'hooguit mijn naam.'

Hij had het visitekaartje al die maanden in zijn bijbeltje bewaard, bij de bidprent die hij van mijnheer pastoor had gekregen na zijn eerste heilige communie. Af en toe had hij er nog eens naar gekeken, zonder te weten wat hij ermee moest, en elke keer was er in hem onderhuids een zindering. Hij kon hem niet benoemen, want voor wat je niet kent heb je geen woorden.

Na enkele minuten keerde de bediende terug en leidde hem een goudglimmende liftkooi binnen, die zich na het sluiten van een hek met kort stomend sissen en het zuchtend slorpen van de hydraulische pomp in beweging zette.

‘We gaan omhoog,’ zei Albert, die zich vastgreep aan een spijl, nogal ten overvloede.

‘Zo is het,’ klonk het uitgestreken. ‘U zult zien, het kan mijnheer niet hoog genoeg gaan.’

‘Albert!’ klonk het zodra hij een van de zalen op de bovenste verdieping binnenstapte. ‘Naamgenoot, kom verder.’

Hij ontdekte niet onmiddellijk waar de stem vandaan kwam.

De ruimte werd gedomineerd door hoge ramen. Boven de kruinen van de bomen, vanaf hier gezien kreupelhouthoog, zag je de rijke gevels aan de overzijde goudgeel baden in de straatverlichting, een panorama zo weids en onverwacht dat Albert na de benauwing van de kooilift overspoeld werd door zijn vrijheid. Los te zijn! Een golf waarin het van mogelijkheden kolkte.

'Kom verder.' Het was dezelfde zachte stem die tot hem sprak als destijds. 'Toe maar.'

Albert keek rond en ontdekte in een hoek een tafel die zeker drie, drie en een halve meter boven de vloer aan ijzeren kabels opgehangen was. De stoelen hadden poten van bijpassende lengte.

Op een daarvan, hoog in de ruimte, zat hij, Santos-Dumont, de ballonvaarder, zijn kleine gestalte naar verhouding nog nietiger, aandoenlijk als een kleuter op een troon.

'Albert Chapin,' riep hij enthousiast, dichter bij het plafond dan bij het parket. 'Mijn redder in de nood! Heel goed, ik was er niet helemaal gerust op of je wel zou durven komen. Kan ik je om te beginnen een kleinigheid aanbieden?'

Hij wenkte Albert boven te komen en aan te schuiven.

'Als je omhoog streeft...' Santos-Dumont glimlachte verontschuldigend terwijl de jongeman de trap beklom die de butler voor hem vasthield. 'Als je bezig bent je los te maken van de aarde dan moet je je voeten niet te veel wennen aan vaste grond.'

Later diezelfde avond

‘Vliegen is echt het minste wat iemand moet kunnen, wil hij voor mij komen werken,’ sprak Santos-Dumont gedecideerd. ‘Weten wat het is om los te komen van de grond. Op een dag neem ik jou mee omhoog.’

Albert stribbelde zo beleefd mogelijk tegen, hem kreeg niemand in een luchtballon.

Hij keek het restaurant rond, waar ze waren neergestreken en vroeg zich af of aan hem te zien was dat hij die dag amper had gegeten.

‘Ik sta erop,’ drong Alberto Santos-Dumont aan. Zijn zachtheid verhulde niet dat hij gewend was te worden gehoorzaamd. ‘In het voorjaar. Afgesproken? We vliegen een keer samen zodra de atmosfeer het toelaat.’

‘Het is niet dat ik uw aanbod niet op prijs stel, monsieur...’ Albert zat toch al niet op zijn gemak. Hij was nooit eerder in een chic etablissement als dit geweest. 'Maar mogelijk heb ik de verkeerde indruk gewekt.'

Hij sloeg zijn ogen neer. Zijn vingers speelden met de servetring.

'Ik weet wat van techniek, da's waar, maar niets over het soort waar u op doelt. Automobielen, ja, dat is iets machtigs. Als een kathedraal, waarvan je wilt begrijpen hoe iemand hem heeft kunnen bouwen. De constructie, het materiaal, de werking van een motor, als u daar iets over weten wilt, kunt u bij mij terecht. Recht vooruit, akkoord, maar recht omhoog trek ik de streep. Luchtstromen en weersgesteldheid, weerstand en luchtdruk, ik heb werkelijk geen idee. Als dat is wat u zoekt, dan ben ik voor niets gekomen.'

'Wat ik... zoek...' Santos-Dumont dacht na en staarde door de grote ruit naar de passanten op de rue Royale alsof hij de draad van zijn verhaal kwijt was.

'Het is een misverstand, monsieur.' Albert schoof zijn stoel achteruit. Hij wilde zijn servet teruggleggen maar kon de vouw niet vinden. 'Ik had niet moeten komen.'

Hij wist niet wat hij precies verwacht had, een sollicitatie, pet in de hand, een vraag om referenties. In elk geval alles in verhouding zoals hij het kende. Niet een etensmaal zoals hem nu werd geserveerd. Met heus bestek. Het werkte op zijn zenuwen. Net als zijn zonderlinge gastheer, die van het gesprek leek te zijn afgedwaald alsof er iets ongepasts gezegd was. Of anders wel de blik van de gerant, die scheen te staan wachten tot de boerenzoon de fout in ging. Wie weet had hij daarover een weddenschap met de obers die voortdurend om de tafel cirkelden als eksters rond een nest.

'Van paarden weet ik echt het een en ander,' voerde Albert aan als om zich te verdedigden, 'dat durf ik te zeggen, en ook dus van motoren. Maar ik wil u niets voorspiegelen. Alles waarvoor ik tot nog toe zorg had was zwaar en hoekig en robuust en bleef op aarde.'

'Néém paarden.' De ander veerde op. 'Hoe zwaar zijn die en toch hoe licht?' Santos-Dumont maakte met zijn fijne ranke handen een golfbeweging door de lucht. 'Denk aan hoe die lijven zijn gestroomlijnd, hoe de wind breekt op hun borstbeen, wegvloeit langs hun flanken. Hoe alles erop is gebouwd om weerstand af te buigen. Daar ben ik naar op zoek, een vorm te vinden waarop ik niet voortdurend willoos door de wind word meegevoerd, maar waarmee ik hem kan klieven.'

'Met alle respect...' Albert vocht met een stuk ganzenlever dat niet op zijn brioche wilde blijven. 'Mij dunkt dat iemand in een luchtballon de wind maar beter niet tegen de haren in kan strijken.'

'De wind is geen vijand, maar ook niet je vriend. Dat is het juist, er ís geen wind zolang je daar boven hangt. Niet in een ballon. Je bent eraan overgeleverd, dat wel, maar het is geen speler. Hoe hard je bij vlagen ook wordt meegevoerd, zelf ervaar je nog geen zuchtje. Geen haar beweegt. Je bént namelijk de wind. Zelfs midden in een storm, is het om jóú heen stil. De storm en jij, je bent één. Hoeveel snelheid je maakt zie je aan de aarde die onder je voorbijglijdt, maar dát je zelf in beweging bent merk je aan niets. Zie, alleen dáárvoor al moet jij zelf een keer de lucht in. We hebben het hier over een andere dimensie, iets volledig onvoorstelbaars.' Hij keek hem aan, glunderend. 'Ben jij dan zo weinig nieuwsgierig, Albert Chapin? Uitleg over zoiets krijgen is één ding, het zelf ondergaan echt iets volslagen anders.'

'Als God gewild had dat ik vloog, mijnheer, had hij mij wel vleugels gegeven.'

'Ik denk eerder, Albert, dat Hij ze ons onthouden heeft, expres, om ons de kans te geven die zelf uit te vinden.'

‘Ik ben helemaal tevreden op de grond, dank u zeer. Als u mij zo gek had willen krijgen om samen met u op te stijgen, had u er beter aan gedaan mij die dag in Ferrières niet te demonstreren hoe weinig ervoor nodig is om neer te storten. Het was een korte klap, waarmee u op de aarde viel, maar in die ene tel heb ik u goed gezien.’

‘En ik jou,’ zei Santos-Dumont. ‘Wij zagen in die ene tel elkaar.’

‘Ik zag u in de ogen en u was helemaal niks de baas, u was volkomen stuurloos.’

‘Dat was het moment waarop ik me heb voorgenomen daar iets aan te doen. Ik ga de wind aanwenden, de storm temmen als een paard. Mijn tegenstander maak ik medespeler. Gelijkwaardig. Ik heb een aantal ontwerpen geschetst, ik zal ze je laten zien, en plannen voor een staartroer. Daarmee kan ik de steven keren en wegzeilen waarheen ik wil. Situaties zoals die waar jij mij uit hebt gered, behoren dan tot het verleden. Probleem is vooral een constructie te bedenken die stevig genoeg zal zijn om dat allemaal te dragen, en mij erbij, en tegelijk licht genoeg om op te stijgen.’

Verloren zat Albert op het warme pluche. Het sprankelen van daspinnen en haarbroches in deze eetzaal, het berustte allemaal op een vergissing, zijn komst hier, zijn vlucht van Ferrières om maar te zwijgen van de stommiteiten die daartoe hadden geleid. Zo onbevattelijk kwam hem op dat moment het leven voor, zo onbeheersbaar, zo onoverkomelijk en onvoorzien alle moeilijkheden en zo volledig de mislukking, dat de heren die hier met hun dames aan tafel zaten hem met hun vrolijkheid verwondden.

Aan zijn ouders dacht hij, die hij vanochtend niet had durven zeggen dat hij vertrok. Hun gezichten zag hij voor zich, evenals die van Ernestine en van Nicolas, die elkaar onderhand zeker zouden hebben gevonden in hun afkeer van hem en in hun verontwaardiging.

'In gezelschap,' ging Santos-Dumont verder, 'is een mens zoveel eenzamer dan in de wolken, dat zul je merken.' Hun blikken kruisten. 'Ik zou het je graag willen laten ervaren. Het is heel anders dan op zee zijn; daar kun je altijd nog een ander vaartuig tegenkomen. Daarboven niet. Je bent er alleen met de vogels.' Hij stak zijn hand uit naar Albert, alsof hij hem nu direct al bij de pols wilde pakken en meeslepen, maar op tijd hield hij zich in. De vingers met de ringen bleven boven tafel zweven. ‘Eenzaamheid is maar een verwachting die niet wordt waargemaakt. Daarboven wordt er niets van je gevraagd. Er is niemand om teleur te stellen, geen levende ziel om iets aan te bewijzen. Ze kunnen er niet bij, de mensen. Letterlijk. En dan telt het minder dat jij hén niet kunt bereiken.’

Albert knikte beleefd. De woorden pasten bij het bestek, alles glom maar je wist niet één, twee, drie wat je er precies mee moest.

‘Zodra je loskomt van de grond,’ ging de ander verder, ‘ben je geen gewone burger meer. Je doet iets wat de anderen niet kunnen, je bent een ontdekkingsreiziger, een avonturier van het onbekende, even onvervaard als de mannen die bevriezen op de ijzige bergen van Groenland of verbranden op de koraalstranden van India. Je stijgt op in een wereld die je kent, maar wanneer je ergens neerkomt na een lange reis, ben je als een God die neerdaalt bij een verbijsterd volk. Wanneer je de bewoners vraagt in welk land je terechtgekomen bent, in welke taal zal dan het antwoord komen, in het Duits, het Noors, het Russisch?’

Alberto Santos-Dumont vlamde bij het fantaseren over zijn eigen avonturen even vrolijk op als Nicolas dat doen kon bij de zijne. Wanneer die onder het roskammen weer eens stond op te geven over zijn veroveringen zag je hem opgewonden raken van zijn eigen woorden. Berichten uit het grote onbekende waren dat geweest. Albert was er altijd even benieuwd naar geweest als hij er benauwd voor was.

Hier waren de meisjes horizonnen, hun rondingen wolken, hier ging het niet over de kans om met hen neer te liggen maar om naar ze op te stijgen.

En terwijl hij Santos-Dumont zo aankeek zag Albert voor het eerst Alberto, de ogen lichtend, het ongedurig zwoegen van de borst, het hart zoekend, de lippen druk en vol van hun vooruitzicht op dit leven zoals bij elke jonge man.

Tegenover hem zat niet alleen de heer, uitgedost en opgedirkt naar zijn lot, maar ook een jongen van zijn eigen leeftijd, met dezelfde verwachtingen au fond, een even grote angst daarin te zullen falen en de noodzaak die vrees te overschreeuwen.

‘De luchten zijn het absolute niets, een leegte, ijl, zuiver, weg van de wereld en zijn verwachtingen, een voorgeborchte, waar je doorheen zweeft zonder gewicht, zonder materie, een ziel bevrijd van alle last.’

‘Ik heb de grond onder mijn voeten nooit als last ervaren, mijnheer. En een rechte weg al evenmin,’ lachte Albert. ‘Geef mij maar een duidelijk pad waarop ik niet als een pluisje heen en weer geblazen wordt, maar zelf kan kiezen of ik links afsla of rechts. Dan word ik, als ik ergens aankom, niet met Duits of Noors verrast, maar weet ik zeker dat ze me verstaan als ik een kroeg in loop en een pul bier bestel.’

‘Dat wil ik ook, Albert. Ik zit erop te broeden.’ Santos-Dumont schoof naar het puntje van zijn stoel. ‘Een bestemming kiezen en daar recht op af laveren, dat is de volgende stap, begrijp je? En die komt er, die is onvermijdelijk. Maar hoe?’ Hij liet zich terugvallen in zijn stoel, verslagen. ‘Al dat materiaal! Het totale gewicht... met geen mogelijkheid krijg ik zo’n heel gevaarte van de grond.’

Op dat moment vielen aan alle tafels de gesprekken stil.

Ieders aandacht werd getrokken, als ijzervijlsel door een magneet, naar een verschijning die de trap kwam afgedaald, haar blik afwezig met de lome zekerheid van iemand die weet dat haar esprit toch wel naar alle kanten uitstraalt. Zij had madame Pi-Pi bezocht, de juffrouw van de retirade, maar schreed over de treden als verliet zij de troonzalen van Babylon.

Gaillard, de eigenaar van het etablissement, snelde toe om ruim baan voor haar te maken. Alsof zoiets nodig was.

Wanneer hij later aan zijn dochter over zijn eerste ontmoeting met Sarah Bernhardt vertelde, beschreef Albert hoe alle kleuren en het licht zich op dat moment uit de ruimte terugtrokken om in haar richting te zwenken.

Eerder was het andersom, daar verscheen een vrouw die had geleerd, zoals zij zelf zei, door middel van haar wil een innerlijk licht op afroep te doen aangloeien, een illusie die zijn uitwerking nooit miste, op toneel zo min als en public.

Haar wespentaille, na ruim een halve eeuw nog altijd met twee handen te omvatten, zat geregen in een jurk van goudlamé, met daaromheen een cape van
 vele, vele, véle meters dunne, blauwe zijde, aan taille, schouders, polsen vast-

gegespt zodat de stof achter haar opbolde. Een wijde capuchon van hetzelfde materiaal waaierde uit als de mantel van Rafaëls Sixtijnse Madonna, zodat het wel leek alsof haar breed uitstaande rossig rode krans van krullen ademde.

Als een meisje verloren in gedachten doorkruiste zij de eetzaal. Slechts één blik sloeg zij op, trefzeker. Zij hield even in, nadrukkelijk verheugd, en kwam door de zee van tafeltjes recht op Alberto afgestevend.

‘Santos toch!’ sprak zij bestraffend, terwijl zij hem haar hand toestak zodat hij die kon kussen. ‘Wat is me dít voor misstand? Alsjeblieft zeg, eet een beetje door, jouw aanwezigheid is nu gewenst in het Théâtre Saint-Martin!’

‘Het spijt me maar ik kan werkelijk niet,’ lachte Alberto, kauwend nog, en wees haar op Albert. ‘Mijnheer en ik zijn in gesprek.’

De actrice keek terzijde, verrast dat nóg een stoel bezet bleek.

‘Wat is er in het Saint-Martin te doen?’ vroeg Alberto.

‘Alleen maar dé première van het seizoen. Geloof me, ik heb gisteren de generale repetitie bijgewoond, de man is geniaal. Rostand natuurlijk weer, wie anders? Ik heb hem persoonlijk gezegd Santos-Dumont boven aan de lijst van invités te zetten. Maar alles is nog niet verloren. U rijdt gewoon met mij mee.’ Zij wenkte Gaillard en riep: ‘Maxim, snel, een berline!’ waarna ze zich weer tot de Braziliaan wendde. ‘Het is acht uur, ze staan klaar daarginds om te beginnen, waarop wacht u?’

‘Natuurlijk moet u gaan, monsieur.’ Albert stond op. ‘Maakt u zich geen zorgen om mij.’

‘Acht uur.’ Santos-Dumont opende zijn zakhorloge. ‘Maar dan komen we toch onmogelijk nog op tijd?’

‘Op tijd?’ Madame Bernhardt keek rond alsof het begrip uitleg nodig had. ‘Wees gerust, nóóit begint men ergens voordat ik binnen ben. Punctualiteit is het privilege van slaven.’

‘Dank u voor het diner,’ mompelde Albert. Hij maakte een lichte buiging ten afscheid, maar die ging tussen alle werveling verloren.

‘Dit nieuwe stuk, het zal u aanstaan. De man over wie het gaat koestert dezelfde droom als u en ik: te kunnen reizen door de lucht!’

De actrice bood Santos-Dumont haar arm, terwijl zij zich tot de ander richt-te, plots vertrouwelijk.

‘U moet weten, monsieur, ik soebat bij uw vriend om mij eens met zich mee te nemen in een luchtballon, maar hij wil er niemand bij hebben. Hij staat erop de wolken voor zichzelf te houden!'

Alberts blik kruiste die van Santos-Dumont. Die had amper tijd zijn schouders op te halen voordat hij door de vrouw met bollende zeilen naar de uitgang werd gesleept.

'Uw vriend,' hoorde de hele zaal haar zeggen, 'hij staarde mij aan alsof hij geen idee heeft wie ik ben.' Zij ademde diep in alsof ze langs de branding liep. 'Wat is dat óngelooflijk verfrissend!'

Nog geen vijf minuten later

De kou sloeg Albert Chapin even hard in het gezicht als de nuchtere feiten. Geen sou, geen slaapplaats en de nieuwe betrekking waarop hij had gehoopt, scheen hij te hebben verspeeld.

Gaillard, die de boerenjongen geen moment had verward met iemand die in staat zou zijn de achtergelaten rekening te voldoen, had hem uitgeleide gedaan met minimaal egard.

Op verzoek van de portier het trottoir voor Maxim's niet langer te blokkeren, begon Albert te lopen. In gedachten vervloekte hij de matrone die zijn gesprek met de Braziliaan was komen binnenzeilen. Wat had hij eigenlijk een hekel aan dat soort vrouwen, zoals die in Ferrières ook wel eens op bezoek kwamen, dat mannen vergaart als juwelen, niet omdat zij zo van hun flonkering houden, enkel omdat elke nieuwe aanwinst henzelf wat meer doet schitteren. Kerels die voor dat soort charmes vielen, moesten wel blind zijn om niet te zien hoe zij tegen elkaar werden uitgespeeld. Hoe je zo'n vrouw kon liefhebben, die alles wat mooi en lieflijk aan haar was, inzette als wapen, bleef Albert een raadsel. Dat type leek er vooral op uit de vriendschap tussen mannen te verstoren.

Zoals Ernestine zich tussen Nicolas en hem gedrongen had! Zoals zij gespeeld had met hen beiden, haarfijn had aangevoeld hoe zij Albert, door hem voor de ogen van zijn vriend uit te dagen, en enkel zo, zou kunnen aanzetten tot iets wat hij zelf niet wilde; toch had gedaan helaas, om zijn schaamte te overstemmen stoer, maar niet gewild had, niet op die manier.

Albert had een bankje in de Tuilerieën opgezocht, maar ijzige wind sloeg over de Seinekaden en joeg door het park. In korte tijd was al twee keer iemand naast hem komen zitten die hem uit zijn mijmeringen had gehaald om te vragen om een vuurtje. Toen er uit de schaduwen een derde opdoemde, stond de jongeman maar op en liep verder. Je begreep sowieso niet wat iemand bezielde om op een avond als deze in de buitenlucht pijp te willen lopen roken.

Ze waren hem de baas, de vrouwen die hun vrouwelijkheid in de strijd wierpen. Dit was wat hem het meeste ergerde: zijn eigen onvermogen. Hij wist gewoon niet wat hij ertegenover moest zetten.

Hij merkte het op zaterdagavonden, wanneer hij met Nicolas en de andere knechten mee op jacht was gegaan, herbergen af, wanneer ze rondhingen bij de zomeravondmarkten, waar de dorpsmeisjes in giechelende groepjes heen en weer liepen. Die verwachtten met zijn allen iets van hem en hij wist nooit wát. Nu ja, hij wist het wel maar hij begreep de codes niet.

Of misschien begreep hij ze te goed, 's nachts lag hij er tenslotte wakker van, en zelfs als het hem in zijn zenuwen ontschoot, dan had hij het kunnen afkijken bij Nicolas. Nicolas, die zelfs in zijn tred iets had, een lichte vering in de heupen van wie-maakt-me-wat, kon kiezen wie hij wilde. Soms ook koos hij niet en ging hij er met twee vandoor of meer.

Albert probeerde het wanneer hij eenmaal een meisje aangesproken had ook altijd braaf; te zijn wat er van hem verwacht werd, een tweede Nicolas, maar uiteindelijk geloofde hij er niet voldoende in. Of nee, het was niet eens een kwestie van geloof. Nicolas dacht er simpelweg niet bij na dat hij tekort zou kunnen schieten. Hierin niet. Hij was gewoon een man en dat was dat. Dat was genoeg.

Dit hield Albert zichzelf ook altijd voor. Dat hij toch zeker genoeg moest zijn. Hij was gezond en goedgebouwd. Hij was in het gelukkige bezit van alles wat er bij kwam kijken en desondanks...

Wat hij van Nicolas nog allemaal had kunnen leren als Ernestine er die warme herfstavond na het zwemmen, na de hemelval van mijnheer Santos, na die paar rondjes in de kroeg, niet tussen was gekomen!

En dan ging het op Ferrières nog enkel om van die boerenmeisjes in een los rucheshemd die zelf hielpen om het op te sjorren en die je met één ruk aan het koord van hun rok al uit de kleren had, waarna de rest in kneepjes en kreetjes verloren ging; niet van die dames uit de stad die zoveel lagen over elkaar leken te hebben aangetrokken dat je een plattegrond met handleiding nodig had om ze daartussen te vinden.

Het aanleggen met Parisiennes leek hem uitgesloten, zeker als ze er zo uit de hoogte bij bleven kijken en, God verhoede, van die gewiekste conversatie zouden blijven voeren totdat je klaar was. Deze stad leek dus ook wat de liefde betreft een doodlopend pad. De vrouwen waren er te mooi. Te superieur.

Hij had misschien wel gewoon te veel ontzag voor ze. Nicolas en de anderen spraken over meisjes, hoe ze er ook achteraanzaten, altijd neerbuigend en met een zekere ergernis, zoals ze mopperden op veulens die elke dag veel verzorging vragen terwijl je ze nog nergens vóór kunt spannen.

Hem maakten vrouwen juist vooral verlegen en van zichzelf bewust en dit, natuurlijk, was de echte reden van zijn boosheid.

Een lichtbundel zwenkte over het wolkendek. Albert keek vanaf de waterkant naar de bron van dat licht, traag en majestueus, onverzettelijk punctueel rondzwaaiend boven op het hoogste bouwwerk ter aarde, een bovenwereldlijk monster uit staal en menselijk vernuft, dat aan de overkant van de rivier de poten ferm in het Champ-de-Mars had geplant.

Betrouwbaarheid! Dat was, leek hem, wat machinerie op meisjes voorhad. Zelfs het meest onbegrijpelijke geval kon je uiteennemen, ontcijferen en doorgronden. Ook wanneer je niet direct wist wat je ermee moest, bleef de werking fascineren. Elk onderdeel had zijn functie. Zaten de raderen op hun plek dan kon er weinig spaak lopen. Had je een apparaat eenmaal aan de praat, dan kon je achterover gaan zitten en marcheerde het verder vanzelf. Machines en motoren deden wat ze moesten doen zonder dat je ze eerst voor je hoefde te winnen met een stroom onnozele woordjes. Je haalde een hendel over en alles liep gesmeerd. Elke bout, iedere schroef kende zijn plaats en diende zijn doel. Soepel en zonder misverstand grepen ze in elkaar en dat kon je van mannen en vrouwen toch bepaald niet zeggen. De nieuwe vindingen van zijn tijd prikkelden hem, terwijl zijn onwetendheid in de liefde hem zo ontmoedigde dat hij in wanhoop al eens overwogen had het er anders helemaal maar aan te geven.

Op de Seine werd gevloekt.

Twee vrachtbootjes waren in elkaars vaarwater terecht gekomen. De bootsmannen bleken van die kleine rouwdouws die na zonsondergang als schrijvertjes over de rivier uitzwermden om het, ver onder de prijs, over te nemen van de vaklui. Ze hadden elkaar niet gezien en hun zeilen te laat gestreken. Geen van beiden had letsel, maar ze dreigden elkaar dat nu in hun drift alsnog te bezorgen.

IJskristallen werden zichtbaar in de lichtbundel van Eiffels toren. Ze waren niet direct voelbaar, maar groeiden uit tot vlokken, waarvan er enkele op Alberts wimpers landden.

Hij zag hoe de zeilen op het water weer windvang kregen. Het zware doek vocht tegen zijn eigen gewicht en raakte, klepperend met loden slagen, uit de lijken.

Het bollen van die zeilen bracht hem op een idee!

Al snel stonden ze weer vol en majesteitelijk gebuikt, zoals daarnet de zijden jurk van de vrouw in het restaurant opbolde, vanzelf, in de minste maalstroom van haar tred...

Diezelfde avond, tegen half twaalf

Voor het Théâtre de la Porte Saint-Martin stond een lange rij koetsen te wachten op hun eigenaars. Rillend van de kou scholen koetsiers bijeen onder een luifel, vloekend op Coquelin die het vanavond verdomde een einde aan zijn voorstelling te maken. Net weer hun geluk, avonddienst te hebben op de première van een succès fou.

Volgens sommigen was het applaus al een uur aan de gang en de portier, die het weer had van de zaalchef, wist dat de toneelmeester na veertig open doekjes het voordoek maar gewoon omhoog had gelaten, zodat men de scène bestormd had en nu de jonge auteur van parterre tot engelenbak op de schouders ronddroeg, 'Cy-ra-no! Cy-ra-no!' scanderend.

Volgens de journalisten, die als eersten naar buiten kwamen rennen met hun recensie voor de ochtendedities, waren de emoties zo opgelopen, vooral tijdens de laatste akte, dat gezworen vijanden elkaar in de armen waren gevallen. Mensen leken eenvoudig niet langer in staat iets lelijks van een ander te denken.

Deze hysterie paste naadloos in het beeld dat Albert toch al van hoofdstedelingen had – *Parijse patrijzen* noemden ze dat in Ferrières, van die 'artisten' die in een linnen giletje het platteland kwamen schilderen en volschoten bij het zien van kluiten in een omgeploegde akker.

Als je de bezoekers van het schellinkje moest geloven, die met betraande wangen door de zijdeuren naar buiten kwamen, waren door de puurheid van de alexandrijnen, de noblesse van het gevoel en de morele kracht van dit kostuumdrama ook op de achterste rijen allerlei vetes bijgelegd, aangezien liefde, zo leek tenminste vanavond de teneur, uiteindelijk toch alles overwint.

'Omdat ik van jóú hou,' had Ernestine gefluisterd.

Zij sliep met iedereen. Dit werd tenminste algemeen beweerd. Zo'n reputatie zal een meisje toch zeker niet voor niets verdienen? Hij had geen reden
 om aan te nemen dat het waar was wat het strijkstertje hem bezwoer, dat de

vrucht waarmee zij rondbanjerde nu uitgerekend aan zijn zaad was ontsproten.

Met een diploma op zak uit je proefles komen rollen, zoveel pech had toch zeker geen enkele jongen verdiend? Dat het allereerste lijf waar je van geniet je plezier meteen zo afstraft! Direct ná hem was Nicolas, opgewonden van hun wurmende lijven, er trouwens alsnog overheen gegaan. Daar wilde Ernestine niet meer van horen, maar Albert had er, bezweet en wel, verdomme zelf toch naast gelegen en in zijn roes had hij zijn ogen uitgekeken.

Naast hem in de kerkbank – de kerstmis nog altijd gaande – was Ernestine in snikken uitgebarsten. Alberts verwijt dat zij hem in haar spel had meegelokt alleen maar om de gunsten van zijn vriend te kunnen winnen, had haar buitenissig overstuur gemaakt.

Lange tijd had ze gezwegen en uiteindelijk nog weten uit te brengen dat geen mens haar in dit leven ooit begrepen had, dat zij dus van hem zoiets ook niet mocht verwachten, maar dat hij wel weten moest dat alles precies andersom in elkaar stak dan hij dacht. Dat hij het geweest was van meet af aan, vanaf de eerste blik, en hij alleen om wie het haar ging, juist omdát hij niet was zoals Nicolas, zo helemaal niet als de anderen, niet als iedereen, en dat juist hij daarom haar misschien had kunnen snappen als hij had gewild...

Ondanks de situatie had Albert zich gevleid gevoeld.

Niemand had hem ooit gezegd dat hij naar hem verlangde. En de kans was groot dat geen ander dat ooit nog eens zou doen.

Ernestine was opgestaan, boos om haar bekentenis en boos op hem. Twee dagen bedenktijd gaf zij hem. Dan zou ze naar de opziener stappen. Naar de baron zelf desnoods en bij wet laten afdwingen wat Albert ook nu uit vrije wil zou kunnen doen.

'Je hebt geen poot om op te staan.' Zijn stemverheffing had de gelovigen geërgerd. In de voorste banken keek een enkeling om. 'Met een reputatie als de jouwe, wie zal jou geloven?' had hij gezegd, zachter, waardoor het dreigend klonk. 'Met wat voor bewijs kan jij aankomen? Waarom zou je in godsnaam aannemen dat het van mij is?'

Zij had zijn handen vastgepakt.

 'Onnozelaar,' had ze gefluisterd. 'Omdat ik van jou hou.'

Onder de prominenten die de theaterzaal uitstroomden om een drankje te nemen in de lobby hoopte hij Santos-Dumont te ontdekken, maar tussen diademen, bontstola's en volvederen dameshoeden ging iemand van diens postuur onverbiddelijk ten onder. Suppoosten deden hun best de genodigden te scheiden van de klaplopers. Zelfs die zagen er beter uit dan Albert met zijn doorweekte pet en zijn versleten overjas, maar het gedrang nam toe en in de stroom werd hij meegevoerd naar de foyer.

Daar zag hij de vrouw die zijn nieuwe vriend eerder die avond met wapperend grootzeil ontvoerd had uit Maxim's. Schrijlings zat zij op een Mozartvleugel, Sarah Bernhardt, kaarsrecht als de Amazonenkoningin. Hoewel zij druk in gesprek was met de schrijver van het stuk, merkte zij Albert op zodra hij binnenkwam. Juist wie onophoudelijk door iedereen bekeken wordt, ontgaat namelijk niets of niemand. Over alle hoofden wierp zij de jongeman een blik toe die de Rode Zee had kunnen scheiden en sprong van de piano als een schoolmeisje van een schommel.

'Ik heb me tegenover u gedragen als de gekkin van het Rotsgebergte!' Zij klampte zich als een drenkeling aan Albert vast en voerde hem mee door de maalstroom. 'U was nog wel de redder van zijn leven, Alberto heeft het me verteld. Hij bood u dankbaar een diner aan en ik walste daar zomaar dwars doorheen. Ik was natuurlijk weer eens te vol van alle wonderen van het leven om de werkelijkheid te zien.' Zij neeg haar hoofd en fluisterde hem toe: 'Tussen ons, dit ligt evengoed aan u. U bent een knap heerschap, maar u zou meer moeten dúrven: rug recht, jongeman, schouders neer en loop niet zo de hele tijd alsof uw schoenen vol zitten met voeten.'

Zij opende een kleine deur die hen terzijde bracht van het toneel.

'Mensen zien nu eenmaal niet wie wij zíjn,' ging ze verder, 'maar wat wij lijken.'

Een brandwacht schoot overeind. Een inspiciënt, druk doende rekwisieten te prepareren voor de voorstelling van morgen, boog toen Sarah Bernhardt passeerde. Een toneelknecht die er aan het vegen was, sprong met zijn bezem zowat in het gelid.

'Santos zoeken in een menigte is zinloos. Onthoud dat, hij is altijd waar de minste mensen zijn.' Zij liep de planken op, schermde met een hand haar ogen af tegen het licht dat er nog brandde en keek de zaal in. 'Santos?' riep zij en duwde Albert naar het eerste plan. ‘Santos! Kijk eens wie ik voor je heb!’

De toneelknecht, zijn vingers omwonden met teerdoek, richtte een schijnwerper op de loges van het tweede balkon. Daar zat de Braziliaan achterovergeleund, zijn voeten op de reling. Hij kwam overeind en stak zijn hand op.

‘Avond, mijnheer.’ Albert had zijn pet afgezet alsof hij in een kerk was. ‘Neemt u mij niet kwalijk dat ik opnieuw stoor, het is alleen... Het gewicht van uw ballon. Weet u nog dat wij het daar eerder op de avond over hadden? Hoe we een ballon lichter zouden moeten kunnen maken. Ik dacht ineens, dat gewicht van het doek...’

Hij keek terzijde naar madame Bernhardt. Of liever, hij bekeek haar jurk. Als het toneellicht zo over de Japanse zijde streek, leek hij wel doorzichtig.

‘Ja.’ Albert knikte. ‘Ik geloof dat ik daar iets op weet.’

1898

Vroeg in het jaar

‘Leuk bedacht,’ schamperde Lachambre, ‘maar onuitvoerbaar!’

Hij wierp het kledingstuk naar Machuron, die het tegen zijn gezicht drukte in de hoop iets van De Goddelijke op te snuiven.

‘*Onuitvoerbaar*...’ Santos-Dumont herhaalde het nadenkend.

‘Onbespreekbaar!’ lachte Machuron.

Hij stond in hun atelier te Vaugirard gebogen over de tekentafel waarop zoveel ballonnen, die Alberto bewonderd had, waren ontworpen.

‘Vorig jaar,’ vroeg hij, ‘toen monsieur Andrée bij u kwam met de vraag een luchtschip te bouwen voor zijn zoektocht naar de Noordpool, toonde u zich toen ook zo weinig avontuurlijk?’

‘Zijn plan was ongehoord, ja, en gevaarlijk. Niet, zoals het uwe, suïcidaal.’

‘Hij kwam met een helder doordacht en uitgewerkt overzicht van extreme temperaturen en windsnelheden waarmee wij rekening dienden te houden,' zei Machuron. Hij verkreukelde de stof tussen zijn vingers. 'Niet met een oud toneelkostuum.'

'Zij heeft het niet op toneel gedragen,' onderbrak Albert Chapin, die zich terzijde had gehouden, 'maar om in uit te gaan.'

'Schrijf erover voor *Le Bonheur des Dames*,' schamperde Lachambre, 'maar vergeet een carrière in de wetenschap.'

De aanwezigheid van de stalknecht herinnerde hem aan hun mislukte landing in Ferrières en hij hield er niet van bij iemand in het krijt te staan.

'Het is nooit eerder gedaan en dus een uitdaging,' probeerde Santos-Dumont. 'Japanse zijde kent zijn beperkingen, natuurlijk, maar is het niet juist de beperking die een mens dwingt nieuwe wegen in te slaan?'

'Er zijn twee belangrijke voordelen: het is erg licht.' Albert nam Lachambre de jurk van Bernhardt uit handen en probeerde de stof met al zijn kracht te scheuren. 'En het is ongelooflijk sterk.'

'De druk van het gas is enorm, u hebt geen idee.' Machuron schudde zijn

hoofd. 'Nee, monsieur, het spijt me. Mogelijk weet uw knecht van paarden en hun onderhoud het een en ander, maar wat dit betreft heeft hij geen verstand van zaken.’

‘Monsieur Chapin is sinds enkele maanden als mijn mecanicien in dienst. Ik neem zijn ideeën serieus en zou van u hetzelfde willen vragen.’

‘U hebt welgeteld één ballonvlucht gemaakt,’ zei Lachambre, ‘wij enkele honderden. Ik mag dus zeggen dat wij uit ervaring spreken en in het belang van uw lijfsbehoud. Zulk spindraad is te dun, te zwak, een dergelijke kracht zal het nooit aankunnen.’

‘Begrijp me goed,’ preciseerde Santos-Dumont. ‘Ik denk niet aan een ballon zoals we die kennen, ik heb er een in gedachte die hooguit een kwart zal hebben van de normale omvang.’

‘Te klein. Zoiets zou een speelbal van de winden worden, onbedwingbaar.’

‘Om hem te bedwingen ontwerp ik een windroer. Alleen al om het gewicht daarvan te compenseren zal de ballon lichter moeten zijn. Twintig voet in diameter maximaal. De inhoud zal hierdoor afnemen en de druk zal aanzienlijk lager zijn.’

Lachambre en Machuron bleven aarzelen.

'Misschien moeten wij de proef op de som nemen. Mag ik?' Albert nam een dynamometer van de muur, sloeg de jurk aan de haak en bracht het apparaat op spanning.

Tot ieders verbazing bleek Japanse zijde dertig maal sterker dan voor de beoogde constructie nodig was en vele malen steviger dan de materialen die tot dan toe in de ballonvaart werden gebruikt.

'We kunnen niet anders dan constateren,' zei Machuron afgemeten, 'dat die stof van u een spanning weerstaan kan van zo'n 2200 pond.'

Alberto en Albert legden hun berekeningen op tafel.

'Het zijden omhulsel,' zei Santos-Dumont, 'zal niet meer wegen dan vier pond.'

'Drie lagen vernis,' rekende Albert hen voor, 'om te voorkomen dat het gas door de zijde weglekt, brengt het totale gewicht op 31 pond.'

'En de grootste besparing zit hem in de netten: geen honderden kilo's, zoals bij de bestaande ballonnen, maar vanwege de beperkte omvang niet meer dan vier pond, mijne heren, ik zeg u: vier!'

‘De mand ten slotte hoeft geen 65 pond te wegen, maar volgens onze berekeningen dertien.’

‘Een lichtgewicht ballon...’ Lachambre schudde zijn hoofd. ‘Het idee klinkt zo briljant, nietwaar? Het is eerder bedacht, maar nooit uitgevoerd.’

‘En met goede reden,’ viel Machuron hem bij. ‘Wilt u kunnen bewegen in de reismand dan zal de ballon stevig op de wind moeten liggen. Hiervoor is gewicht essentieel anders kan de mand bij de minste beweging gevaarlijk gaan slingeren.’

‘Het verplaatsen van een voet zou al genoeg zijn.’

‘Een blik over de rand, een struikeling.’

‘Rampzalig. Iedere noodzakelijke handeling zou u in levensgevaar brengen. Onverantwoord. Uitgesloten. Een lichte ballon wordt instabiel.’

‘Niet als we de ophanging aanpassen.’ Santos-Dumont klonk trots. ‘Stel dat we de talies verlengen. Als de touwen tussen de mand en de ballon langer worden, verschuift het middelpunt van de zwaartekracht en kan ik daaronder bewegen zoveel ik wil zonder effect op het zwevend lichaam.’

Lachambre en Machuron trokken zich terug in hun kantoor, waar ze ruim een half uur lang alles doorspraken en narekenden. Door het raam van de werkplaats konden Albert en Alberto hen zien delibereren, waarbij nu eens de een opvloog om te ijsberen, dan weer de ander.

'Wie iets nieuws tot stand wil brengen,' verzuchtte Santos-Dumont, 'moet door een moeras van onwil waden.'

Een paar maal liep de onenigheid hoog op, maar uiteindelijk kwamen de ballonmakers samen naar buiten, Machuron met een fles bourgogne, Lachambre met vier glazen om op het project te klinken.

'Dit wordt een luchtschip zo compact dat u het, leeg, overal mee naar toe zult kunnen nemen, gewoon onder de arm.'

'Precies waar ik op uit ben.' Santos-Dumont hief zijn glas. 'Volledige vrijheid!'

Een kleine drie maanden later

De hele rit naar het noorden was de lucht zonnig voorjaarskoud maar blauw geweest, zodat ze na Saint-Denis de kap van hun knalgele Panhard maar hadden neergeklapt. Toen ze Péronne naderden had Albert Chapin zijn stofbril afgezet en Alberto, die aan het stuur zat, aangestoten om hem te wijzen op donkere wolken, die vanaf Calais over de vlakten rond Arras kwamen aanzetten.

Hoeveel Lachambre en Machuron aan hun Braziliaanse klant ook verdienden, van ballonbouw alleen kon een mens niet leven. Ze lieten zich daarom nog altijd inhuren voor bruiloften en partijen. Luchtvaart bleef in de eerste plaats kermisvermaak.

Omdat Santos-Dumont de mannen liever in hun werkplaats hield, druk in de weer met de bouw van zijn eerste ballon, die hij de Brazilië had gedoopt, nam hij hun plaats in wanneer hij kon. Na twee oefenvluchten durfden ze hem op pad te laten gaan om op festivals en andere evenementen onder hun naam aan hun verplichtingen te voldoen. Zo werd de koe gemolken aan alle spenen tegelijk, want zij vingen dubbel geld terwijl de Braziliaan ervaring op kon doen. Bovendien, Santos-Dumont nam alle onkosten op zich en vergoedde uit eigen zak de schade die bij landing vaak werd aangericht.

'Ik heb het er niet op.'

Albert had de ballon al uitgespreid, kleurig zeildoek op het grasveld dat hun door de organisatie van de voorjaarsmarkt aangewezen was in een van die lieflijke bochten van de Somme, en hij stond op het punt de envelop met lichtgas te vullen, toen hij aarzelde.

De velden van Picardië oogden vredig als altijd, maar een storm naderde.

'Onzin!' Alberto stak de windvaan omhoog. De sterke stroming zou hem juist voor de wolken uit blazen, weg van de depressie. 'Wat kan er gebeuren? Ik stijg op, demonstreer een paar handgrepen en daal ergens vlakbij zodat iedereen me goed kan zien neerkomen.'

Na een tiental vluchten was hij aan het zwerk verslaafd geraakt. Hij speelde ermee, had Albert een keer gedacht, zoals een jongeman zijn lichaam ontdekt, onstuimig, roekeloos, alsof hij de verloren jaren probeerde in te halen waarin hij van zulk genot niet had geweten.

Zelf dacht Santos-Dumont er hooggestemder over, eerder in termen van liefde... tenminste zo had hij zich een verliefdheid wel eens voorgesteld, ongedurig dat onbekende af te tasten, in het vreemde op te willen gaan, de grenzen ervan op te zoeken, het gevaar, benieuwd naar iedere gril en hoe die valt te temmen.

Hij nam de ballonslurf over van Albert en deed het vullen verder zelf. Alleen al het zoemen van de touwen, het wapperen van de netten, er was heus meer dan een storm nodig om hem te weerhouden van een avontuur!

Een kleine anderhalf uur later was het weer zo omgeslagen dat maar weinig belangstellenden kwamen opdagen.

'Doe het niet mijnheer,' smeekte Albert. 'In deze omstandigheden zal geen mens het u kwalijk nemen wanneer u ervan afziet.'

Tegen half vijf die middag begon het in de verte te donderen.

'Dat wil zeggen nu of nooit!' riep Alberto.

Hij drukte Albert de hand. Dit was een gewoonte geworden. Een onuitgesproken afscheid. Zij keken elkaar aan en schudden ferm. Het herinnerde ieder aan zijn taken en het gewicht daarvan. Een paar tellen lang geen zorg, geen overdreven moed. Alleen vertrouwd te zijn en van elkaar afhankelijk.

Een verre donderklap rolde over de velden.

'Hoor je, vriend?' Santos-Dumont sprong lachend de rieten mand in. 'Ik móét mijn truc nu wel vertonen, de circustrommels roffelen! Vooruit, Albert, gooi alles los!'

De volgende ochtend, kort voor zonsopgang

De hele nacht al had Albert gereden. In het donker was het eerder jakkeren geweest dan jachten. Steeds verder naar het noorden. Tranentroebel van het turen was zijn blik. De wegen vielen nauwelijks nog te onderscheiden van de sloten. De stofbril had hij moeten afzetten omdat het maanlicht erin speelde en hem, in zijn paniek, een aantal keren op een dwaalspoor had gebracht. De kap van de Panhard had hij neergelaten om rondom zicht te kunnen houden op de hemel, maar hierdoor had ook de wind met hem vrij spel. De storm was goddank bij zonsondergang gaan liggen, maar inmiddels deden zijn ogen pijn van het samenknijpen, zijn neus van kou, zijn keel van dorst.

De eerste honderd meter was mijnheers luchtballon gistermiddag rustig gestegen. Vanaf de velden rond Péronne had hij nog applaus geoogst, misschien dat dit hem overmoedig had gemaakt. Santos-Dumont was plotseling een eind de lucht in geschoten, zeker nog eens driehonderd meter, waar hij in een tegengestelde luchtstroom kwam, die hem terugdreef over het stadje, richting Cambrai, recht op het onweer af, en daarbij hoger nog, zodat de leidraad loskwam van de aarde.

Steeds kleiner had het vrolijk oranje en blauw gestreepte bolletje zich afgetekend tegen de donkergrijze muur, opgelicht door flitsen links en rechts totdat het uiteindelijk, hevig slingerend, opgeslokt was door de donderkoppen.

Aan de Belgische grens werd Albert, die de hele nacht de gloed van de gasbrander gevolgd had, opgehouden door twee slaperige grenswachten wier argwaan pas na enkele bankbiljetten verdween. Tegen die tijd was aan de hemel niets meer te zien.

Met een natte wijsvinger bepaalde hij de windrichting en volgde die, maar zijn werkgever bleef zoek en in Albert groeide een vrees die hij niet kende.

Zolang hij hem achtervolgd had in de Panhard had hij zichzelf wijsgemaakt dat zijn werkgever hem zien kon, dat die geweten had dat hij er was, maar nu zij elkaar kwijt waren, meende Albert de eenzaamheid te kunnen voelen van de ander, diens radeloosheid.

Het gloren van de ochtend bracht hem geen geruststelling. Integendeel. Mogelijk ja, dat Santos-Dumont, nu het licht werd, zelf zou kunnen landen, maar het kon evengoed zijn dat hij al uren ergens lag en zo meteen ontdekt zou worden door een boer die naar zijn velden trok.

Sommige ballonvaarders, was hem op de Aéroclub verteld, waren bij het oversteken van de Europese grenzen beschoten, vaak met dodelijk gevolg. Enkele waren gevangengenomen door een burgemeester of de plaatselijke diender en in de cel beland. Eén ongelukkige werd als spion standrechtelijk geëxecuteerd. Een ander was door een bijgelovige menigte aan de riek geregen.

'Zo is het lot van de winden,' zei Santos-Dumont wanneer hij zoiets hoorde.

Voor Alberts geestesoog verschenen alle mogelijkheden een voor een en té gedetailleerd toen hem de weg ineens versperd werd door enkele druk gesticulerende landbouwers en een opgewonden pastoor, nog halverwege nachthemd en kazuifel.

Zojuist hadden zij een wonder zien passeren, dat rakelings langs de kerkspits van het dorp was geraasd, vuurspuwend en brullend, en dat, vertelden ze, aan de overzijde van de meren neergestort was in het Sint-Jozefbos.

Repen ballondoek wapperden daar aan de takken, de mand hing ondersteboven en eronder, zijn rug gewelfd over de wortels van een oude eik, lag het lichaam van Alberto.

Albert rende op hem af en riep zijn naam maar er kwam geen reactie. Hij liet zich naast hem vallen, trok hem het hemd open en drukte zijn oor aan het hart. Het sloeg, maar traag en kwijnend.

Nu slaakte hij een kreet, dierlijk en onbeschaamd, nam de gevallene in zijn armen, trok hem tegen zich aan en zat met hem op schoot.

'O God,' bad hij. Hij schrok ervan. 'Neem mij in plaats van hem, neem mij, O Heer, neem mij, neem mij!'

Maar ondertussen wiegde hij de zware leden en hij zong. Vraag niet wat, een lied van niets, vraag niet waarom, maar dit was wat hij deed, hij zong de zieltogende toe. Hij drukte hem kussen op het haar. Hij wreef hem over de flanken om het bloed warm te houden en stromend. En al die tijd bleef er in hem een stem omhoog.

‘Laat hem niet sterven, Heer. Hem niet. Hem niet,’ bad hij, totdat hij plots de ander hoorde rochelen. Het slachtoffer hapte naar lucht, drie-, viermaal, diep, en ademde daarna regelmatiger. Op de beweging, leek het, van het wiegelied.

Later die ochtend

Er viel geen land mee te bezeilen. Zodra Alberto Santos-Dumont bij kennis kwam, wilde hij maar één ding, terug naar Parijs voordat zijn rampvlucht daar bekend werd.

'Ik wil mensen stimuleren om het luchtruim te kiezen en ze niet afschrikken. Als ze mij vanavond nog zien flaneren, weten ze dat het hele avontuur een fluitje van een cent geweest is.'

'Dat wás het niet,' zei Albert gepikeerd, die hem naar de auto gedragen had en naar Charleville gereden. Daar hadden ze een kamer genomen in een hotel aan de Place Ducale onder de naam Chapin opdat de kranten er geen lucht van zouden krijgen.

Hij vulde een bad, hielp het stramme lijf het warme water in, ging er op zijn knieën naast zitten en probeerde zijn werkgever de koude en verkramping van de afgelopen nacht uit de spieren te masseren.

'Ik hoop dat u trots op uzelf bent.' De hele nacht had Albert gewild dat de ander ongedeerd zou blijven, maar nu dat zo bleek te zijn, zette hij beide duimen in een kuitspier en drukte gemeen.

'U hebt uzelf in levensgevaar gebracht en ik zou willen begrijpen waaróm.'

'Denk niet dat ik mijn overmoed niet vervloekt heb,' zei de ander. 'Toen ik daar hing, alleen, verloren tussen de lichtflitsen en de donderslagen – je verdwaalt volledig in de wolken, nergens vind je houvast, niets om je te oriënteren – en ik zag de nacht zo naderen...'

'Toen dacht u ongetwijfeld: had ik maar geluisterd naar die wijze – wat was zijn naam ook weer? – die geprobeerd heeft mij van deze gekte af te houden...'

'Au,' riep Santos-Dumont lachend.

'Die ziener, die me hiervoor nog gewaarschuwd heeft.' Albert kreeg er plezier in en kneep harder. 'Help me even, hoe heette die ook weer?'

'Au! Au! Au!' Alberto probeerde zijn been aan de greep te onttrekken.

 'Had ik daar maar naar geluisterd! Zeg het dan! Naar die man met die profetenblik, naar die kerel die het beste met mij voorheeft...!'

'Laat me los!' Santos schreeuwde stoeiend. Water klotste over de badrand. 'Blijf af, krankzinnige! Niet doen! Heb ik niet genoeg geleden?'

'Blijkbaar niet.' Albert trok hem aan zijn been naar onder. Alberto trapte en spartelde maar kon geen kant op. 'Ik laat niet los voordat ik zijn naam hoor, zeg het dan, wie is het naar wie u voortaan altijd luistert!?'

'Dat zeker niet,' gierlachte Santos-Dumont. 'Dat nooit!' Zijn hoofd kwam telkens onder water en hij proestte als het bovenkwam. Hij speelde dat hij boos was, maar bleef schateren: 'Dat nooit!'

Ineens stond Albert op.

O God, dacht hij, ik ben met hem aan het dollen zoals ik deed met Nicolas! Waar zit ik met mijn harses, ik ben bij die man in dienst!

Hij deed een stap terug, zodat de ander rust kreeg en weer rechtop kon zitten. Het water klotste na. De vloer was nat, er dreef een handdoek in het bad. Hij wist niet wat hem had bezield. De spons lag bij de deur, de zeep in een hoek.

Zij lachten geen van beiden meer.

De stilte leek stiller dan normaal.

Alberto Santos-Dumont keek voor zich uit, alsof hij nadacht over sancties. Hij gromde kort, maar zei geen woord. Na een minuut stak hij zijn hand uit zonder op of om te kijken, nors gebarend dat hij overeind geholpen wilde worden.

'Het spijt me,' wist Albert nog te mompelen.

Hij reikte naar de uitgestoken arm om die te ondersteunen, maar voordat hij hem pakken kon, was Santos- Dumont hem voor.

Die greep zijn pols. Hij joelde een overwinningskreet en trok Albert, lachend, met een ruk voorover en in het lauwe water boven op zich.

Een stapel handdoeken verder

'Woeste vreugde was het,' vertelde Santos-Dumont. 'Ik joeg maar en ik joeg maar scheurend door die duisternis. Ik wist dat ik een hoge snelheid moest hebben, dat kon niet anders, en toch ervoer ik binnen in de storm geen enkele beweging.'

Na het dweilen van de badkamer hadden de jongemannen zich in de kussens laten zinken. Het was een mooie dag. De zon viel op bed, gefilterd door de glasgordijnen.

'Ga me nu niet vertellen dat u helemaal niet bang was.'

'Een man is alleen bang zolang hij nog een kans heeft. Ik wíst dat ik in gevaar was, maar dat gevaar was nergens tástbaar. Er was opwinding, dat wel, in mijzelf stormde het, een onrust die gepaard ging met, hoe zal ik het zeggen...'

'..."woeste vreugde"...' herhaalde Albert.

'Ja. Een verrukkelijke eenzaamheid.'

Albert had eenzaamheid nooit eerder vreugde horen noemen.

'In de nacht is de sensatie nog intenser.' Santos-Dumont greep een appel van de fruitmand op het nachtkastje en vervolgde zijn relaas met volle mond. 'Een donker limbo, troebel zwart, waar je doorheen zweeft, een ziel bevrijd van de zwaarte van zijn wezen.'

Zoals ze hier lagen, dacht Albert, twee schooljongens! Wie weet weegt dat uiteindelijk wel tegen alle zorg op.

'Nu en dan, om me op te vrolijken, dienden zich de lichtjes van de aarde aan. Er is daaronder leven, begrijp je, maar het heeft geen weet van jouw bestaan en glijdt aan je voorbij.'

Alberto rolde op zijn buik. Dwars over het voeteneind lag hij, steunend op zijn ellebogen. Zijn natte sluike haar, zo anders dan Alberts krullen, gleed bij elk enthousiast gebaar voor zijn ogen. Dan haalde hij zijn vingers erdoorheen en streek het naar achteren.

'Zodra de maan opkwam zag ik die weerkaatst in een rivier, een zilvergrijs lint, kronkelend. Een paar keer was er de steekvlam van een locomotief over een ijzeren spoorweg, de uiteenwolkende rook door het vuur een ogenblik verlicht. Kwam de aarde te nabij, ontdeed ik me omwille van de veiligheid van ballast, en ik rees, rees naar het sterrenlicht. Daar, alleen met de planetenstelsels, heb ik de ochtend afgewacht. En, och Albert, als dan de ochtend gloort!' Hij sprong op, trippelde rond alsof hij zou gaan dansen, maar liet zich, omdat zoiets toch niet uit te drukken valt, meteen alweer op bed vallen. 'Och, die luchten, Albert! Rood en goud en paars in al hun heerlijkheid, dan is het bijna met weerzin – wil je wel geloven? Met pijn in je hart! – dat je de hemel achterlaat en naar beneden komt.'

'Niet dat u op dat moment veel keus had.'

'Wacht maar, jij!' Santos-Dumont lachte. 'Jij zal het nog zelf meemaken. Op een dag vlieg je met mij mee!'

'Kijk eens op mijn rug,' vroeg Albert, 'groeien daar vleugels?'

'Je zal het zien, ik krijg jou nog zo gek!'

'Niet zolang ik u elke keer als overrijp fruit van de grond moet rapen. Geloof me, die gewoonte van u om in bomen te landen is voor de luchtvaart echt belabberde reclame.'

'Dat gevaar is zo meteen geweken. Met mijn nieuwe vinding zijn wij nooit meer stuurloos. Dan bepalen we zelf waar we opstijgen en landen. Dan zijn we vrij. Dan is de lucht van ons!'

'Heel mooi,' zei Albert en hij draaide zich om. 'Maak me wakker als het zover is.'

Een half uurtje soezen, was zijn bedoeling. Na zo'n doorwaakte nacht mag een mens toch zeker wel even zijn ogen dichtdoen voordat hij dat hele eind weer terugrijdt? Maar toen hij ontwaakte, schemerde het al.

Santos-Dumont lag naast hem, zijlings, dromend, knieën opgetrokken.

Zijn haar was woest in pieken opgedroogd.

Albert wilde hem wakker maken, maar de ander had in zijn slaap zijn arm vastgepakt.

De volgende ochtend tutoyeerden de mannen elkaar. Dit zijn zij altijd blijven doen.

De zomer van ’98

Vlak bij huis vonden ze een kleine werkplaats, rue du Colisée, waar ze naar hartenlust en ongestoord konden experimenteren.

Alberto kwam met de ontwerpen, Albert voerde ze uit.

Geen mens hield het besturen van een ballon voor mogelijk en inderdaad, meer hindernissen dan oplossingen dienden zich aan. Veel hing af van de Brazilië, ook al had die nog geen roer en nog geen aandrijving. Als de Japanse zijde de druk zou weerstaan, het kleine formaat genoeg draagkracht verschafte en de mand aan de ophanging stabiel bleef, was een eerste stap gezet.

Alphonse de Rothschild, sinds de noodlanding te Ferrières met Santos-Dumont bevriend, stelde voor zijn eerste vlucht de Jardin d’Acclimatation ter beschikking, de dierentuin in het Bois de Boulogne waarvan de baron directeur was, en liet Lachambre daar een waterstofgastank bouwen.

Op 4 juli werd de Brazilië gevuld. Hij was zeven keer kleiner dan ballonnen die tot dan toe waren gezien en de talies waren ongekend lang. De mand hing zo ver onder de sfeer dat de maximale ballast nodig zou zijn, zesenzestig zakken van een pond, die samen zoveel plaats innamen dat er, tot Alberto's ongenoegen, geen plek overbleef voor het bestek en de damast, de champagne en alle lekkernijen van Maxim's waarmee hij in de lucht had willen lunchen.

'Alles los!' klonk het.

Louis Cartier was aanwezig en andere goede vrienden zoals Sem, de cartoonist, en Isabel, gravin d'Eu, de dochter van keizer Pedro II van Brazilië. Nieuw in hun club was een Amerikaan, James Gordon Bennett, uitgever van de *New York Herald* en de *Paris Herald*, die een buitengewoon geloof had in de luchtvaart en in zijn publicaties Santos-Dumont roemde als de Leonardo da Vinci van de moderne tijd.

Ze juichten terwijl hij opsteeg en wegdreef over hun hoofden. Keizerin Eugénie, die met wijlen haar echtgenoot Napoleon III de dierentuin had op-

 gericht, volgde hem nog een eindje te voet, zo door alle enthousiasme opgezweept dat men haar naar de pionier hoorde schreeuwen als een ezeldrijver naar zijn kudde.

Bijna honderd vluchten volgden die zomermaanden, terwijl Alberto in stilte verder werkte aan zijn droom, een bestuurbare ballon, de *dirigible*.

Een oplossing voor het roer werd het eerst gevonden: een driehoek van holle buizen eveneens bekleed met Japanse zijde. Licht genoeg en toch sterk. De aandrijving bleef echter een struikelblok. Machuron en Lachambre meenden dat een ballon die niet met de winden mee woei maar, gestuwd door een propeller, ertegenin zou gaan, scheuren zou of dubbelvouwen.

'Exact,' zei Santos-Dumont, 'dus heb ik een vorm bedacht waarbij de druk rondom gelijk zal blijven.' En met een paar lijnen schetste hij een ballon die niet rond was, zoals gebruikelijk, maar de vorm kreeg van een sigaar.

'Cilindervormig, serieus?'

'Als een pijl, lang, dun en recht zal hij dwars door de winden snijden.'

Machuron stond op.

'Het was me liever geweest als u ons gewoon in het gezicht geslagen had.

Als onze raad niet langer op prijs gesteld wordt, zeg dat dan gewoon, *morbleu*! Een cilinder! U steekt de draak met onze ervaring en kunde, met onze kennis en de basiswetten van de aeronautica.'

Lachambre ging het gevecht aan, een ritueel dat zich in de loop van de jaren bleef herhalen: eerst weigerden de oudere aeronauten pertinent met als steevast argument dat de ideeën waar Santos-Dumont mee op de proppen kwam hem in levensgevaar zouden brengen en dat zij het einde van zijn jonge leven niet op hun geweten wilden hebben, maar uiteindelijk wist de Braziliaan hen altijd om te praten, waarna hij hen voor hun werkzaamheden een cheque overhandigde waarop ze het bedrag zelf mochten invullen.

Terwijl Machuron en Lachambre met de cilindrische ballon aan de slag gingen, worstelden Alberto en Albert met de aandrijving.

De Nummer 1, zoals hij werd gedoopt, zou vierhonderdvijftig ponden kunnen tillen. Een gewone petroleummotor vonkte gevaarlijk en woog te veel. Stoomkracht was ideaal geweest als een boiler niet tientallen malen meer gewogen had dan een carburateur. Een elektrische motor, zoals in de Chicago, het nieuwste pronkstuk uit het wagenpark, produceerde geen stank of lawaai, maar viel af vanwege de zware batterijen. Uiteindelijk werd gekozen voor de motor van de De Dion-driewieler waarmee Santos-Dumont soms door het Parc des Princes racete. Die was opmerkelijk licht maar bracht slechts anderhalve paardenkracht voort. Alberto kocht er dus twee en liet ze door Albert aan elkaar smeden. Dit alles gebeurde in het diepste geheim.

'Een revolutie,' wist hij, 'broeit 't best bedekt.'

Alleen de Goddelijke Sarah liet zich niet buiten de deur houden. Gekleed in overhemd en witte rijbroek, haar rode haren verstopt onder de kepie van een Zwitsers brigadier, viel ze op een dag binnen en zwoer, plechtig als Lorenzaccio voor de edelen van Florence, geheimhouding.

Aan haar arm had zij haar zoon Maurice, die hét gesprek was van de stad omdat Sarah, die nooit getrouwd was, hem overal mee naartoe nam en er dan op stond dat men haar, juist in zijn bijzijn, niet mevrouw maar *juffrouw* noemde. De scheiding tussen echt en onecht opheffen was haar vak en zeker waar het kinderen betrof vond zij dat er geen verschil zou moeten zijn. Dat zij zich trots toonde op haar ongehuwde moederschap veroorzaakte in Parijs zo mogelijk nog meer ophef dan haar voorliefde voor mannenkleding en haar gewoonte te slapen in een doodskist.

Maurice Bernhardt, een knappe, geïnteresseerde jongeman die zijn moeders fascinatie voor de luchtvaart deelde, hoopte op een dag zelf een machine te bouwen. Hij keek dan ook zijn ogen uit, terwijl Sarah opnieuw probeerde om Alberto over te halen haar eens mee de wolken in te nemen.

'Wat weeg ik helemaal?' pruilde ze toen hij uitlegde dat zijn nieuwe vinding geen medepassagier verdroeg. 'Op een winderige dag, weet u, heb ik gewoon moeite mezelf aan de grond te houden!'

Met een mondmasker voor had zij zich over de kolven van Louis Pasteur gebogen en in New Jersey had ze Thomas Alva Edison bezocht. Van de Curies had ze uitleg gekregen over het verschil in straling tussen uranium en thorium en op hun aanraden was zij naar Würzburg afgereisd in de hoop dat Wilhelm Röntgen het eeuwig raadsel van haar minieme taille kon ophelderen middels skeletfotografie.

'Ik houd van de vooruitgang,' verklaarde ze, 'zoals ik van reizen houd, gepassioneerd, omdat het niet het hier en nu is. Wat heeft het leven zoals wij dat kennen mensen als u en mij te bieden? Ik juich iedere vinding toe die ons daarvan redt. Weet u wat het is?' Zij nam Santos-Dumont aan de arm apart alsof ze konden worden afgeluisterd. 'Ik ben als u, van nature in de wolken. Daarom verlang ik er zo naar. Lucht moeten wij hebben, lucht! Hierbeneden zijn wij niet welkom, niet van harte, dat voelt u toch ook?'

Zij keek naar Albert Chapin, die aan het werk was in de gloed van het open vuur. Het was een warme dag, de mecanicien stond met open hemd en zweette. Tussen een tang hield hij een stalen pijp, die moest worden gebogen in de vlammen. Zijn voorhoofd gloeide, zijn borst glom.

Het had geen zin te doen alsof Alberto niet begreep waarop zij doelde. Voordat hij kon antwoorden, legde zij een vinger tegen zijn lippen.

'Laat u niet bang maken door de mensen, monsieur, maar wees ze tot voorbeeld. Sla uw vleugels uit!'

In de spiegeling van een ruit inspecteerde zij haar kepie, die ze aan één kant naar beneden trok, bevallig schuin, en plukte aan haar rode lokken.

'Op een dag, wie weet, haalt u uw hand nog eens over uw hart en vraagt u mij mee.' Sarah nam haar zoon bij de arm, klaar om te vertrekken. 'En tot die tijd, verwacht het ergste, want ik heb nooit de rol gespeeld van een vrouw die opgeeft! Ik zou niet weten hoe dat moest en dan nog, wie zou zoiets van mij geloven?'

20 september

Een zuchtje langs zijn wangen was het eerste dat Santos-Dumont opviel, de wind die door zijn haren streek, een sensatie, adembenemend, omstroomd te worden door de lucht!

Of nee, *hij* was het die tegen de stroom inging en het zwerk doorkliefde. Zo anders dan in een sferische ballon, waar de vaart ongemerkt gaat, zelfs bij hoge snelheid ieder haartje op zijn plaats, werd nu alles aan hem adem. Leven. Dit was geen zweven meer, hij vloog.

Het onbegrensde dat nu voor hem lag!

Met de wapperende panden van zijn jas als eerste bewijs dat zijn vinding werkte, niet op de wind dreef maar ertegenin kon gaan, werd Alberto overvallen door de onbegrensde ruimte die zich voor hem opende. Als eerste mens te navigeren door de wolken. De eerste te zijn die als een vogel kiezen kan waarheen hij vliegt.

Maar als je alle kanten uit kunt, welke ga je op?

Zijn motor sputterde, zijn propeller sloeg zich door het niets. Tegen de verwachting van de meesten in doorkliefde de langwerpige ballon tijdens de proefvlucht, precies zoals Alberto had berekend, iedere weerstand.

De dubbele petroleummotor voldeed. De gebogen uitlaat, een idee van Albert, leidde rook en vonken ver genoeg bij het gasreservoir vandaan om ontploffing te voorkomen. Dankzij de nieuwe ophanging, die Alberto had verzonnen, hing de mand stabiel. Het zwaartepunt van de gondel was te verleggen middels schuivende gewichten. Door de neus van de ballon niet alleen horizontaal maar ook verticaal te manoeuvreren kon hij op en neer duiken zonder gebruik van ballast, wat enorm veel gewicht bespaarde.

Beneden werd door duizenden gejuicht.

Parijzenaren leefden in de roes van hun nieuwe tijd met zijn onbegrensde mogelijkheden, aangewakkerd door het vooruitzicht op de nieuwe Wereldtentoonstelling, die kort tevoren voor de eeuwwisseling was aangekondigd.

De nieuwe stap die hier vandaag gezet werd in de technische vooruitgang van de mens bracht hen in een aanstekelijke, opgewonden stemming.

Trots liet de uitvinder zijn dirigible een aantal forse cirkels beschrijven boven de massa, daarna een serie volmaakte lussen die elkaar telkens op exact hetzelfde punt kruisten. Aangemoedigd door het gemak waarmee dit alles ging, besloot hij eens te zien of dit op grotere hoogte even soepeltjes zou gaan.

Voordat hij verder steeg, tastte hij in zijn broekzak en trok daaruit een grote witte zakdoek tevoorschijn, sloeg die open, keek over de rand en wuifde ermee naar zijn bewonderaars. Naar één in het bijzonder.

Albert Chapin keek omhoog en zag het wuiven van de zakdoek.

Het was de zijne.

Zojuist vlak voor vertrek, het grondanker al losgeknoopt, was hij overvallen door de behoefte, dwingend plots als dorst in een woestijn, iets mee te geven aan Alberto. Een talisman, iets wat hem beschermen zou. Hij keek rond – wat kon het zijn? – hij tastte in zijn zakken.

Waar dit verlangen vandaan kwam wist hij niet. Hij was niet bijgelovig, maar ineens dacht hij: als ik dit nu niet doe dan stort hij neer!

'Alles los!' had Santos-Dumont al geroepen.

Toen was Albert toch nog naar de mand toe gerend en had Alberto zijn zakdoek toegestopt, het enige dat hij zo snel had kunnen vinden.

Helaas bezit een zakdoek niet de kracht iemand voor zijn eigen dwaasheid te behoeden.

Alberto klom tot een hoogte die een sferische ballon geen problemen zou opleveren, maar voor een proefneming met een nieuw model, waarvan niemand wist hoe het zou reageren, was zo'n dertienhonderd voet gewoonweg gekkenwerk.

Over Longchamps zoefde hij weg, de Nummer 1, steeds verder, steeds kleiner tot helemaal boven de racebaan. Dat het misging was dan ook niet onmiddellijk te zien. De eerste die een gil gaf was de gravin van Eu, die een theaterkijker bij zich had.

'Hij slaat dubbel!' riep ze. 'O God, de ballon loopt leeg, het hele ding klapt in elkaar!'

Het leven van een man die vliegen wil, bestaat vooral uit vallen.

Afgelopen juli nog vielen er drie te pletter op de oevers van de Tiber, kort daarna een ander in Beuzeville, nabij Honfleur. In Duitsland was onlangs een dominee, Karl Wolfert, halverwege de hemel samen met zijn assistent ontploft. Sinds de afschrikwekkende dood van Spinelli en Sivel, nu zij aan zij op Père-Lachaise, kende iedereen de gevaren van het op te grote hoogte brengen van een sferische ballon, laat staan wanneer die, zoals deze, een motor had en de vorm van een sigaar.

‘Klootzak!’ hoorde Albert zichzelf zeggen met een woede die hij van zichzelf niet kende. ‘Jij en je verdomde, onverantwoorde bravoure!’

Hij greep de verrekijker die hij meegenomen had en zag het inderdaad gebeuren, de Nummer 1 liep leeg.

De luchtpomp bleek te zwak. Het gas zette, door de afname van druk, bij het stijgen uit. Het teveel werd afgevoerd door een ventiel en ging verloren. Het resterende gas hoopte zich nu op in beide uiteinden van de cilinder. Daar bleef het gevangen terwijl het midden van de sigaarvorm door het gewicht van de passagier naar beneden werd getrokken.

Het is voorbij, dacht Albert.

Het geheel klapte in en vouwde dubbel. De spanning op de touwen werd te groot, zodat de ballon elk moment kon scheuren.

De snelheid van de daling kon met geen van de middelen aan boord worden geremd. Te snel om te overleven, was de val, te langzaam om daarbij in één klap weg te zijn. Santos-Dumont overwoog te springen, omdat dan zijn einde sneller en genadiger zou zijn.

Hij keek over de rand en zag de wereld op zich afkomen.

En de Panhard zag hij. Aan het stuur Albert Chapin. Die had zich uit de massa vrijgemaakt en stormde volle vaart in zijn richting.

De zakdoek zat klem in de verstarring van Alberto's vingers. Er kwam verder geen gedachte aan te pas. Hij wíst dat hij niet springen zou. Niet springen kón, niet voor Alberts ogen.

*

Nooit zal je Eros zonder vleugels zien.

Heb je in zijn armen gelegen dan weet je waarom. Voor een sterveling is het de enige manier om werkelijk los te komen en aan zichzelf te ontstijgen.

Breed slaat hij zijn vleugels uit. Hiertoe heeft de god van de liefde ruimte nodig. Hij wil zijn vrijheid vieren. Zo kwetsbaar is die en zo zelden! Hoog vliegt hij wanneer hij eenmaal de wind onder zijn vleugels heeft en ieder mag dat zien. Liefde gedijt nu eenmaal het best bij licht en lucht en verdraagt het heimelijke kwalijk.

Die avond

‘Hoe vindt u toch de moed?’ vroeg Bennett, de Amerikaan, aan de held van de dag toen zij samen stonden te plassen bij madame Pi-Pi.

‘Moed?’ vroeg Santos-Dumont.

Verbaasd keek hij naar Bennett op, die naast hem enorm leek. De man mikte al waterend een rochel in het urinaal, een van talloze mannelijke dwanggewoonten die Alberto een raadsel bleven.

‘Ik geloof eerlijk gezegd niet dat moed eraan te pas komt.’

Toen hij al door allen én zichzelf was opgegeven, was er die middag plotseling met de Panhard, alsof die de stormen voortjoeg, een windzwelling meegekomen. Die had zijn ballon ternauwernood opgetild en meegevoerd, zodat de Nummer 1 niet meer rechtstandig viel, maar zijlings verder dreef en geleidelijk neerwaarts, weg van de rotsgronden naar de zachte velden van Longchamps.

Daarop had Alberto uiteindelijk kans gezien te landen, ruw en pijnlijk een heel eind meegesleept over de grond. Maar hij had zich uit de mand laten vallen, nog enkele meters rond gerold, en kon het navertellen.

'Ik word van zenuwen doodsbleek,' bekende hij aan Bennett in de retirade van Maxim's. 'Tevoren klopt mijn hart in mijn keel, elke keer weer. Wat dacht u dan, met vóór je altijd weer een onbekende dreiging, een nooit eerder verkend gevaar? Natuurlijk ben ik bang! Niets liever zou ik doen dan ervoor wegrennen!'

Ze schudden af en knoopten toe.

'Dus hoe raapt u uzelf bij elkaar?' Bennett keek hem aan via de spiegel boven de wasbak. 'Hoe brengt u zichzelf daar elke keer weer toe het avontuur toch aan te gaan?'

Madame Pi-Pi, van dit heiligdom de hogepriesteres, kwam aan geschuifeld met een grijns die in dit leven alles al eens heeft gezien en een schoon handdoekje.

‘Ik dwing mezelf ergens anders aan te denken.’

‘Ik snap het niet,’ gromde Bennett. ‘Hóé dan?’

‘Kent u dat niet?’ zei madame Pi-Pi. ‘Wanneer het leven je te zwaar valt, je blik ervan afwenden. Hoe dacht u dat ik het hier anders uithield? Ik dacht dat elk mens het zo deed.’ Zij depte om haar fooi te verhogen de handen van de Amerikaan. ‘De dag dat me dat niet meer lukt, vind je mij bungelend aan een boomtak.’

‘Moed veinzen,’ beaamde Santos-Dumont. ‘Daar komt het op neer. Een rechte rug houden voor al die mensen die op dat moment zo hoopvol naar mij staan te kijken. Als ze wisten hoe mijn knieën knikten, zou ze dat maar tegenvallen.’

‘Een man als u...’ Bestraffend klakte madame Pi-Pi tweemaal met haar tong. ‘In godsnaam, hoe zou die nu tegen kunnen vallen?’

‘Bovendien, als het me lukt anderen van mijn durf te overtuigen, dan overtuig ik mezelf misschien ook.’

‘Als het zo simpel was,’ zei Bennett, ‘zou de mens elke stap in zijn vooruitgang dus aan zelfbegoocheling te danken hebben.’ Hij gooide wat munten in het koperen bakje en keerde terug naar beneden waar een dinertafel vol bewonderaars op Alberto zat te wachten. 'Ik zou willen,' zei hij alleen nog, 'dat u zichzelf zag zoals wij u zien.'

Madame Pi-Pi klauwde het geld bijeen en stak het in haar schort. Dat bakje van haar had nogal een reputatie. Iedereen wist dat zij koppelde. Wie iemand zocht voor de nacht wierp zijn visitekaartje bij de munten en vond degene aan wie hij behoefte had bij thuiskomst wachtend op zijn stoep.

'Nooit eens jezelf te kunnen zijn!' Nu zij alleen waren keek zij Santos-Dumont aan, strakker en langer dan brutaal was. 'Niet van harte je eigen aard te kunnen volgen, dat is me wat, alleen omdat je mensen wel eens zou kunnen tegenvallen...' Met een zucht liet zij zich op haar kruk zakken en ze schoof het lege bakje naar voren. 'Dan ben je toch blij dat je iemand weet bij wie je terechtkunt.'

Niet ver van waar Alberto vanmiddag was terechtgekomen, was Albert uit de Panhard gesprongen en over het grasveld van Longchamps op hem afgerend. Het zal misschien een sprint van nog geen veertig, vijftig meter zijn geweest, maar de tijd leek te pauzeren.

Natuurlijk! was het enige dat Santos-Dumont had kunnen denken. Zo helder was hij het zich tijdens de val gewaargeworden. Het was een opluchting geweest, een openbaring, een ingeving die zich nu hechtte aan het beeld van de jongeman die op hem toe holde. Maar natuurlijk!

Albert had zijn armen naar hem uitgestrekt.

En de troost die het was door iemand te worden opgetild, zorgzaam, door alle tranen heen voorzichtig, vermengde zich met de troost die hij gevoeld had onder het neerstorten toen de gedachte hem overvallen had, dat niet alleen de liefde, maar ook de dood altijd gevleugeld komt.

Oudjaarsavond

'Over on-bezeilde zeeën!'

Santos-Dumont stak zijn geheven glas naar voren en zijn gasten klonken met hem op zijn pioniersvaart. Men zat in het restaurant al een tijd aan tafel en de sfeer zat er goed in.

'Over on-bezeilde zeeën!' jubelden ze Alberto's nieuwe motto, de oude woorden van Camões.

Nog maar een jaar geleden! dacht Albert Chapin, terwijl hij een slok nam en de tafel rondkeek, hun vaste stek in de hoek aan het raam.

Buiten liepen mensen met hun kragen opgeslagen. Het had al wat gesneeuwd. Af en toe keek iemand door de ruit, afgunstig op de warmte binnen en elke keer zag hij in die gezichten heel even zichzelf; hoe hij daar vorig jaar zelf nog kleumend had gelopen.

Toen ook had hij hier voor het eerst gezeten, verlamd alleen al door de keuze aan bestek, overdonderd door de élégance. Gebogen onder alle blikken, misselijk in de wetenschap dat hij met ieder woord een gaffe kon begaan.

Nu was hij chez Maxim's vertrouwd. Kwam hij binnen, dan haastte Gaillard zich hem persoonlijk te begroeten.

Tegelijk hield Albert een ongemak.

De hartelijke bejegening die hem ten deel viel, ontving hij in commissie. Dat hij van dit leven proeven mocht, dankte hij aan Santos-Dumont. Diens vrienden waren het bij wie hij aan mocht schuiven. Jonge mannen meest, stuk voor stuk *fils à papa*, die het in de schoot geworpen hadden gekregen, dit grote leven.

Albert zag maar al te goed hoe hard Alberto werkte om hem bij het gesprek te betrekken. Na een erudiete kwinkslag leunde hij, bijna onmerkbaar, naar hem over en legde in een paar woorden onnadrukkelijk de context uit. Elk compliment deelde hij, vergat nooit te verwijzen naar 'de onschatbare inbreng van Albert'. Had hij een tijdje niet deelgenomen aan het gesprek, dan vroeg Alberto langs zijn neus weg hoe hij over het bewuste onderwerp eigenlijk dacht.

Zolang ze met zijn tweeën waren bestond geen vergelijk. Dan waren ze vanzelfsprekend één, zoals in de werkplaats, waar ze nu sleutelden aan de Nummer 2, die meer volume zou krijgen, een sterkere pomp en een scheidingswand tussen lucht en waterstof, die zowel de vorm verstevigde als het ontploffingsgevaar reduceerde. Nooit gelukkiger dan samen thuis of in de auto onderweg, ongezien, ongestoord, onbeoordeeld.

'Wat ik niet begrijp...' Louis Cartier zat naast Santos-Dumont. Hij schoof zijn stoel wat achteruit en sloeg een been over het andere. De jongeman was van hun leeftijd, begin twintig, maar zijn air was rijp en elegant. Hij hield zijn sigaar in de ene hand en legde de andere op de schouder van zijn buurman. '...is de openheid waarin je alles doet.'

'De eerste proeven,' zei Alberto, 'hielden we heimelijk. Maar ik wil nu dat men mijn ideeën overneemt, dat mensen zelf aan de slag gaan.'

Boven Parijs was hij inmiddels een vertrouwd gezicht. De tientallen vluchten die hij sinds de spectaculaire luchtdoop had gemaakt, werden begeleid door applaus en gejuich uit de straten. De cirkels die hij durfde beschrijven werden telkens groter zodat hij boven steeds meer wijken van de stad te zien was.

'Ik wil dat het gaat leven, dit idee van luchtvaart. Hoe meer mensen begrijpen dat het haalbaar is, Louis, hoe meer ze ernaar zullen verlangen. En gáát er iets mis, dan mógen ze dat zien. Of eigenlijk was het Alberts idee, nietwaar Albert?' Hij ving diens aandacht over tafel. 'Albert kwam met de gedachte het publiek niet alleen onze successen te tonen maar juist ook onze worsteling die eraan voorafgaat. Waarom mijn leven in afzondering riskeren? Die spanning deel ik liever met ze. Hoe vaker mensen zien dat het breekbaar is en precair, hoe groter het wonder wanneer het lukt. Op die manier wordt een geslaagde vlucht niet alleen een overwinning voor mij, maar voor alle Parijzenaars. Hoe meer zij hun hart vasthouden wanneer ik overkom, hoe groter hun vreugde als ik het red.'

'Alle ogen zijn op jou gericht, dat is waar...' Cartier zocht naar woorden. '*Onze kleine Santos* noemen ze je al. Ze kijken je na, inderdaad, en niet alleen in de lucht. Die openheid is natuurlijk mooi...' Onwillekeurig wierp hij een blik over tafel naar Albert Chapin. '...waar het je professionele leven betreft. Maar de nieuwsgierigheid van de mensen gaat verder...'

Vol overgave hadden de bladen en de kranten zich op het fenomeen gestort. Waaghals. Wonderkind. Excentriek erfgenaam van onbegrensd fortuin en, best van alles, ongehuwd. Er was geen moeder die hem niet als schoonzoon zag, geen dochter die niet over de vliegenier fantaseerde.

Lezers smulden. Alles wat aan Alberto opviel werd paginabreed uitgemeten. Waarin hij ook maar anders leek te zijn dan doorsnee, bleek een commentaar met foto waard.

De aeronaut veranderde het straatbeeld. Panamahoeden zoals hij die droeg werden *de rigueur*, sportjasjes in pied-de-poule, anjer in het knoopsgat. Vooral de hoge witte boord met ronde randen sloeg aan, een fenomeen dat in winkels weldra aangeprezen werd als de *Santos-Dumont-boord*.

Operamantels verschenen in de etalages, kort en zwierig getailleerd zoals de zijne en met eenzelfde opvallend glanzend zijden voering, maar dit artikel was, zo waarschuwden verkopers de mannen in hun kleedhokjes voorzichtig, 'niet voor iedereen'.

Op warme dagen liep zelfs de wat oudere heer nu in knickerbocker en slobkousen. Daarbij een wijde pet op, schuins, omdat Alberto die zo droeg als hij uit rijden ging, en de stofbril die hij in de automobiel vaak ophad, zag men in de Jardin du Luxembourg nu ook bij wandelaars al op het voorhoofd. Leerbewerkers deden goede zaken met de opvallende *Santos-Dumont-sportriem*, zo breed als je tot dan alleen bij boksers zag, maar vooral ook met kopieën van diens hoge laarzen, zij het zonder de verhoogde hakken die de aeronaut wat groter moesten doen lijken. Met linnen bootschoenen en opgerolde broekspijpen, een paar maanden tevoren nog ondenkbaar, viel een jongeman vandaag de dag geen hoon meer ten deel, maar alle lof juist voor zijn avontuurlijke Braziliaanse stijl en volle enkels.

En dan de juwelen.

Hun geschitter, Alberto Santos-Dumont hield ervan. Nu hij een graag geziene gast was op iedere ontvangst die ertoe deed en daar niet zelden op de gevoelige plaat werd vastgelegd, begonnen ook details aan zijn verschijning op te vallen. Hij droeg bijvoorbeeld niet alleen een halsketting, maar ook dasspelden van puur goud, ieder door Cartier bezet met een andere soort edelsteen, en bijpassende knopen op manchetten en revers. Bovendien liet hij zijn vriend een keur aan ringen ontwerpen voor eigen gebruik.

Succes fokt afgunst.

Trompettert de olifant, dan beginnen de muizen te piepen.

Het eerste mikpunt van venijn werd de medaille van Benedictus, een pronkstuk dat Pedro II nog had gedragen. Zijn dochter, de gravin van Eu, schonk de medaille aan Alberto in het geloof dat de heilige van Nursia haar vriend en landgenoot voor ongeluk behoeden zou. De bedel bungelde aan een gouden armbandje, zichtbaar op een foto in *L'Illustration*, en was de aanleiding tot een eerste spotprent, waarin de luchtvaartpionier met gebogen polsen, beringde vingers en getuite lippen kusjes toewierp aan smachtende bewonderaarsters. *IJdele hoop!* volgens het onderschrift.

Dit werkte als een jachtsignaal.

Subtiel veranderde de toon waarmee men in redactioneel commentaar of ingezonden brief de vliegenier beschreef, nuances aanvankelijk, niet meer dan de keuze voor een vrouwelijk woord boven een mannelijk. Soms durfde iemand al iets te zeggen over zijn hoge stem, die men bij zo'n sportsman niet meteen verwachten zou. Zulke lange, slanke vingers evenmin, kinderlijk volgens de een, damesachtig in ogen van een ander. Lange wimpers, geloken oogopslag. *Een postuur dat weinig meer kon wegen dan een schoolmeisje*, schreef iemand, en *een bijpassend middeltje waarop iedere jonge vrouw jaloers zou zijn.*

De geur van smaad is de kleingeestigen een *hallalli*. Wie excentriek is, het woord zegt het al, heeft zich te ver verwijderd van het midden. Bloeddorstig wierp men zich op het aangeschoten wild.

De aanvallen hadden een onverwacht effect. In plaats van zich mannelijker op te stellen en te kleden, bestelde Alberto een weefgetouw, katoen en wol, en nam het handwerk weer op dat hem in zijn jeugd soms rust gebracht had. Het duurde even voordat hij de handigheid weer te pakken had, maar daarna vluchtte hij er vele vrije uren lang in weg. Wanneer hij weefde was het alsof zijn oude voedster naast hem zat en onder het borduren dacht hij aan zijn moeder. Hoe zij samen op de veranda zo vaak hadden gezeten. Dit voerde hem bij de echte wereld vandaan op momenten dat hij die niet letterlijk ontstijgen kon.

In korte tijd werden Alberto's feminiene trekken op straat even openlijk besproken als zijn avonturen boven de daken van de stad. Zelfs het element waarin hij zich begaf werd inzet van twijfel: *Woeste baren van een verre oceaan, ijsvlakten rond de Noordpool of de rotsige kliffen van de Himalaya*, schreef een columnist, *ja, dát zijn bestemmingen voor een ontdekkingsreis, maar welke man wil nu het gevecht aan met de lucht? Dat is meer iets voor een sylfide!*

Dat hij ongehuwd was en de voorkeur gaf aan mannelijk gezelschap zag de een als bewijs voor de geïnsinueerde zedeloosheid, de ander juist als tégenargument omdat de meeste Parijse huwelijken immers juist dienden als dekmantel voor geheime levens. Had een man iets te verbergen dan zorgde hij wel dat hij getrouwd was. Bovendien, Santos-Dumont had een kuiltje in zijn kin, hoeveel meer masculien bewijs had een mens nodig? Ook snelden velen hem te hulp met hun overtuiging dat iemand die zoveel moed bezat, en kennis van techniek, onmogelijk iets anders zijn kon dan een echte kerel.

‘Mensen, je weet hoe ze zijn,’ probeerde Louis Cartier nog eens. ‘Als ik suggereer dat jij wat minder openlijk zou moeten opereren dan doel ik niet op die luchtsigaar van je. Vlieg die voor mijn part onder de Arc door of rond de toren van Eiffel, nee, het is dat andere waarover ik me zorgen maak, privé.'

'Dat ben ik inderdaad van plan,' onderbrak Alberto alsof hij niet wist waar dit gesprek heen ging. 'De Eiffeltoren rond te gaan. Ik heb uitgerekend dat als ik opstijg van Saint-Cloud het uiteindelijk in minder dan een half uur heen en weer te doen moet zijn. Liefst zou ik een wedstrijd organiseren. Volg je het feuilleton dat Wells nu is begonnen in *The Graphic*? Daar snellen we op af, Louis, de dag dat niet alleen ik, maar iederéén zich door de lucht verplaatst. Om daar een beetje vaart achter te zetten zou ik een prijs willen uitloven voor andere pioniers. Over een jaar of twee, als mensen zover zijn. Een race van Saint-Cloud naar de Champ-de-Mars en terug. Ze mogen onderweg niet landen en moeten terug zijn binnen een bepaalde tijd. De snelste wint. Wat denk je dat zoiets zal doen voor de populariteit van de luchtvaart? Probleem is dat ik zelf niet weet hoe lang ik onderweg ben. Hoe klok je dat terwijl je vliegt? Ik heb mijn horloge op zak, maar nooit een hand vrij om het tevoorschijn te halen, open te klikken en op de wijzerplaat te kijken.'

'Je praat eroverheen.' Cartier riep hem tot de orde. 'Wat ik zeggen wil...'

'Ik wéét wat jij probeert te zeggen,' Alberto kromp ineen, plotseling, als van een maagkramp. Zo bleef hij zitten, starend naar het damasten tafellaken. ‘Wat denk je, dat ik doof ben, blind? Ik weet waar het over gaat. Over hetzelfde waar ze het allemaal over hebben, nietwaar? En ik zeg je: ik heb daar geen boodschap aan.’

‘Zo is het niet bedoeld, mijn vriend,’ zei Cartier. ‘Dat weet je. Ik sta aan jouw kant, onvoorwaardelijk, wij hier allemaal.’

Hij legde zijn arm om hem heen, maar Santos-Dumont zat verstard, ineengedoken.

Maxim Gaillard kwam kijken of alles nog wel naar wens was.

‘Kom,’ Albert Chapin stond op en nam Alberto bij de arm. ‘Ik neem je mee naar madame Pi-Pi, we gaan ons even opfrissen.’

Alberto keek naar hem op met grote ogen, hulpeloos op een manier die Albert niet eerder had gezien. Als een kind liet hij zich door hem meevoeren, maar na een paar passen, al bijna bij de trap, bedacht hij zich alsnog en keerde naar de tafel terug.

‘Er is een fenomeen dat wij op aarde niet kennen...’

Hij begon als bij de lezing die hij onlangs op de Academie van Wetenschappen had gegeven, bevend, zonder iemand werkelijk aan te kijken. Hij had nu eenmaal tegen mensen geen verweer. Alsof het kruisen van één blik hem de wind uit de zeilen kon nemen.

'Kom je boven de wolken,' ging hij verder, 'dan zie je jezelf daarop geprojecteerd. De zon werpt een afbeelding zo scherp als in een donkere kamer, een levende fotografie, maar dan gigantisch groot. Je ziet daarop de ballon tot in detail, elke kabel, fijn en scherp, je ziet het vlechtwerk van de mand, de haak waaraan de ballast hangt, springerige vezels hier en daar waar het touw sleets is. En jezelf zie je ook. Je ziet jezelf glijden over dat wit-wollige scherm van waterdamp, uiterst nauwkeurig. De snit van je kleding, de punt van je snor, een losse haarpluk, alles vele malen uitvergroot. Je ziet jezelf zoals anderen jou zien en weet: ik bén dat niet.'

Nu keek hij op en zag zijn vrienden.

'Het is heel verleidelijk om naar jezelf te kijken zoals anderen dat doen. Het is een weergave, zo anders dan je dacht, dat je geneigd bent ernaar te blijven staren. Maar je kunt het je niet veroorloven. Je moet nog verder. Het beeld dat er van je gegeven wordt, biologeert omdat het zo levensecht lijkt. Maar de werkelijkheid is het niet. De werkelijkheid, dat zijn de instrumenten, het ventiel, de brander en de kleppen, het roer en de gewichten. Dáár heb je mee te maken. Dat je niet te laag vliegt of te hoog. De werkelijkheid, dat ben je zelf. Alles wat erbij komt kijken van dag tot dag om je bestaan te overleven. De werkelijkheid móét niet te levensecht worden. Wil je boven de wolken blijven dan heb je geen ruimte om jezelf te zien zoals je bent, om na te denken over hoe je werkt, hoe je eruitziet, hoe je in elkaar zit. Je kunt alleen maar dóór. Je vlucht uitvoeren. Op koers varen en je door niets of niemand laten afleiden.'

Hier nam hij weer plaats, kalmer nu. Ook Albert zocht zijn stoel weer op, maar Alberto wenkte hem, gebaarde dat hij graag zou hebben dat hij nu naast hem kwam zitten, wat hij deed.

'Ik weet wat er wordt gezegd, Louis. Over mij. Over ons.' Hij legde zijn hand op Alberts bovenbeen en liet hem daar. 'Ik hoor het. En wat ik nog veel erger vind, ja, welhaast onverdraaglijk, Albert hoort het ook. Maar wat moet ik dan? Een ander worden? Zoveel geluk valt een mens in dit leven niet ten deel. Mensen zoals ik al helemaal niet. Wordt er werkelijk van mij verlangd dat ik het weinige dat mij daarvan is toebedeeld als ballast eigenhandig overboord zet? Men ziet ons altijd samen, ja, het is een vriendschap onafscheidelijk. Zal ik hem wegsturen? Zal ik hem ontslaan dan maar, en een andere mecanicien in dienst nemen? Mijn God, ik doe al zo mijn best de mensen geen aanstoot te geven. Ik hoor niet bij ze, maar ik doe ze ook geen kwaad. Daar zorg ik wel voor. Op zoveel vlakken doe ik me anders voor dan ik me voel. Eén iemand bij wie dat niet nodig is, wordt dat ons zelfs niet gegund? Ik doe er alles aan om ze achter me te laten, de mensen, ik zoek een andere luchtlaag op dan zij. Maar het is ze niet genoeg. Ze rusten niet. Niet zolang wij leven. In de wereld zoals mijnheer Wells die schetst ooit misschien, wie weet, wanneer wij over twee eeuwen ontwaken, maar voor die tijd, nee.'

'Het spijt me,' zei Louis Cartier. 'Ik ben een dwaas, ik had niets moeten zeggen. Maar, weet je, wanneer jij overvliegt, loop ik op straat en soms... Ik hoor de mensen praten.'

'Maar daar zég je het: ik vlieg over ze heen. Het spijt me dat jij hun woorden horen moet, dat spijt me meer dan je kunt weten. Maar daarboven is het stil. Ik laat ze daar niet toe.'

 'Dat klinkt zo eenzaam,' klaagde Sem, 'terwijl juist de hele stad jou volgt.

Hoe iedereen zijn adem inhoudt als jij overkomt!'

'En zo is de verdeling voor ons allebei perfect. Zolang ik boven ben en zij beneden zijn wij één. Op die manier kan ik iets voor ze betekenen. Dus kijk ik niet naar mijn projectie op de wolken, hoe spectaculair dat fenomeen ook is. Dat beeld dat er van mij bestaat, als ik daaraan ook maar de minste waarde zou hechten, dacht je dat ik dan nog hoogte hield? De werkelijkheid, dat is meer iets voor anderen. Die is te zwaar en trekt mij naar beneden. Ik moet haar wel negeren. En iedereen die op een dag los wil komen van de grond raad ik hetzelfde aan.'

Tegen half twaalf arriveerde La Goulue met haar danseressen. Maxim had ze ingehuurd om het nieuwe jaar binnen te dansen. In afwachting daarvan hingen zij bij de muzikanten rond en begaven zich tussen de tafeltjes, wiegend, uitdagend, hongerig als een troep wilde dieren kort voor voedertijd. Spaanse ruches ruisend, rokken soms vast opgetild, de glimp van een Algerijns broekje hier, daar de belofte van een paar rode jarretels, voorproefjes van de *galop infernale*. De korte, hoge gilletjes die ze altijd slaakten onder hun cancan, lieten ze nu af en toe al horen, wat de verwachtingen op spanning zette en de hele zaak deed zinderen.

Aan tafel bij Santos-Dumont, waar niemand nog zijn glazen telde, ging het ondertussen over ieders goede voornemen voor komend jaar.

'Vanaf nu,' verklaarde Alberto plechtig, 'wijd ik me volledig aan de luchtvaart.'

'Toe maar,' lachte Albert, 'dat zal me een verandering geven!' De fles was leeg. Hij wenkte om een nieuwe. 'Mooi plan, help me herinneren dat ik morgenochtend meteen ons hele leven omgooi.'

'Wat ik bedoel...' Santos-Dumont schudde zijn hoofd en zocht naar woorden. 'Dat ik het groter aan ga pakken. Ik heb een stuk grond op het oog om een hangar te laten bouwen. Ik wil meer mensen in dienst. Een snellere productie. Niet blijven hangen op dit ene model, maar voortdurend nieuwe bedenken, en mislukt het ene, dan moet het volgende alweer klaarstaan. Nieuwe ontwerpen moeten er komen, nieuwe oplossingen voor nieuwe problemen. We vervolmaken de bestuurbare ballon, natuurlijk, maar er is een grens aan hun capaciteit, voorspel ik je. Omdat ze altijd lichter zullen moeten zijn dan lucht, kunnen ze beperkt vracht vervoeren, een paar mensen hooguit, nooit een hele groep. Nee, let op mijn woorden, de toekomst ligt bij vaartuigen die zwaarder zijn dan lucht. Daar moeten we naartoe, is het dit jaar niet, dan in een volgend. Ja...' Hij hief zijn glas en dronk. 'Dit neem ik mij voor!'

Maxim Gaillard verscheen aan tafel.

Albert dacht dat het was om de volgende fles te ontkurken, maar de restaurateur stond met lege handen. Hij frummelde met zijn vingers. Ook zijn blik verried een ongemak.

'Het spijt me dat ik u moet storen,' hakkelde hij. 'Zeker nu het feest net goed en wel begint, maar het is... er staat iemand aan de deur die naar uw tafel vraagt.'

'Hoe meer zielen, hoe meer vreugd, Maxim,' sprak Santos-Dumont grootmoedig. 'Laat mijnheer binnen.'

'Het is geen heer.'

'Wie het dan ook is. Ik ben benieuwd.'

'Het is alleen...' Gaillard aarzelde. 'Een dame is het bepaald ook niet.'

'Hoe kan zoiets?' lachte Cartier, die te diep in de champagnecoupe gekeken had. 'Haal haar hier, Gaillard, breng ons dat wonderlijke wezen, ik wil het wel eens zien.'

'Dat betwijfel ik mijnheer. Zij is nogal... verwilderd. Wij dachten dat ze kwam bedelen, maar zij laat zich niet wegsturen.'

'Stop haar dit toe.' Alberto trok zijn portefeuille en gaf Gaillard een groot biljet. 'Met onze beste wensen voor het nieuwe jaar.'

La Goulue had zich inmiddels boven aan de trap opgesteld. Begeleid door tromgeroffel plaatste zij één laarsje op de leuning en trok haar rokken op tot aan de dij. Zij gilde hierbij als een bedoeïene ten teken dat het aftellen naar middernacht begonnen was.

'Wil ik proberen, mijnheer...' Gaillard bekeek het biljet in zijn handen. 'Maar het wezen houdt vol dat ze niet op geld uit is. Dat zij hier niet iets komt halen, maar juist brengen.'

Op ditzelfde moment werd er tegen het raam getikt, zo driftig dat iedereen geschrokken omkeek.

Voor de ruit stond een jonge vrouw, verlopen inderdaad. Zij was te dun gekleed en had het koud.

 Een kort moment waren er alleen starende blikken heen en weer.

Haar lange haren waren nat en kleefden aan haar wangen. Met grote wilde ogen keek zij het gezelschap rond. Toen tikte zij opnieuw met een hard voorwerp tegen het glas.

'Misschien is ze krankzinnig,' opperde Cartier.

'*Morphinomane*, gok ik.'

'Geen idee,' zei Santos-Dumont. 'In elk geval, ik ken haar niet.'

'Nee, inderdaad.' Albert kwam overeind. Hij klonk verslagen. 'Je kent haar niet.'

De jonge vrouw sloeg nu haar paardenharen cape open. Daaronder, in haar armen, droeg zij iets, gewikkeld in een deken.

'Maar ik wel,' vervolgde hij stamelend. 'Ik ken haar van Ferrières.'

Het was Ernestine.

Recht keek zij hem aan.

Zodra zij zijn blik gevangen wist, schoof zij, voorzichtig, met één vinger het dekentje terzijde. Op twee handen, alsof zij offerde, hield zij de lappenbundel omhoog naar het raam en liet haar kindje zien.

Het sliep.

1900

Een ochtend in augustus

De wereldtentoonstelling wilde een ode zijn aan de vooruitgang. Op het Champ-de-Mars pronkten paleizen voor elektriciteit en waterbouw, chemische en mechanische industrie, mijnbouw en metallurgie, tempels voor onderwijs en landbouw, kunsten en letteren, voor de stoffen- en kledingindustrie en voor de ijzerenspoorwegbouw. Zesenzeventigduizend exposanten, vijftig miljoen bezoekers, tintelend van optimisme over de grenzeloze mogelijkheden van de nieuwe eeuw.

Alleen over de luchtvaart vond men op die 1,2 miljoen vierkante meters nagenoeg niets.

Ook aan de wieg van de twintigste eeuw bleef Alberto de enige die met aandrijving en besturing door de wolken navigeerde en zijn experimenten werden te gevaarlijk geacht voor een officiële demonstratie.

Om ieders ongelijk te bewijzen voerde hij over het festivalterrein een verrassingsvlucht uit in zijn Nummer 4.

Dit model oogde gevaarlijker dan zijn voorgangers. Zonder enige bescherming zat de vliegenier op een lange, dunne bamboestok als een heks op een bezemsteel. Voorop bevond zich de propeller, in het midden een petroleummotor, achterop het roer. Dit alles hing aan enkele pianosnaren onder de ballon, die nog steeds langwerpig was maar minder puntig dan vorige modellen. Een grote gele rups leek het. Als enig houvast had Santos-Dumont een fietszadel en twee pedalen waarmee hij de motor, mocht die afslaan, weer kon aantrappen.

'Moed is nauwelijks voldoende om zo open en bloot te balanceren,' had Albert Chapin vanochtend nog gezegd, 'om dit te willen heeft een mens doodsverachting nodig.'

Hij had het niet als compliment bedoeld.

Sinds kort woonden Albert en Ernestine Chapin met hun dochtertje boven de werkplaats in de rue du Colisée. Opmerkelijk weinig woorden waren aan deze kwestie vuilgemaakt.

Nadat het strijkstertje voor de ruiten van Maxim's was opgedoken, had Santos-Dumont zijn vriend in de nacht huilend aangetroffen. Hij was tegen hem aangekropen. Zo hadden ze gelegen tot het licht begon te worden.

'Er zijn daarboven altijd vogels, weet je...' zei Alberto, die in de lucht een uitvlucht vond voor alles. 'Zodra je hoger dan de daken stijgt, komen ze kijken om te zien wat je daar te zoeken hebt. Na een tijdje raken ze aan je gewend. Je hóórt er niet, maar je doet ook geen kwaad. Dat is ze genoeg. Ze cirkelen wat, ze vliegen een eindje mee op. Soms is er eentje die het wel makkelijk vindt. Hij landt. Hij hipt een beetje heen en weer over een draad. Met één oog houdt hij je nog even in de gaten, maar dan vertrouwt hij het en besluit een eindje met je mee te reizen. Hij klauwt zich vast. Hij schudt zijn veertjes. Je legt het hele stuk alleen af, allebei, want er blijft afstand. Die is nodig. En toch reis je samen. Dat geeft zo'n veilig gevoel. Veilig idéé moet ik zeggen, want meer dan een gedachte is het niet. Gaat er iets mis, dan vliegt hij vrolijk op en ik stort neer. Maar de gedachte is alles. Te wéten dat hij daar zit. Voorlopig. Dat hij jou toelaat in zijn element en je vertrouwt. De kunst is niet voorbij dat moment te denken.'

Albert had geknikt.

Ze waren opgestaan.

Ze waren aan het werk gegaan zoals gewoonlijk.

Na de lunch had Alberto hem de sleutel toegestopt van de eerste etage, waar de Nummers 1 en 2 lagen opgerold en delen nog van de Brazilië. Om vijf uur was Albert vertrokken om Ernestine op te halen, die haar schande uitzat bij een oom op een van de heuvels rond de stad.

Enkele dagen later werd een burgerhuwelijk voltrokken, dat nergens stond aangekondigd. Alberto Santos-Dumont was er getuige. In een gemeentekantoortje aan een zijstraat van de Quai Branly haalde hij de ringen uit zijn broekzak en overhandigde ze aan de bruidegom. Ze waren van Cartier. Alleen toen haar echtgenoot de hare om haar vinger schoof, keek Ernestine een keer op.

Er zijn er genoeg geweest die meenden dat Santos-Dumont zijn toeren uithaalde omdat hij naar zijn dood verlangde. Dit was nooit het geval. Wanneer hij van grote hoogte naar beneden keek, dacht hij eerder aan een geboorte, een nieuwe kans. Alsof het meest ingrijpende zo onderhand achter hem lag. Het leven kan een mens nu eenmaal zo ver bij het alledaagse vandaan voeren, dat hij op een dag merkt er eigenlijk al aan voorbij te zijn. Gevaar was hem dan niet onaangenaam, eerder een herinnering dat er nog steeds iets op het spel stond. Alsof het leven hem daarmee even in de zij porde.

De Nummer 4 naderde het festivalterrein vanaf de Place de la Concorde, langs de reusachtige gestalte van Sarah Bernhardt, die boven de stad torende. Dit bronzen beeld van Moreau-Vauthier, geïnspireerd op de dimensies van het Vrijheidsbeeld, bekroonde een entreegebouw dat met achtenvijftig loketten honderdduizend bezoekers per uur kon opslokken.

'Mijn moeder was een van de *grandes horizontales* van Parijs,' had Sarah Alberto ingefluisterd tijdens de onthulling. 'Voor mij had zij hetzelfde gehoopt. Wat denk je, zou zij trots zijn geweest dat ik het tenminste tot *grande verticale* heb geschopt?'

Zijn ballon stak iel tegen haar af.

Zelfs vanaf deze hoogte zag Alberto maar een deel van het tentoonstellingsterrein, dat zich van de Place de la Concorde tot aan het Trocadéro uitstrekte, de volledige Champ-de-Mars besloeg tot aan de École Militaire, maar in de andere richting ook van het Hotel des Invalides via de hiervoor aangelegde Pont Alexandre III en de rue Nicolas II langs het Grand Palais liep tot voorbij de Champs-Élysées. Tot de Pont d'Iéna was de linkeroever kilometers lang bebouwd met paviljoens van de belangrijkste wereldnaties, hoogstandjes van hun nationale bouwkunst met overdadige gevels, brede trappen, hoge torens. Op de rechteroever had men de middeleeuwse stad gereconstrueerd, het Parijs van Pantagruel en Panurge met kerken, kastelen en smalle straatjes vol jengelende troubadours, jonkvrouwen en ridders te paard, terwijl op de Place de l'Alma toernooien werden nagespeeld en executies.

Die hele kermis stokte zodra de Nummer 4 overvloog, alsof iemand een spaak in het reuzenrad gestoken had.

Op het roltrottoir, tot dan toe dé sensatie van het jaar, ontstonden valpartijen, omdat bezoekers rechtsomkeert maakten en tegen de stroom in met Santos-Dumont probeerden mee te lopen.

Dames zwaaiden, kinderen joelden, heren staken hun hoge hoed op en hun wandelstok de lucht in. Tegen de tijd dat hij boven de Pont de l'Alma hing, raakte bij een opstopping op de passerelle een eerste man te water.

'Maar wat als je een flauwte krijgt?' had Albert hem gevraagd, net nog, vlak voordat hij opsteeg in de Nummer 4. 'Dan kun je je nergens aan vastgrijpen. Waarom dat gevaar lopen? Laat me dan tenminste een riem voor je maken waarmee je je kunt aangespen. Voordat je het weet val je te pletter.'

'Moet ik een tuigje dragen? Ik ben je kind niet.' Alberto had nors geklonken. 'Bescherming is goed voor iemand die er met zijn hoofd niet bij is, maar ik weet precies wat ik doe. Zeker nu ik niets heb om op terug te vallen. Ik laat me niet insnoeren. Ik wil ongeremd kunnen beslissen. Zolang ik alert moet blijven op mijn evenwicht, ben ik alert op iedere handeling. Hoe riskanter mijn positie, hoe veiliger mijn vlucht.'

‘Het is voor míj bedoeld,’ had Albert geantwoord, ‘die verdomde waaghalzerij. Denk niet dat ik jou niet doorheb. Het is niet om jezelf er elke seconde van te doordringen hoeveel gevaar je loopt, maar mij. Om míjn hart de hele tijd op het vinkentouw te houden. En wat heeft het je helemaal misdaan?’ De tranen hadden hem in de ogen gestaan, maar hij verbeet ze. ‘De mensen moesten eens weten. Zij denken dat jíj onderweg de grootste angst uitstaat, maar daarvoor geef jij om jezelf niet genoeg.’

‘Daar zou ik maar blij om wezen als ik jou was,’ had Alberto toegegeven. ‘Dacht ik daarboven aan mezelf, dan had je heel wat meer te vrezen.’

De ruk die Santos-Dumont aan het roer gaf was te driftig.

Ineens was het hem genoeg. Hij was rond Eiffels toren gecirkeld en had zijn punt gemaakt. Nu verlangde hij terug. Hij verlangde met een heftigheid die als een spasme door zijn lichaam trok.

Nummer 4 draaide door deze ongedurigheid te snel, tolde om zijn as welhaast. De ballon werd meegetrokken en helde naar één kant. Het gas vocht terug. Het volgde zijn aard en trok de ballon weer in zijn oorspronkelijke positie, maar deze tweede schok deed een van de pianosnaren knappen. De bamboestok schoot hierdoor aan de achterzijde los.

In afschuw deinde de massa achteruit, waarbij een aantal mensen de Seine in kukelde. Geen van hen verdronk, maar een enkeling werd er pas bij La Grande Jatte weer uit gevist.

Alberto Santos-Dumont hing onder het bamboe, één been er aan de knieholte nog overheen geklampt, handen aan de touwen. En terwijl hij daar bungelde kon hij alleen maar denken wat een geluk het was dat zijn mecanicien hem nu niet zien kon. Albert stond kilometers verderop te wachten in Saint-Cloud en was van deze benauwenis onwetend; diens ziel op dit moment gerust te weten, merkte hij, was hem meer waard dan zijn eigen redding.

Hoog boven het Champ-de-Mars hervond hij zijn kracht, wist zich overeind te hijsen en kwam weer in balans. De bamboestok hing akelig scheef al kon er verder niets gebeuren zolang hij de ophanging maar met één hand beet bleef houden.

Met zijn vrije hand manoeuvreerde Alberto boven de soek van Tunis, die voor het Trocadéro was nagebouwd, smalle straten met verkopers in djellaba, en over de koepels van de grote moskee van Algiers met de minaret van Sis-Bou-Medine, voorbij het uit rood zand opgetrokken paleis uit Soedan en de huttendorpen van Ivoorkust en Guinee.

De tentoongestelde inboorlingen – hele dorpen waren voor de expo overgebracht – keken naar hem omhoog en zwaaiden, de tempeldanseressen van Phuoc Kien in Indochina, de Co-Loa-eunuchen van Tonkin, de wachters op de heilige heuvel van Pnom Penh die hier tot in detail was nagebouwd, door grijnzende tijgers bewaakt en bekroond met de pagode van de boeddha's. De geur van geofferde parfums en brandende wierook steeg op tot de ballon, vermengd met het gezang van boeddhisten en brahmanen.

Zo zal het straks dus zijn, dacht Santos-Dumont, met de euforie van de overlevende, in vogelvlucht een continent te kunnen oversteken, te zien hoe het ene land na het andere onder je voorbijtrekt, over alle grenzen heen verbroedering te kunnen brengen en begrip.

Hij passeerde de torens van het Kremlin, die het Trocadéro-terrein domineerden, de Japanse tuinen en de keizerlijke poorten van Peking. Hij kon de tempel van Dandour zien liggen, het paviljoen van de Afrikaanders van Transvaal, de sierlijk gepunte daken van Sumatra.

‘En dan zál mijn leven niets voortbrengen dan dit,’ zei hij tegen zichzelf met alle pathos van iemand die zijn toekomst aan een geknapte pianosnaar zag hangen.

Boven het standbeeld van koningin Victoria zwenkte hij westwaarts, over de boog van de Punjab en het Ceylonese theepaviljoen, en verliet het festivalterrein in de richting van het Bois de Boulogne.

‘Ook al is er dan geen boom waarin mijn naam gekerfd staat...’ Euforisch golfde hij verder op het kielzog van zijn schrik. ‘Dan is dit tenminste aan de mensen mijn nalatenschap, dat ík ze vleugels heb gegeven.’

Die avond

‘Dus heb ik er meteen maar werk van gemaakt.’ Santos-Dumont keek rond, dankbaar dat zijn vrienden naar Le Pavillon Bleu hadden willen komen. ‘Vanmiddag zijn we om de tafel gaan zitten met mijn advocaat. Die heeft de stukken laten opstellen en om vijf uur zijn ze getekend.’

‘Is dit off the record?’ vroeg James Gordon Bennett, die zich bedwingen moest om het nieuws niet meteen naar zijn krantenredacties door te bellen, ‘of mag het al naar buiten?’

‘Rustig Jimmy!’ lachte Loie Fuller. De Amerikaanse danseres, die hij als tafeldame had meegebracht, trok hem aan zijn arm terug in zijn stoel en sloeg hem als een hondje. ‘Af, jij, af!’

‘Een ogenblik,’ zei keizerin Eugenie. De oude dame hield niet van publieke ruimten. Die nodigden mensen maar uit om door elkaar heen te roepen. ‘Bedoel je een wedstrijd waaraan iedereen kan meedoen?'

'Iedereen die denkt dat het hem lukt om het parcours binnen een half uur af te leggen.'

'Waar kan ik intekenen?' Sarah stak haar arm in de lucht als een kind in de klas.

'Met engelen wedijveren is één ding,' fluisterde Isabel, de gravin van Eu, ongerust tegen de keizerin. 'Maar om nou de boodschappers van God met je vleugels steeds opnieuw uit te dagen...'

'Zoals ze hem vandaag hebben beschermd terwijl hij tussen hemel en aarde bungelde,' antwoordde de ander. 'Mij dunkt dat de engelen volledig aan Alberto's kant staan.'

'En het prijzengeld?' vroeg Sem. De cartoonist zag al een prent voor zich waarop de winnaar bij de eindstreep vanuit de lucht door zijn mededingers werd bekogeld.

'100.000 francs. Henri Deutsch de la Meurthe stelt ze beschikbaar.'

'De oliemagnaat?' vroeg Louis Cartier. 'Waarom hij?'

'Petroleum. Wordt mijn visioen werkelijkheid, dan gaan de toekomst van de luchtvaart en die van de olie gelijk op.'

'Ik bedoel, waarom de prijs naar hém vernoemen en niet naar jezelf?'

'Omdat ik zelf mee wil dingen.'

'Tuurlijk,' spotte Sem, terwijl hij op Alberto's kosten de volgende champagnefles bestelde, 'jij hebt het geld ook zo hard nodig.'

'Mocht ik de prijs zelf winnen...' zei de gastheer.

'Waar we van uitgaan,' onderbrak Loie Fuller.

'...dan schenk ik het geldbedrag weg. Of ik besteed het aan verspreiding van aeronautische kennis. Zoveel mogelijk mensen enthousiast maken voor de luchtvaart, dat is het doel van deze wedstrijd. Mijn deelname zal dat stimuleren. Mensen zullen het, hoop ik, graag tegen mij opnemen.'

'En dat parcours?' vroeg Sem.

'Hetzelfde dat ik vandaag heb afgelegd. Vertrek en aankomst te Saint-Cloud. Van daar naar hier is een kleine 5 kilometer, 4,82 om precies te zijn. Om dat te redden binnen een half uur – mét het ronden van de toren – moet een gemiddelde vaart worden aangehouden van 22,5 kilometer per uur. Uitvinders, ontwerpers, amateurs, andere gekken zoals ik, iedereen moet aan de slag. Tien weten meer dan één. Op zoek naar de optimale vorm, het beste materiaal, de ideale motor!'

'En stabiliteit,' opperde Bennett. 'De wind is nog altijd je vijand.'

'Je vijanden te vriend maken, is het geheim van onze redding, in de lucht evenzeer als in het leven,' zei Santos-Dumont. 'Een ballon zal altijd een speelbal blijven, we moeten op zoek naar iets zwaarders. Kijk naar vogels, ze weten de lucht aan te wenden. Dáár ligt de toekomst. Ik ben ermee bezig. Niet langer tegen de weerstand vechten, maar hem onder mijn vleugels nemen.'

'Datzelfde zullen andere deelnemers ook proberen,' zei Loie Fuller. 'Wat als zij de oplossing eerder bedenken dan u?'

'Dan zal ik ze toejuichen. Ik heb nu eenmaal die droom, mevrouw, en ik heb hem al zo lang. Alles wat ik in dit leven nog wil, is gewichtloos worden...'

'Dat kan ik begrijpen.' De Amerikaanse, uit wier experimentele dans de art nouveau geboren werd, liet haar armen vrijuit fladderen. 'Och ja, als iemand dat begrijpen kan!'

'...en iedereen die mij daarbij helpen kan, omarm ik.'

 'Laat ze dan gelijk iets verzinnen om jouw veiligheid daarbij te garanderen,' smeekte Isabel d'Eu. 'Vanochtend, ik ben er misselijk van geweest, dat mag je rustig weten. De schietgebedjes die ik heb gedaan! Mijn vertrouwen in de Heer ten spijt, ik had niet gedacht dat wij vanavond hier nog samen zouden zitten.'

'Dat dit parcours af te leggen is, zelfs met tegenspoed, heb ik nu laten zien. Dat moet amateurs toch een aanmoediging zijn. Zo'n wedstrijd met een geldprijs en een tijdslimiet...'

'De vraag blijft natuurlijk,' zei Louis Cartier, 'hoe kun jij als vliegenier met je handen voortdurend vol apparatuur in hemelsnaam je eigen tijd bijhouden?'

'Dat probleem blijft onoverkomelijk,' zei Alberto. 'Als ik jeuk krijg, kan ik niet eens een vinger vrijmaken om mee te krabben.'

'Dus dat zakhorloge van je is jou in de wolken van geen nut?' Louis klonk als een variétéartiest. Zo keek hij ook de tafel rond, om te zien of hij wel ieders aandacht had getrokken voor zijn truc. 'Tja, dan heb je een probleem.'

Hij haalde een lederen foedraaltje uit zijn binnenzak. Het droeg de gouden opdruk van zijn familiebedrijf in de rue de la Paix. Hij schoof Alberto het presentje toe.

'Stiekem in je atelier aan het nieuwste technische snufje zitten sleutelen,' gniffelde Cartier, 'dacht je dat jij daar het patent op had?'

Het deksel veerde open. In een bedding van koningsblauw fluweel lag een elegant gouden klokje, vierkant, de hoeken afgerond. De wijzerplaat toonde de uren fors in Romeinse cijfers. Een ketting, als bij een vestzakhorloge, zat er niet aan. In plaats daarvan twee leren riempjes. Cartier griste het kleinood uit zijn verpakking, ongeduldig, en gespte zijn vriend het horloge om de pols. 'Daar, één blik volstaat voortaan!'

De Amerikaanse sloeg haar handen ineen, Sarah Bernhardt boog zich over de nieuwigheid, iedereen wilde er meer van weten.

'Blijft dit klein gemak exclusief voor onze pionier?' vroeg keizerin Eugénie. 'Anders plaats ik meteen graag een bestelling voor zo'n... hoe gaat het heten?'

'Anders dan onze vriend, hoogheid, doe ik niet aan nummer nul of nummer zoveel, dus ik dacht, ik noem hem simpelweg de Santos!'

Na zijn avontuur had Alberto de gehavende Nummer 4 de hangar binnengezeild, die hij in Saint-Cloud had laten bouwen. Deze was groot genoeg om meerdere ballonnen vol en wel in te parkeren en bezat een eigen waterstofgasinstallatie.

In de lucht had Santos-Dumont zeebenen, voor deining ongevoelig, maar het luchtschip was nog niet verankerd of hij struikelde van de ladder. Als Albert zijn armen niet naar hem had uitgestrekt, had hij op zijn minst zijn benen gebroken.

'We moeten op zoek naar een alternatief voor de pianosnaren,' constateerde Albert.

'Ze waren licht, ze waren sterk, misschien ligt het enkel aan de ophanging. Wanneer we daar meer vering in kunnen aanbrengen, komt er minder spanning op de draden.' Zo vol en opgeladen keerde Alberto telkens op aarde terug en leek dan niet te stuiten. 'Trouwens, op de tentoonstelling demonstreren de Amerikanen een kunstmatige vezel die dun en tegelijk sterk is. Laten we daar morgen gaan praten. Wanneer je zo'n vezel tot touw zou kunnen draaien...'

Albert kwam naast hem op de bank zitten. Hoe hij ook altijd handenwringend naar Alberto's terugkeer uitkeek, aan dit moment had hij een hekel. Het weidse enthousiasme van zijn vriend herinnerde hem aan zijn eigen beperkingen. Mogelijkheden waaraan het hemzelf ontbrak. Aan de grenzen die het leven hem had opgelegd. Aan zijn angst de ander te verliezen.

'Je had ze moeten horen, jongen!' Alberto vlijde zich tegen hem aan. 'Zoals de mensen bereid waren mij aan te sporen, die duizenden gretige kelen, je hebt geen idee wat een geluid dat geeft, zo'n trilling, tastbaar, de opwinding!'

Zoveel energie als de één tijdens zijn avontuur had opgedaan, had het de ander gekost aan angst en zorg.

Albert had zijn arm om hem heen geslagen, zijn hoofd met zachte hand tegen zijn schouder gedrukt ten teken dat hij nu aan zijn moeheid toe mocht geven.

'Je vriend Chapin zal er helemaal weg van zijn!' zei Sarah Bernhardt die avond aan tafel in het Pavillon Bleu. 'Dat weet ik zeker.'

Santos-Dumont zat nog te staren naar zijn pols alsof hij wachtte tot de wijzer alle seconden had weggetikt. Zij schoof naast hem.

'Ja.' Alberto keek eindelijk van het polshorloge op, dankbaar. 'Wat zal hij hier blij mee zijn nietwaar?'

'Hij zal blij voor jou zijn, absoluut.'

 'Weer een van onze problemen opgelost. En zo simpel. God, wat zou ik nu graag meteen naar hem toe rijden om het hem te laten zien!'

Zij haakte haar arm door de zijne, nam zijn hand en bestudeerde zijn polsklokje, maar toen zij daarmee klaar was, liet ze niet los. Integendeel, zij drukte haar elleboog met daarin de zijne stevig in haar zij en hield hem daar, zoals een moeder doen kan met een kind dat overstuur is, net zolang totdat hun ademhaling gelijk opging. Zij keken elkaar hierbij niet aan. Zo bleven ze zitten alsof alles was gezegd.

Eerder die dag

Door de torenhoge deuren, die nog wijd openstonden, was warm de zwaar-zoete lucht van het woud de hangar komen binnendrijven en had de lichamen omhuld van de twee mannen die in het kantoor op de bank in slaap waren gevallen.

Albert lag languit, Alberto tegen hem aan, ietwat onhandig, benen onder zich gevouwen, een arm over de leuning geslagen om niet weg te glijden, de andere op Alberts buik, die na alle spanning en inspanning voor het eerst vandaag rustig op en neer bewoog, tussen uit en in steeds langer bewegingloos, die adempauzes soms zo heel even troostrijk levenloos al bijna, elk een voorschot op de dood.

Zo had Ernestine hen aangetroffen.

Nu ja, bijna. De wielen van de kinderwagen, ongeolied, hadden Albert enkele tellen tevoren gewekt. Hun gekraak had hij onmiddellijk herkend. Alberto met een por van zich afgooiend, was hij overeind geschoten. Hij had nog net zijn schoenen kunnen aanschieten, maar tijd om zijn hemd weer aan te trekken was er niet geweest.

'Nou, gelijk hebben jullie, wat een dag, hè,' had zij verzucht. 'Ongelooflijk, een mens zou zich bedoen, wat is het warm!'

Zijn vrouw had hun dochter opgepakt en op de arm genomen.

'Ach, vul jij d'r beker even met water. Met die hitte, ik ben op zulke dagen altijd bang dat ze te weinig drinkt.' Speels blies ze wat wind over het gezichtje en de beentjes. 'Warm hè, ja, warm. Heb jij het warm, ja.'

Geërgerd vocht Albert met de mouwen van zijn hemd, dat van het ongeduld nog binnenstebuiten zat.

Ernestine hield hun meisje naar hem op, zodat hij haar kussen kon. Hij kuste hen beiden en liep weg.

Ondertussen zat Alberto Santos-Dumont in zijn ondergoed op de bank, zo ver mogelijk bij het bezoek vandaan gekropen, blote benen opgetrokken voor zijn borst, armen om de knieën geslagen. Met die tenen van hem, die

onafgebroken zenuwgraaiden door denkbeeldig zand, leek hij nog het meest op een badgast aan de branding in Deauville. Tot zijn schrik schoof de jonge moeder naast hem op het strandlaken.

'Heerlijk toch, zo'n middagdut,' lachte Ernestine, terwijl zij plaatsnam op de bank. 'Mag ik? Ik merk het aan haar ook, hoor, met dit weer, ze slaapt veel sneller en langer dan normaal. Is het niet zo, moe ben jij, hè, Berthe, ja toch? Ja! Lekker slapen, dat zou mamma zelf ook wel willen.' Zij leunde zuchtend achterover alsof ze prompt aan haar verlangen toegaf. 'Slapen als het warm is, heerlijk lijkt me dat. Slapen als het koud is trouwens ook. Slapen zou ik sowieso wel weer eens willen, gewoon een keer een nachtje ongestoord kunnen liggen... wees maar blij dat u geen kinderen hebt.'

Zij kuste haar kind en wiegde het.

'Het is maar goed dat u vanochtend vroeg bent opgestegen, mijnheer, toen het nog koel was. Ik zag u overkomen. Vanaf de Madeleine kon ik het een beetje volgen, u vloog richting festivalterrein. Ik heb het wel gehoord. De Eiffeltoren rond geweest, hè, toe maar! Waar je ook komt vandaag, het gaat erover. Dus ik dacht, weet je wat, ik leg haar in de wagen, wij gaan lekker verkoeling zoeken in het bos en dan wip ik meteen even langs om te horen of alles met mijnheer wel goed gekomen is.'

Albert bleef maar weg. Die vulde sneller een ballon met gas dan een beker met water.

'O zeker,' had Alberto geantwoord. 'Het was alleen even een schrik.'

'Dat zal.'

Telkens wanneer zij even wegkeek probeerde hij weer een openstaand hemdknoopje dicht te frummelen.

'Het heeft erom gehangen...'

'Gehangen ja.' Zij lachte. 'Precies ha, ha, nou zeg dat wel. Het hing en hoe!'

'Maar, voilà, zoals u ziet, we hebben het weer gered.'

'Nou en of, voilà, het is dus goed gegaan, beschouw het als gezien.'

Dat water, moest Albert het uit de Seine scheppen?

'Wilt u haar soms even vasthouden?'

'Pardon?'

'De kleine.' Ernestine hield haar zo vastberaden voor zich uit dat er geen kwestie van kon zijn het wezentje niet over te pakken. 'Op deze leeftijd zijn ze op hun engelachtigst.'

‘Och ja.’

Het warme lijfje. Hij kon het maar het beste in zijn schoot leggen, ietwat rechtop, het ruggetje tegen zijn opgetrokken benen steunend, zodat het min of meer rechtop zat. Dat melkblanke vel tegen de haartjes op zijn benen.

‘Als ze net geboren zijn, een moeder hoor je zoiets niet snel zeggen, dan... je houdt van ze, natuurlijk, je zou een moord voor ze begaan, het is alleen, karakter hebben ze nog niet meteen. Dat komt pas nu zo ongeveer tevoorschijn. De meeste mensen willen ze dan wel even vasthouden.’

‘O, maar zeker.’ Hij keek het meisje aan en meende het. ‘Het is aandoenlijk zo.’

‘Nietwaar?’

Ernestine schoof nog wat dichterbij, zodat ze met hem mee kon kijken. Zij was een boerenmeid, zij schrok niet van een lichaam.

‘Zo onderhand begin je ook de trekken te herkennen, vindt u niet? Eerst was het alleen een engel. Nu wordt het ook echt een mensje.’

Ze tuurden samen in zijn schoot of het een wiegje was. Berthe begon te kirren, en lachte nu zij haar moeder zag.

'Vindt u niet, die oogopslag, de kleur natuurlijk, maar ook zo'n beetje dat gelokene, dat móét, dat luiken van die oogjes dat heeft ze van Albert. Wij van onze kant hebben zoiets geen van allen. Zegt ú nou eens.'

'De ogen van Albert,' zei hij zacht. 'Ik zie het.'

'Ja.'

Zij legde haar hand op zijn blote knie.

Was hij gekleed geweest dan had ze hem nooit durven aanraken.

Haar palm was warm. Zij liet hem daar liggen. Met haar andere hand streelde ze de dunne blonde haartjes van haar kind.

'Ik weet,' fluisterde zij, 'hoeveel u voor ons overheeft.'

1901

Een dag in november, op weg naar Calais

‘Misschien moet je daarmee even wachten totdat we de stad uit zijn.’ Albert Chapin, die achter het stuur zat, schaamde zich.

‘Waarom?’ Santos-Dumont hield zijn breipennen omhoog om de steken te tellen. Hij was een roze manteltje aan het opzetten, een kerstcadeau voor Berthe. ‘Als de mensen niet schrikken wanneer mijn leven aan een draadje boven hun daken hangt, dan kunnen ze dit ook wel van me lijden.’

‘Mensen praten.’

‘Mensen eten mij als gemberkoekje.’ Alberto haalde zijn schouders op. ‘Dat wil niet zeggen dat ze weten hoe ik smaak.’

Hij zwaaide naar een groepje enthousiastelingen aan de kant.

Langs de route naar de Porte de Clichy hadden Parijzenaren zich opgesteld om de aeronaut uit te zwaaien. Sommigen droegen borden waarop ze hem hun steun betuigden. Anderen riepen luidkeels dat de stad een man als hij niet missen kon. Zijn Semper vivus, de hybride vinding van professor Porsche, nam echter nergens gas terug.

'Alles is voor jou alleen nog maar een grap.'

'Integendeel,' zei Alberto. 'Mij heeft alles juist te veel gewicht. Elk woord drukt op me, dat weet je, ik bezwijk eronder als ik daaraan toegeef. Dus...' Hij hield een paar bolletjes wol omhoog. 'Wat denk je, houd ik het bij roze, of zal ik er een streng mauve doorheen gooien?'

Gemberkoekjes met zijn beeltenis doken afgelopen zomer voor het eerst op in de manden van de snoepverkopers in het Luxembourg, daarna op iedere straathoek en nu vond je ze ook bij patissiers.

'Dat dacht u,' had Émile Zola geantwoord toen Sarah Bernhardt hem vanwege zijn moed in de affaire-Dreyfus de beroemdste man van Frankrijk noemde. 'Maar *mijn* kop zie ik nog nergens als kaneelbeschuit.'

Die van Alberto was er ook als lolly en in chocola. Kleuters zaten erop te sabbelen in hun wandelwagen, bij het Crillon doopten douairières hem met één pink omhoog in hun Chinese thee.

Die snor, de witte linnen hoed, zijn droeve ogen door Sem keer op keer tot karikatuur gemaakt, iedereen herkende ze. De kiosken hingen vol Santos-Dumont-prentbriefkaarten en souvenirfotoboekjes. Bedeltjes en medaillons werden er verkocht, pennen, kurkentrekkers en een notenkraker, die de walnoot brak tussen Alberto's wijd gesperde kaken.

Van over de hele wereld stroomden uitnodigingen binnen: tienduizend dollar om op te stijgen van de Pan American Expo in Buffalo, uitdagingen om de Noordpool over te vliegen of in een maand de wereld rond. Zijn vaderland, tot dan meer bekend om revoluties, bood een onderzoeksbijdrage van 50.000 francs, die hij niet nodig had.

In hun najaarscollectie toonden alle grote warenhuizen stoffen waarop hij te zien was met of zonder zijn ballonnen, en in New York kwam een Santos-Dumont-voile in de mode, die over de hoed gedragen werd. Speelgoedfabrikanten maakten hun ballonnen nu sigaarvormig. Voor volwassenen was er de kleine tafeldirigible, gevuld met kolengas, waarmee je kleine gerechten naar je dinergasten kon overvliegen, en van een miniatuur van de Nummer 5 gingen er in drie maanden tijd twintigduizend over de toonbank. Trapezeacts waren naar hem vernoemd en Alberto werd het onderwerp van een boulevardkomedie. Op Montmartre zong men liedjes over hem, een Napolitaans orkest verdiende goud door een Santos-wals op het repertoire te nemen; er was een symfonie aan de vliegenier gewijd en een opera waarin hij verscheen als hedendaagse Icarus.

Geen sterveling vliegt straffeloos.

Hoe hoger iemand stijgt, hoe onverzettelijker zijn vijanden. Die van Santos-Dumont vonden elkaar in de Aéroclub.

Toen een van de bladen hem tot moderne musketier doopte en een ander hem niet alleen een held noemde maar de *god van Parijs*, klonk dit zijn concurrenten als klaroenstoot.

Alberto Santos-Dumont sleepte de Deutschprijs binnen, maar niet zonder slag of stoot en al helemaal niet zonder tegenwerking.

Zijn eerste pogingen mislukten dramatisch, wat enkel bijdroeg aan zijn heldenstatus. Het ronken van zijn motor, die je een halve kilometer van tevoren aan kon horen komen, lokte tegenwoordig iedereen naar buiten, zodat hij nog maar zelden over een dak heen vloog waarop niemand stond te zwaaien. Geen mens wilde zijn eventuele triomf missen en zijn catastrofen zeker niet.

Om te beginnen liep de Nummer 5 vast in een kastanje. Opnieuw in een tuin van de Rothschilds. Het ongeluk vond dit keer plaats bij Edmond, de broer van monsieur Alphonse, en veroorzaakte veel schade. De baron stuurde een bediende de boom in met een ijsemmer en een fles champagne. Terwijl Alberto die boven op de kruin ontkurkte, arriveerde ook een picknickmand van prinses Isabel, die in het paleis ernaast woonde; een warme lunch compleet met tafellinnen en zilverbestek, die alle bladen heeft gehaald.

Een volgende poging ontaardde gevaarlijk toen de draden waaraan de motor hing opeens verslapten. Zij raakten de propellerbladen en dreigden te worden doorgesneden, wat een zekere dood zou hebben betekend. Op een hoogte van tweemaal de toren moest Santos-Dumont over enkele touwen en een dunne lat balanceren om zichzelf en zijn ballon te redden, terwijl beneden mensen bij de aanblik onwel waren geworden en moesten worden afgevoerd.

Het ergste en laatste ongeval stond de Nummer 5 toen echter nog te wachten, meteen de volgende dag.

Alberto – ongedurig – had de vernislaag, die nieuw was aangebracht over de reparaties, te weinig tijd gegeven om te drogen, zodat de staart van zijn ballon verkleefde. Boven de Champ-de-Mars begon het ding reddeloos te zwabberen als een losgeslagen brandspuit. Onbestuurbaar schoot het luchtschip in volle vaart richting Trocadéro, heen en weer geslingerd als op wilde zee. De gaszak schampte de propeller, scheurde open en liep vrijwel leeg.

Santos-Dumont deed nog wat hij kon om te landen op de Seine, maar het was nutteloos, de laatste kilometer stortte hij neer, rechtstandig als een lift met gebroken kabels. Een vonk van de motor bereikte het gasrestant, dat explodeerde met een kracht waarvan tot in de verre omtrek ruiten braken.

Toen hij bijkwam bungelde Alberto een meter of twintig boven de grond, ondersteboven, zijn hoofd en schouders zwengelend. Zijn onderlichaam zat
 gevangen in de resten van de Nummer 5, die balanceerde op de rand van een

hoge, blinde muur van een hotel aan de Quai Passy.

Duizenden stroomden toe. Straten werden afgezet. Terwijl de brandweer bezig was hem te bevrijden, kreeg Santos-Dumont vanaf het dak een sigaret toegeworpen. Roken zag hij als morele zwakte, maar dit keer stak hij op. Enkele uren nam de reddingsoperatie in beslag, maar diezelfde avond nog, na een lang, warm bad en een massage, begon hij samen met Albert aan de constructie van de Nummer 6.

Verschillende leden van de Aéroclub werkten dat jaar aan eigen dirigibles, maar geen van hen ging het redden voor eind oktober, de sluitingsdatum voor de Deutschprijs.

Om te voorkomen dat Santos-Dumont die intussen voor hun neus zou wegkapen, probeerden ze nieuwe eisen toe te voegen aan het reglement, liefst voorwaarden waaraan hij nooit zou kunnen voldoen: bijvoorbeeld dat iemand om te winnen Fransman van geboorte diende te zijn.

Op zijn beurt schoffeerde Alberto de commissie van de Deutschprijs. Hij wilde kunnen uitvliegen zodra het weer dit toeliet. Volgens de regels moest hij de Aéroclub echter 24 uur voor vertrek waarschuwen. Toen ze hieraan stug vasthielden, liet hij hen weten voortaan élke dag te zullen opstijgen, zodat de leden íedere ochtend voor dag en dauw hun bed uit moesten om op tijd in Saint-Cloud te zijn. Bleek het weer die dag slecht dan stuurde hij hen onverrichter zake terug.

Ten slotte maakte hij publiekelijk bekend dat hij, wanneer hij won, de helft van de 100.000 francs aan de armen van de stad zou wegschenken, een gebaar dat geen van de andere deelnemers zich kon veroorloven.

Kortom, tegen de tijd dat de Nummer 6 luchtwaardig was, was het oorlog. Nog maar vijf leden van de Aéroclub kwamen op 22 oktober opdagen voor zijn recordpoging.

De wedstrijd

Alles, waaronder een straffe wind, zat Alberto die dag mee. In minder dan negen minuten bereikte hij de Eiffeltoren.

Beneden kon de menigte, zo'n vijfduizend man, hem amper bijhouden. Midden in een aubade voor koning George I van Griekenland en Olga Constantinovna van Rusland wierp het muziekkorps van het 24e regiment zijn instrumenten af om naar het Champ-de-Mars te rennen waar Alberto op het punt stond de toren te ronden. Dankzij een plotselinge zijwind lukte hem dit in een verbijsterende 45 seconden.

Enkele kilometers verder te Saint-Cloud wist men daarvan op dat moment nog niets.

'Vindt u het goed, madame?'

Die stem! Ernestine wist voordat zij opkeek dat het de Goddelijke Sarah was die tegen haar sprak.

Het wachten op de terugkeer van hun held maakte iedereen die hem uitgezwaaid had ongedurig en Sarah Bernhardt leek nu de tijd te willen doden met een praatje.

'Uw Berthe...' De actrice boog zich over de kinderwagen, armen naar het kleintje uitgestrekt. 'Ik zou zo graag eens even met haar zitten.'

Dit was niet een vrouw die toestemming vroeg, zodra in Sarah Bernhardt iets opkwam, dééd zij het gewoon. Maar zij keek madame Chapin er lief bij aan. Timide bijna. Zij schoof een stoel bij, tilde Berthe teder op en liet haar paardjerijden op haar knie.

'Wat een blij, gelukkig meisje,' verzuchtte zij. 'Geen wonder, een kind is nu eenmaal beter af met allebei zijn ouders.'

Ernestine knikte.

'Mijn zoon, Maurice, is zoiets nooit gegund geweest,' ging de actrice verder. 'Een vader had hij niet, zoals ook ik de mijne nooit gekend heb. Ik weet hoe het een kind tekent, met één ouder op te moeten groeien, met alleen een moeder en het oordeel van de maatschappij. Nee, ik moet zeggen, die nacht dat u opdook bij Maxim's was dat voor iedereen een schok, voor die arme jongen die daarna uw man geworden is natuurlijk in de eerste plaats, maar voor Santos-Dumont niet minder, nee voor hem misschien nog wel het allermeest, maar uiteindelijk... ik zeg: bravo, u heeft het goed gedaan. Iedereen is in zijn waarde.'

'Ik had nu eenmaal niet uw moed, madame.' Ernestine verbeterde zichzelf nadrukkelijk: '*Mademoiselle*.'

Op zulke momenten brengt een baby altijd uitkomst, dus kirden de twee vrouwen om de beurt en speelden met de popperige vingers.

'Niet iedere jonge moeder bezit de moed om het alleen te doen,' vervolgde Ernestine zacht. 'Maar wij lazen over u. Wij konden lezen hoe u, waar u ook met uw jongen kwam, zich overal nadrukkelijk altijd als "juffrouw" presenteerde. Een vrouw als u! Een trotse juffrouw was u met uw zoon, altijd. Dat heeft veel meisjes behoed voor... nou ja, behoed voor dingen waar je dan aan denkt.'

Ernestine viel stil en Sarah nam haar hand.

'Wat ik gedaan heb, begrijp je, deed ik nooit om voor mezelf op te komen. Dat is, denk ik, het geheim. Voor mezelf had ik zoiets niet opgebracht. Ik deed het voor hem. Maurice, mijn zoon. "Mijn kind", dat is niet niks, nietwaar, om dat te kunnen zeggen? Niet iets dat zich verzwijgen laat. Ik moest zijn bestaan wel hardop noemen. Ik deed dat, ik stond erop om het te doen, om hem te laten weten dat hij ook later iedere salon met rechte rug zou kunnen binnengaan.'

Zij legde Berthe terug, dekte haar toe en wiegde met één hand het wagentje.

Samen met Ernestine keek zij naar de jonge vader, die al de hele tijd over het vliegveldje handenwringend heen en weer liep. Van zijn vriend de vliegenier was aan de hemel nog geen spoor en Albert was van zorg dichter bij tranen dan bij triomf.

'Het is een heel gevecht, nietwaar?' zei Sarah. 'Om eerlijk te zijn over de positie waarin het leven je gebracht heeft. Elke keer opnieuw, ten overstaan van iedereen, heb ik mij daartoe moeten zetten. Maar liefde hoort niet weggemoffeld, vindt u wel, madame?'

 Beide vrouwen hielden hun blik op Albert Chapin.

‘Wij moeten de liefde laten bloeien waar ze groeit,’ gaf Ernestine toe.

‘En hoe zwaar ons dat ook valt, moed komt daar niet bij kijken, niet als je van iemand houdt.’

De terugweg, tegen de wind in, verliep moeizaam. De viercilindermotor haperde en moest tot driemaal toe opnieuw worden gestart, waaraan veel kostbare tijd verloren ging. Zodra het park in zicht kwam, liet Santos-Dumont zijn ballon een duikvlucht maken om het eindpunt zo laag mogelijk te passeren. Dit volbracht hij exact 29 minuten en 15 seconden na vertrek. De scheidrechter van de Aéroclub stelde het officieel vast: 45 seconden bínnen de voor de Deutschprijs voorgeschreven tijd!

Sarah Bernhardt zette de Marseillaise in en kreeg uit honderden kelen bijval. De broers Rothschild vielen elkaar in de armen, monsieur Alphonse wierp als een werkman zijn borsalino in de lucht, waarop een regen van petten en hoge hoeden volgde. Marcel Proust, die op een afstand vanuit zijn auto alles gadesloeg, gaf zijn chauffeur opdracht luid te claxonneren. Gaillard liet een krat champagne openen, die door zijn obers in coupes werd rondgedeeld.

Isabel d'Eu viel op haar knieën, strekte in dank haar armen uit naar God, terwijl mrs. Rockefeller om haar heen huppelde als een maenade. Sem en Cartier holden juichend, zwaaiend een eind met Santos-Dumont mee, die aan de eindstreep voorbij was gevlogen om te keren aan de rand van het terrein.

Ernestine Chapin stond naast haar man.

Zij legde haar arm om hem heen. Zij kuste haar Albert, die stond te trillen, en hield hem stevig tegen zich aangedrukt totdat Berthe, die zij op haar andere arm droeg, ineens begon te huilen, geschrokken van alle drukte en de plotselinge tranen van haar vader.

'Gewonnen!' riep iedereen zodra Alberto uitsteeg. 'Victorie!' en 'Hoera'. Onder een regen van papiersnippers en bloemblaadjes werd hij bedolven terwijl men zich verdrong om hem te omhelzen en de hand te drukken.

Eén grafkop school tussen alle vrolijkheid. Die stond op de schouders van graaf Albert de Dion, hoofd van de commissie, die zich met neergeslagen ogen door het feestgedruis naar voren drong.

 'Het spijt me dat ik het zeggen moet.' Hij schraapte zijn keel. 'Dit was een loffelijke poging, mijn vriend, heus, de uitgeloofde prijs zo goed als waard, maar helaas, het is mijn plicht om u te laten weten dat de commissie besloten heeft dat u de tijdslimiet met veertig seconden heeft overschreden.'

Verbijsterd viel het rondom stil totdat het boegeroep begon.

'Maar ik stond er zelf bij!' protesteerde Albert Chapin. 'Iedereen heeft het gezien, binnen de tijd was mijnheer terug op de plek waar hij vertrok! Ik zag het. Uw eigen scheidsrechter heeft het geregistreerd.'

'Volgens de commissieleden is het niet voldoende de eindstreep gewoon maar te passeren. Wij hebben hier zojuist over gesproken en overeenstemming bereikt: een secondant dient de leidraad met twee handen te hebben beetgepakt. Daarmee pas eindigt de vlucht en stopt de tijd. Dit gebeurde vandaag helaas wat verderop en meer dan een minuut later, waarmee u ons inziens, en zo besluit dit de commissie, niet voldaan hebt aan de voorwaarden.' Hij zocht om zich heen naar de kortste weg uit de opdringende menigte en maakte een gehaaste buiging. 'Vanzelfsprekend wensen wij u, als altijd, bij een volgende poging opnieuw alle geluk.'

Alberto leek het minste aangedaan. Hij klom op een stoel en hield een korte toespraak, waarin hij het besluit aanvocht, niet om zijn eer, maar omwille van de armen van Parijs, die nu immers hun deel van het prijzengeld misliepen.

'Eens zien hoe ze zich daaruit gaan redden,' smaalde hij toen Albert hem naar huis reed, een rit die ter hoogte van de Place de l'Étoile in een triomftocht veranderde, toen zij door honderden fietsers, automobielen en omnibussen werden omzwermd en tot aan de voordeur begeleid.

Die dag in november weer, onderweg naar Calais

'Je ontkomt er niet aan,' zei Alberto tegen Albert.

Om boven het geluid van de naafmotor uit te komen moest hij zijn stem soms wat verheffen. De Semper vivus tufte gestaag. De torens van de kathedraal van Beauvais, waar ze wilden lunchen, konden ze al zien liggen.

'Een ontwerp kan je in je hoofd maken, maar daarna moet je het op papier zetten. Om het leven in te blazen, móét je er wel mee aan de slag. En dat kan nog allemaal in stilte, natuurlijk, geen mens hoeft te weten hoe je eraan schaaft en gumt, hoeveel berekeningen je maakt, hoeveel vergissingen je daarbij begaat. Wat het je kost die te herstellen, dat gaat niemand aan. Maar uiteindelijk, op een dag, zit er niets anders op dan ermee naar buiten te komen en je droom bloot te stellen aan de elementen.'

'Mijn dromen houd ik liever voor me.'

'Dat kan, maar dan zullen ze je nergens brengen. De rally Parijs-Biarritz, weet jij hoeveel auto's daar aan de start verschenen zijn?'

'Een kleine tweehonderd,' zei Albert Chapin.

'Honderdnegenentachtig. En weet jij hoeveel daarvan de tweede dag hebben gehaald?'

'De helft?'

'Minder, nog geen tachtig.'

Santos-Dumont zweeg even want hij moest steken tellen. Vanaf Clichy hadden zijn pennen – één recht, twee averecht – de hele rit getikt. De voorpanden waren af, een eerste mouw zo goed als.

'En van die tachtig die de tweede etappe nog konden rijden,' ging hij verder, 'hebben uiteindelijk negentien de finish gehaald.'

'Dat is dus wat er gebeurt als je met je dromen de straat op gaat.'

'De berm lag ermee bezaaid. Maar dat is niet het punt. Die mannen hebben het gedurfd. Ze hadden een idee, haalbaar of niet, ze hebben het verwezenlijkt, hebben erin plaatsgenomen en zijn ermee naar buiten gereden. Zelfs

 van die negentien heeft maar een enkeling het er zonder kleerscheuren afgebracht. Zonder teleurstelling niet één. En allemaal hebben ze om de zoveel kilometer moeten sleutelen, repareren, oplappen, omsmelten, uitdeuken.'

'Stuk voor stuk zijn ze er gehavend door geraakt, is dat wat je wilt zeggen? Het merendeel heeft die droom van ze finaal in puin gereden.'

'Je moet hem testen aan de werkelijkheid. Daartegen afgezet krijgt hij pas waarde. Dit is de enige manier om vooruit te komen. Je kunt je ideeën binnenskamers koesteren wat je wilt, maar de race wordt daarbuiten gehouden. Een droom die je niet toetst, wordt een desillusie.'

'Ik zie nog steeds niet in wat dit met ons te maken heeft. Met jou en mij.'

'Ieder van die honderdnegenentachtig rallyrijders dacht de perfecte machine in elkaar te hebben gezet. En waarschijnlijk was dat ook zo, want hun hart zat erin. Maar dat is pas het begin. In je werkplaats bouw je geen ervaring op, dat weet jij toch ook? Hoe goed je machine ook is, je moet er de weg mee op. De lucht mee in. Kijken hoe hij zich houdt bij wrijving, weerstand, hoe jij daar zelf op reageert. Of je wel sterk genoeg bent om hem te besturen. Kilometers moet je maken.'

'Ik begrijp niet wat je zegt.'

‘Ik denk van wel.’ Alberto kantte af in stilte.

Ze reden langs een riviertje de stad binnen.

‘Jij schaamt je voor me.’

‘Onzin,’ zei Albert. ‘Hoe kom je daar nou bij? Ik ben juist trots. Juist trots! Hoe kan je zoiets zeggen, na alles wat wij hebben bereikt.’

Hij parkeerde onder veel bekijks voor een klein eethuis waar men snel een tafel voor hen dekte.

‘Ik kreeg een brief,’ begon Alberto. Hij hief zijn glas en nam een slok van de bourgogne. ‘Vanochtend. Van een jongetje, een man moet ik inmiddels zeggen, Pedro, die ik in Brazilië gekend heb. Op Cabangú. Toen wij allebei klein waren.’ Hij haalde de brief uit zijn binnenzak en las. ‘*Weet je nog*, schrijft hij, *Betinho, het spelletje dat wij speelden?* DE DUIF VLIEGT. *Hoe jij dan altijd riep dat een mens vliegen kon? En zoals jij dan volhield! Hoe kwaad jij werd omdat wij dat niet goed rekenden, weet je dat nog? Wel, jouw roem heeft* Rio *bereikt, hoor, wil ik je even zeggen. Wij spelen het hier nog, ons spelletje, wat zeg ik, het wordt hier tegenwoordig meer dan ooit gespeeld. Alleen de regels zijn veranderd. En de naam.* DE MENS VLIEGT *noemen we het nu en wie bij die bewering zijn vinger in de lucht steekt, heeft het goed.*’

Er kwam een visbouillon op tafel en een schaal koude vleeswaren.

Er werd gegeten.

'Ik schaam me,' zei Albert zacht, 'Daar heb je gelijk in.' Chapin keek door het raam over de glooiende velden. Hij nam een stuk brood en brak het. Kauwde erop. 'Maar, begrijp je, ik schaam me niet vanwege jou.'

De waardin zette een omelet neer en een schaal verse paddenstoelen waar de damp vanaf sloeg. Knoflook. Peterselie.

'Het was maar een spelletje,' Santos-Dumont haalde zijn schouders op en blies de stoom uiteen. 'Ik was een kind, wat zou het me hebben gekost om toe te geven? "Vooruit," had ik kunnen zeggen. "Jij je zin, Pedro. Jullie allemaal je zin, mensen vliegen niet!" Net zo makkelijk. Nee, mákkelijker. Ik houd van winnen. Ook toen al. Ik hield ervan, ik was zo iel, ik was zo vreemd altijd, ik was zo stil, ik had de bevestiging hard nodig. Ik kon het niet uitstaan dat ik verloor. Graag had ik gewonnen. En toch hield ik mijn eindje vast, dag in dag uit, jaar na jaar, en altijd weer verloor ik omdat ik glashard iets beweerde wat overduidelijk niet waar was. Waarvan ik wist dat het door niemand goed gerekend werd. Waarom?'

'Omdat je wist dat je het waar zou maken. Op een dag.'

'Welnee. Dacht je dat ik zoveel vertrouwen bezat? Dat heb ik nog altijd niet, dat weet je best. Niet in mezelf, integendeel. Elke keer dat ik naar boven ga, denk ik: dit is waanzin. Ik ben krankzinnig, ik heb geen vleugels, deze keer stort ik neer.'

'En toch ga je.'

'Ik had nooit een mens zien vliegen. Ik had geen reden om te denken dat het mij wel zou lukken. In de boeken ja en in mijn hoofd. Alles wat ík had waren twijfels. Schaamte ook. Ik net zo goed. Voor alles, voor hoe ik eruitzag – moet je me zien – voor hoe ik dacht, voor wat ik was. Ik heb nooit gedacht dat ik íéts zou kunnen, laat staan het onmogelijke. Ik wist alleen dat ik het bínnen het mogelijke niet zou gaan redden, nooit, ik niet. Dat heb ik altijd geweten, vraag me niet hoe. Misschien dat ik me daarom zo tegen dat spel verzet heb. Omdat daarbij het ongewone zonder meer fout werd gerekend, het onbekende, onbestaanbare.'

'Nu niet meer. Vandaag de dag rekenen ze het goed.'

 'Mooier dan de Deutschprijs, vind je niet?' lachte Alberto.' Hij wenkte de waardin en vroeg om kaas. 'Wat ik, denk ik, probeer te zeggen...' Hij pauzeerde terwijl hun tafel werd leeggeruimd en glaasjes werden neergezet voor port. 'Je kunt jezelf aanpassen aan de regels óf je volhardt totdat het reglement wordt aangepast aan jou.'

'Jij hebt makkelijk praten.'

'Nee, dat geloof ik niet,' zei Santos-Dumont en dacht na. 'Makkelijk is het nooit geweest. Maar ook niet moeilijker dan het zou zijn geweest omwille van de anderen te zwichten. Uiteindelijk is voor het een niet meer moed nodig dan voor het ander.'

Ze keken elkaar aan, terwijl Albert die woorden woog. Hij schudde zijn hoofd.

'Ik ben getrouwd,' zei hij. 'Ik heb een kind.'

'En dag in dag uit word je gezien met mij, bedoel je dat?' zei Santos-Dumont kil. 'Ik, met mijn beringde vingers en mijn gouden hangers. Wat moeten ze van je denken. In mijn dienst, in mijn gezelschap. Ik met mijn weefgetouw en mijn borduurwerk. Mijn loopje, mijn gebaartjes, denk je dat ik niet meekrijg wat ze schrijven?'

‘Ik lees die rotzooi niet. Maar mensen...’

‘...ze praten, ja, ik weet het. En wat moet ik daarmee? Wat zou je willen, dat ik me dan toch uiteindelijk maar neerleg bij hun regels?’

De port werd ingeschonken, een brokkelige kaas, pittig, kwam op tafel en een schaaltje roomzachte melkkaas met honing.

Ieder probeerde er een en liet de ander ervan proeven.

‘Schaamte is niet alleen maar een verdriet,’ zei Santos-Dumont ten slotte. ‘Als ik me zekerder had gevoeld, tegen mezelf had kunnen zeggen dat ik was als iedereen, dan was ik altijd op de grond gebleven, dan had ik kunnen aarden.’ Hij dronk de port en keek naar buiten. ‘Ik denk wel eens dat elke stap die de mensheid zet, genomen is door iemand die zich voor zichzelf schaamde en aan de rest van de wereld het tegendeel probeerde te bewijzen.’

De armen van Parijs hadden de Aéroclub bestormd. Een opstand broeide. Bij politiebureaus, waar Santos-Dumont het geld had willen uitdelen, verzamelden zich honderden hoopvolle bedelaars, die zich door geen macht lieten wegsturen. Zij eisten de helft van het prijsbedrag dat hun door Alberto was beloofd.

Met de dag groeide de volkswoede. Ook de kleine middenstand begon te eisen dat Santos-Dumont tot winnaar zou worden uitgeroepen en vond bijval van de opgeschoten en verveelde straatjeugd, die zich in groepjes vechtend over de stad verspreidde. Er gingen geruchten over plundering en in Neuilly werd een echtpaar overvallen en beroofd. Zoiets gebeurde vaker, maar de rijken van de stad, nerveus na een eeuw vol bloederige opstanden, vreesden dat de geschiedenis zich zou herhalen.

Om de kwestie te sussen, die tot ver over de landsgrenzen breed werd uitgemeten in de pers en dreigde over te slaan naar andere departementen, kwamen welgestelden met donaties. Deutsch de la Muerthe schonk de gaarkeukens van Parijs 25.000 francs, andere weldoeners volgden. Een van hen beloofde om, als de Aéroclub niet over de brug kwam, persoonlijk de volle 100.000 te zullen uitkeren.

Onder druk van het Élysée ging de commissie uiteindelijk door de knieën. Alberto Santos-Dumont werd uitgeroepen tot 's werelds allereerste vliegenier; de eerste mens die door de wolken navigeren kon en in de lucht vrij was om te gaan waarheen hij wilde.

Toen hij bij de Crédit Lyonnais binnenliep om de cheque te innen, was hij zo'n volksheld, dat hij het enorme bedrag meekreeg zonder dat iemand hem om identiteitspapieren vroeg.

De helft van de bankbiljetten bracht hij naar de prefect van politie met het verzoek deze uit te delen onder hen die het nodig hadden. Zelf zag Alberto erop toe dat bij lommerds en pandjeshuizen alle gereedschappen werden vrijgekocht en teruggegeven aan de handwerkslieden die ze hadden moeten belenen. Talloze kleine ondernemingen werden zo gered en failliete familiebedrijfjes konden weer aan de slag. Het resterende bedrag verdeelde hij onder zijn eigen personeel.

Zijn lidmaatschap van de Aéroclub zegde hij op en besloot, tot verdriet van de Parijzenaars, alle gekonkel achter zich te laten om de rest van de wereld zijn vinding te gaan demonstreren.

Zijne Doorluchtigheid Prins Albert had hem uitgenodigd in Monaco te komen wonen en bood aan een deel van de zeewering te slopen om plaats te maken voor een nieuwe, nog grotere hangar, met een waterstofgasfabriek.

Vanaf de Rivièra zou Alberto de Middellandse Zee kunnen oversteken tot aan Corsica, vervolgens misschien Tanger en daarna wie weet...

In Peking wachtte keizerin Cixi tot Santos-Dumont een ballon wilde ontwerpen waarin zij ongezien van de Verboden Stad naar het Zomerpaleis zou kunnen reizen. J.Pierpont Morgan, de bankier, had hem voor demonstraties uitgenodigd in New York, president Roosevelt in het Witte Huis en Thomas Edison, een van zijn grootste fans, vroeg hem te logeren in West Orange, New Jersey.

De rit van vandaag in de Semper vivus was pas het begin, de eerste van vele reizen die Albert en Alberto samen over de wereld wilden maken.

Na de lunch in Beauvais reden ze verder om in Calais de oversteek naar Engeland te wagen, waar C.S. Rolls te hunner ere een ontvangst organiseerde gevolgd door een demonstratievlucht rond de koepel van Saint Paul's.

'Er was een keer iemand die mij vroeg,' zei Santos-Dumont onderweg naar Amiens, 'ik geloof dat het James Bennett was, waar ik toch elke keer de moed vandaan haalde om me los te maken van de grond. Ik vond dat zo'n vreemde vraag. Moed suggereert dat je een keuze hebt.'

'Mensen zijn nu eenmaal benieuwd,' zei Albert. 'Zij zien jou iets presteren waartoe zij zelf niet in staat zijn. Ze willen weten waar je het vandaan haalt.'

'Je zou evengoed kunnen vragen waar een mens de moed vandaan haalt om te leven. Of de moed om lief te hebben.'

'Is dat zo'n gekke vraag?'

'Niet als je gelooft dat je een keuze hebt. Dat je het in je hebt om het anders te doen. Als je denkt dat je het ook zou kunnen laten.'

'Ik heb dat geprobeerd.'

'En?'

Albert zweeg.

'Je kunt eindeloos aan de tekentafel blijven zitten,' concludeerde de ander, 'maar uiteindelijk moet je het leven testen aan de elementen. De hangar uit ermee!'

'Da's niet eenvoudig als iedereen beweert dat het je nooit zal lukken.'

 'Moet je het daarom dan maar binnen houden?' Alberto Santos-Dumont schudde zijn hoofd. ‘Je wilt het leven toch zeker zien zoals het is bedoeld? In werking. In volle vlucht. Weten hoe dat voelt. Zien hoe het zich dan houdt.’ Hij keek naar zijn vriend, die zijn blik strak op de weg hield. ‘De kunst is te leren omgaan met de tegenwind. Die onder je vleugels zien te krijgen.’

De horizon deint op de glooiende velden van Picardië. Als bij een boottocht over hoge golven lijkt hij het ene moment onder je te zijn, het volgende hoger. De zintuigen raken er prettig door verward.

De mannen hadden er al heel wat doorploegd toen vanuit het noorden een grote vlucht trekvogels naderde.

‘De kraanvogel,’ riep Albert ineens.

Alberto keek op.

‘Vliegt,’ zei hij.

Het antwoord kwam even vanzelfsprekend als toen hij klein was. Hij lachte en stak zijn hand op. ‘De gans.’

‘Vliegt. De patrijs.’

‘Vliegt, hoewel...’

'Twijfelgeval, maar vooruit, Albert, je bent een beginneling.

Santos-Dumont sloeg zijn arm om zijn mecanicien. De zon stond laag en streek over de akkers. In de verte leken die de wolken te raken. Onverstoorbaar tufte de Semper vivus verder, verdween tussen twee heuvels en klom er even later alweer bovenuit.

'De uil.'

'Vliegt. Het trekpaard.'

'Vliegt niet. De duif...'

DE HARTSTOCHT

Op het moment dat hij de aarde in moest, de vader van de luchtvaart, en onherroepelijk in het element verzonk waaraan hij altijd geprobeerd had te ontkomen, doken ze op boven Ipanema.

De voltallige Braziliaanse luchtvloot naderde over zee, het ene vliegtuig na het andere. Recht op het kerkhof van São João Batista koersten de kisten af en brachten, terwijl men Alberto's lichaam neerliet in zijn graf, daarboven hun saluut. Ieder liet eerst de rechtervleugel zakken, vloog enkele tellen verder op zijn kant, trok dan weer horizontaal om de vliegeniersgroet nog eens te brengen, nu met de linkervleugel.

Ditzelfde gebeurde wereldwijd.

Precies op dat afgesproken tijdstip voerden piloten boven alle landen dezelfde manoeuvre uit, een laatste eerbewijs vanuit de wolken.

22 december 1932

'Dat u deze kamer nog niet naar hem vernoemd hebt!' Berthe Levaisseur stond naast de koffers en keek rond. 'Iedere school en elke straat lijkt op dit moment te worden omgedoopt. Een Santos-Dumont-koffiehuis kwamen wij op weg hierheen zelfs al tegen!'

'Op een dag misschien.' De hotelmanager overhandigde de sleutel met een kleine buiging. 'Voorlopig willen wij de tragedie die zich hier heeft afgespeeld vooral proberen te vergeten.'

'Die tragedie...' Madame Chapin, die naar het raam gelopen was om de baai van Guarujá te zien zoals *hij* daarop had uitgekeken, draaide zich om. 'Kunt u ons er iets meer over vertellen?'

'De kamer is sindsdien zorgvuldig gereinigd, mevrouw.'

'Ongetwijfeld.'

‘Hij is ook alweer maanden volop in gebruik.’

‘Maar de toedracht, bedoel ik. Hoe is het precies gebeurd?’

‘Ik had die dag geen dienst, mevrouw.’

‘Maar er is toch vast over gesproken, onderling?’

‘Helaas,’ zei de man afgemeten, ‘details daarover zijn mij niet bekend. Is er op dit moment nog iets wat ik voor u kan betekenen?’

‘Weet je het wel zeker, mamma,’ vroeg Berthe bezorgd, ‘dat je deze kamer hebben wilt?’

‘Ik geloof het wel.’ Ernestine liep naar het bureau. Ze streek met haar vingers over de vloeilegger. ‘Ja, ik doe het,’ besloot ze. ‘Het voelt juist.’

Berthe, die de aangrenzende kamer nam, liet de tussendeur openen zodat zij een suite hadden. Haar moeder had haar koffer op bed gelegd en was haar goed aan het weghangen.

‘Nu moet je het me uitleggen.’

‘Hoezo?’ Ernestine haakte de bandjes van haar nachtpon op een hanger. ‘Dit is toch een schitterende kamer? Geloof me, als dit goed genoeg was voor mijnheer, mankeert hier niks.’

‘Serieus, mamma! Ik was twee weken geleden al zo verbaasd toen je zei dat je per se met mij méé wilde op reis.’

‘Wat had ik dan moeten doen, jou dat hele eind naar Zuid-Amerika in je eentje laten gaan?’

De badkamerdeur had een stevige haak.

Zij hing haar nachtjapon eraan op.

‘Jij was nog niet eens buiten Parijs geweest.’

‘Eén keer. Met je vader. Naar Deauville.’ Zij opende een lade en legde er een stapeltje onderkleding in. ‘Trouwens, daar was je bij.’

‘En dan wil je ook ineens nog, die paar dagen die we hebben, in alle haast hierheen.’

‘Eén nachtje.’

‘Alsof in Rio niet genoeg emotie te beleven viel. Wat moet ik in Guarujá? Wij zijn geen douairières op een strandvakantie.’

‘Dat wij hierheen moesten, komt door die vrouw, die Saint-FlonFlon de Saint-FlanFlan. Dat komt door de verrassing die zij ons cadeau deed.’

‘Die hadden we nooit moeten accepteren.’

‘Iemands hart, vertel, hoe kan een mens dat weigeren?’

‘Had je mij mijn gang eens moeten laten gaan. Een hart in een potje, of ik daar nee tegen kan zeggen? Moet jij opletten!’

‘Zijn hart.’

‘Precies. Waarom moeten wij ons daarom bekommeren?’

‘Omdat het zich ooit heeft bekommerd om het mijne.’

Ernestine tilde Pomponettes koffertje boven haar macht, schoof het op de hoedenplank en sloot de kastdeur.

‘Ik moet hoe dan ook die dokter spreken,’ zei ze, ‘die Haberfield.’

‘Je *moet*? Hoezo moet dat?’

‘Omdat ik vragen heb. Aan hem. Hoe het was. Omdat ik graag begrijpen wil...’ Nu werd het haar alsnog te machtig. Ze liep terug naar het raam en keek over de boulevard. ‘Kom,’ zei ze. ‘Ik wil nu eerst een stuk lopen. Iets eten ook. Lieverd, ga je mee? Ze hebben hier een mooi terras.’

‘En toch...’ Berthe schudde haar hoofd, terwijl haar moeder de deur achter zich dichttrok en de gang uitliep. ‘Dit is een enorme vergissing. Ik moet nog maar zien of het lukt om weer op tijd in Rio te komen voor onze terugvlucht.’

‘Alsjeblieft, de lucht weer in, opnieuw drie volle dagen, daar wil ik nu nog even niet aan denken!’

‘En dat niet alleen. Nu heb je me zo gek gekregen, we zíjn hier, en dan vraag je om zijn kamer. Uitgerekend die kamer! Ik wist gewoon niet wat ik hoorde.’

Met een druk op de knop riep Ernestine Chapin de liftbediende naar boven. Hoog in de schacht begonnen tandraderen te ratelen.

‘Loop je eenmaal met iemands hart onder je arm,’ zei ze laconiek, ‘dan is bivakkeren op de plek waar het stilviel maar een peulenschil.’

Ook door ze voor een derde keer om te rekenen naar Franse francs werden de prijzen van hotel-restaurant La Plage niet lager.

‘Ik weet niet of ik er ooit aan wennen zal,’ verzuchtte Ernestine. Ze sloeg het menu dicht. ‘Jij kunt het je vanaf nu veroorloven, maar toch, als een mens eenmaal weet wat zoiets kost dan eet je toch niet lekker meer?’

‘Even doorbijten, mamma.’ Lachend greep Berthe haar moeder bij de polsen. ‘Och, als pappa ons hier nog had kunnen zien zitten! Kijk nou toch, die zee, zo’n plek! Wat zou hij dat geweldig gevonden hebben, nietwaar, dat mijnheer Santos ooit nog eens zo voor ons zorgen zou, God, konden we hem dat maar laten weten!'

'Nou...' Ernestine snoof de zeelucht op en keek eens het terras rond. 'Ik denk dat jouw vader daarvan al wel zo'n vermoeden had.'

'Denk je?'

'Dat mijnheer Santos ons niet vergeten zou? Ja, daar ging Albert wel min of meer van uit, denk ik. Een traktementje minstens. Hij heeft niet alleen altijd hard voor hem gewerkt, weet je, lange tijd was jouw vader met mijnheer ook erg goede vrienden.'

'Jawel, maar toch. Het is ook geen fortuin dat we krijgen, ik heb Thomas al gezegd, wij houden de winkel aan, Levaisseur IJzerwaren blijft gewoon bestaan. Maar zorgen, nee, die hoeven wij ons nu niet meer te maken.' Berthe dacht na, ietwat beschaamd. 'Daarom, je hebt gelijk, mamma, ik ben blij dat we hierheen gekomen zijn. Als wij daardoor misschien iets kunnen terugdoen, zorgen dat... nu ja, je weet wel, dat dat ding een veilige bestemming vindt, dan zijn wij dat aan mijnheer Santos wel min of meer verplicht.'

'Verplicht?' Fel vuurde haar moeder deze woorden af. Met een zweepslag sloeg zij de vouw uit haar servet. 'Nee, daarvoor heeft iedereen te veel verdriet gehad. In deze zaak is niemand meer iets aan wie dan ook verplicht.'

Een ober verscheen om hun bestelling op te nemen.

'Werkte u hier afgelopen zomer ook?' vroeg Ernestine. 'Dan herinnert u zich vast wel een vriend van ons die hier te gast was, Alberto Santos-Dumont?'

'Och, madame,' het gezicht van de jongeman betrok. 'Ik zou *willen* dat ik het vergeten kon...'

'Ik begrijp jou niet,' bromde Berthe even later toen ze op weg waren naar boven. 'Het leek wel of je hem probeerde uit te horen.'

'Nu zijn we in elk geval een stuk wijzer.'

'Dat hij graag aan de verste tafel zat.'

'Dat had ik ook wel kunnen raden,' zei haar moeder, 'altijd zo ver mogelijk bij iedereen vandaan.'

'Dat mijnheer Santos soms beneden kwam, maar liever op zijn kamer at. En wat dan nog?'

'Goedemiddag dames,' zong de liftboy, die het ijzeren hek openschoof en hen binnenliet. Een jongen van een jaar of twaalf in een rood uniformpje. Trots op zijn goudkleurige tressen, bracht hij zijn hand naar zijn pet. ‘Het is Olympio om u te dienen.’

‘Dat hij zich slecht verzorgde,’ ging Ernestine verder, ‘is dat niet veelzeggend? Een man als hij! Een leven lang het fijnste van het fijnste en dan op het eind niet eens een das meer willen dragen. Niet meer in pak, alleen een overhemd!’

‘Voor u de derde etage,’ wist Olympio. Hij sloot de kooi en haalde, ernstig als een kapitein op de plecht, zijn koperen hendel over.

‘Hij zat in de put, ja,’ zei Berthe. ‘Alles wijst daarop. Dat klopt dan toch met wat madame de Saint-Pompon vertelde? Dat hij...’ Ze wierp een blik op de liftboy. ‘Ik bedoel, dat wist je dan toch al.’

‘Dat de bombardementen hem zo erg van slag hebben gebracht had nog niemand mij verteld.’ Ernestine klonk bijna gretig. ‘Dat hij die ochtend gehuild heeft toen de bommenwerpers overvlogen, dat is toch belangrijk om te weten.’

‘Voor wie?’

‘Voor mij, Berthe!’ Zij had het iets te hard gezegd terwijl ze met een schok tot stilstand kwamen.

‘Derde etage, dames.’ De deuren schoven open. ‘En een fijne middag.’

‘Zulke dingen zijn nou juist van groot belang.’ Madame Chapin graaide terwijl ze door de gang liep driftig in haar tas en vond de sleutel. Zij probeerde kalm te blijven, maar stak hem in haar opwinding twee, drie keer verkeerdom in het slot. ‘Hoe de man zich voelde. Kan jou dat dan niks schelen? Hoe hij zich gevoeld heeft in die laatste uren. Jouw vader zou dat hebben willen weten, God nou, maar nu is het ook van groot belang voor mij. Gun me dat nou maar. Precies te weten wat er aan de hand was.’

‘Is dit waarom jij die hele reis hebt ondernomen?’ Berthe bleef staan, verbluft, terwijl haar moeder meteen doorliep naar het raam. Zij wilde het eilandje zien waarvan ze net gehoord had dat Alberto er soms hele dagen doorbracht. ‘Ik dacht dat jij dit deed uit dankbaarheid. Als een soort eerbetoon aan hem.’

‘Dat is ook zo. Wat heb ik niet allemaal aan hem te danken? Alles, je hebt geen idee. Dat is ook zo.’ Zij stond in de erker door een kier in de gordijnen uit te kijken over zee. 'Maar nu ik hier toch ben. Er komt zoveel tot leven.'

Ernestine trok een zakdoekje tevoorschijn dat zij in haar mouw bewaarde, snoot haar neus en propte het weer terug. Gelukkig kwam haar dochter achter haar staan. Zij sloeg haar armen om haar heen en keek over haar schouder mee naar buiten.

'Goed dan, Charlie Chan,' suste Berthe. 'We zijn hier toch, we speuren nog wat verder.'

Zij slaakten gilletjes als uitgelaten kinderen, die Franse dames.

Antonio Mendes, die op de bok zat, moest hardop, hoofdschuddend om ze lachen. Met tonggeklik en zachte zweepslag stuurde hij zijn knol de golven in. Ernestine en haar dochter rolden dollend door de laadbak.

Er was iets aan zijn kar, misschien omdat die zo uitbundig was beschilderd, oranje-geel en blauw, het rillend, briesend leven in zijn ploegpaard, de brede poten plassend door de golven, er was nu eenmaal iets aan ritjes door de branding dat in iedereen het kind naar boven bracht. Antonio Mendes zag de volgende kuil wel aankomen, maar kon de verleiding niet weerstaan. En ja hoor, daar gingen ze, meisjes aan het strand bleven voor eeuwig meisjes aan het strand, gierend van de pretpaniek om een paar spatjes!

Pompeba, driehonderdvijftig meter uit de kust, was bij laag tij te bereiken over zompig zand door traag uitwaaierend water.

'En dit wilde hij elke dag?' Berthe, die zich aan de kar vastklampte alsof haar leven ervan afhing, wilde het nauwelijks geloven.

'U zou het misschien niet denken,' lachte de jongen, 'maar het went.' Hij was zeventien, door de zon diep donkerbruin gebrand. 'Elke dag, mevrouw, jawel. Soms wilde hij een hele dag blijven.'

'Ook als het vloed werd?'

'Niks vond hij mooier. Omdat geen mens ons dan meer kon bereiken. Ik had altijd een mand eten voor hem bij me en genoeg te drinken, dus wat kon er misgaan? En toch, zijn neef, mijnheer Jorge had het liever niet. Die maakte zich altijd zorgen. Hij beloofde goed geld als ik zijn oom voortijds zou terugbrengen, maar die stopte mij om langer te mogen blijven het dubbele toe.'

Op een kiezelstrandje sprong Antonio Mendes van de bok, tilde de vrouwen uit zijn wagen en droeg ze aan land, de moeder eerst.

‘Die neef...’ vroeg Ernestine, nog in zijn armen, ‘waar was die dan bang voor, weet je dat? Wat dacht hij dat zijn oom zou kunnen overkomen?’

‘Wie zal het zeggen, mevrouw? Mijnheer Santos-Dumont was erg somber, schijnt. Ze zeggen dat het om alle geweld was, maar ik wist dat niet. U had hem moeten zien! Als een kind zo vrolijk, echt. Hier leek hij alles te vergeten. Ik zeg wel eens, had hem hier toch gewoon dag en nacht gelaten dan was hij vandaag misschien nog wel, wie weet, in leven!’

‘Is hier een plek,’ vroeg Berthe terwijl ze het zand van haar kleren sloeg, ‘waar hij het liefste zat?’

Antonio leidde hen naar een rotspunt aan de andere zijde van het eiland, waar je het vasteland niet zien kon. Daar gingen de vrouwen zitten en tuurden over zee.

‘En jij?’

‘Ik mevrouw? Ik zwom. Soms zwom hij ook wel een eindje mee. En daarna kwam ik liggen. Naast hem. Dat had hij graag. Zo lieten we ons drogen.’

‘En ondertussen,’ vroeg Ernestine. ‘Wat kwam er zoal aan de orde?’

‘Aan de orde?’

'In jullie gesprekken, bedoelt mijn moeder.'

'O nee, mevrouw, gesproken werd er niet. Geen woord. Wij luisterden wat naar de golven en verder niks. We lagen daar, dat was genoeg. Naast elkaar alsof we vrienden waren, dat deed hem goed. Met mijnheer was het nou eenmaal nergens voor nodig om te praten. Die begreep je zo.'

'Al die dagen, ging dat niet vervelen, al die uren?'

'Soms zocht ik schelpen voor hem. De mooiste soorten spoelen hier aan. Of ik dook ze op. Als ik bijzondere vond dan bracht ik ze naar hem toe. Soms ging hij op zoek en bracht ze mij.'

'Dat klinkt als iemand die voor een vakantie komt, niet om zich van kant te maken.'

'Mamma!' maande Berthe.

'Gelukkig, bedoel ik, klinkt hij me. Dat mag ik toch wel zeggen? Het doet me deugd. Alleen maar deugd. Bepaald niet iemand, zou je zeggen, die in de rouw is om zijn leven.'

'Zo is het precies, mevrouw, en juist daarom...' Antonio Mendes zweeg een tel. Hij kneep zijn ogen samen alsof hij tegen de zon in keek. Hij nam een kiezel op en keilde die woedend naar de golven. 'Soms valt iemand je zo tegen.'

'Zijn jullie die dag hier ook geweest?'

De jongen knikte.

'Dat was de ochtend van de bommenwerpers. We lagen nog geen half uur, toen zagen we ze aankomen. Laag over het strand vlogen ze op de stad af. We hoorden de explosies, maar konden niets zien. Drie doelen had Vargas uitgekozen waarvan hij dacht dat er zich opstandelingen schuilhielden. We renden naar de andere kant van het eiland en zagen de rookwolken.'

'Dat heeft hem natuurlijk aangegrepen.'

'En wat dacht u van mij? Ik heb hier overal familie wonen. Wij allebei, hij en ik, wij waren overstuur. Ik zocht daar niks achter. Natuurlijk grijpt zoiets je aan, en waarom niet? We zijn onmiddellijk teruggegaan. Dat is de enige keer geweest dat hij náást mij heeft gereden op de bok.'

'Jij op weg naar je familie, hij naar zijn hotel.'

'En toch, het is niet eerlijk, vindt u wel?' zei Antonio Mendes. 'Om maar de hele tijd met iemand te gaan zwemmen en ernaast te liggen en schelpjes aan elkaar te geven. En aan het eind van zo'n ochtend loop je bij hem vandaan, je kijkt halverwege nog een keer om en steekt je hand op, en dan ga je naar boven om je te verhangen. Nee.' Hij schudde resoluut zijn hoofd. 'Dat vind ik geen manier van doen.'

'Dat hij het zelf gedaan had, wist je al.' Berthe beende ongedurig door de lobby. Twee gasten keken op. Zij klonk geërgerd. 'Nu hebben we dan ook uit de eerste hand gehoord waaróm het was. Wat, in hemelsnaam, wil je nog meer horen?'

Haar moeder staarde haar aan, zoekend naar een antwoord, maar moest het schuldig blijven.

'Het is Olympio om u te dienen,' zong het zodra de liftdeur openging. De jongen veerde van zijn houten klapstoel op. 'Derde etage, dames?'

'De derde inderdaad, Olympio, graag,' zei madame Chapin en op dezelfde adem richtte zij zich tot haar dochter. 'En toch maak je mij niet wijs, dat er niet ook daarvóór al veel meer met hem aan de hand moet zijn geweest.'

'Vast en zeker. Het is verschrikkelijk, maar het is gebeurd. Wat daar allemaal aan is voorafgegaan, wat maakt dat nu nog uit?'

‘Het verandert niks,’ begon Ernestine, ‘dat weet ik wel. Ik zou alleen graag zeker willen weten...’ Terwijl ze aarzelde kreeg ze een inval. ‘Zeg eens, Olympio...’

‘Mevrouw?’

‘Een hotel als dit, heeft dat geen eigen arts?’

‘Als u zich slecht voelt kan ik de eerstehulppost bellen. Daar is altijd iemand.’

‘Niet nodig, dank je wel, ik ben alleen benieuwd: is diegene er ook die avond bij geroepen, afgelopen zomer, toen het slachtoffer op zijn kamer werd gevonden?’

‘Jawel, mevrouw, maar toen was het al te laat.’

‘En die eerstehulppost, waar is die?’

‘Op de begane grond, mevrouw, daar zit de ziekenbroeder aan het einde van de gang naast de receptie, alleen...’ De jongen keek op de klok. ‘Het is na vieren.’

‘Heeft hij dan geen dienst?’

‘O jawel, mevrouw, dat is juist het probleem, dienst heeft hij altijd,’ zei de liftboy. ‘Derde etage, dames!’

Hij bracht zijn hand naar zijn petje, maar de vrouwen verzetten geen stap. Moeder en dochter keken elkaar aan.

'Het spijt me, Olympio,' verzuchtte Berthe. 'Wij hebben ons bedacht.'

Op de terugweg naar beneden nam Ernestine haar dochters arm en drukte die tegen zich aan.

'Weet je waar het mij nou om gaat,' zei ze zacht. 'Mijnheer Alberto's dood... ik zou zo graag heel zeker weten dat het niets met mij te maken had.'

'Hij leek zo erg teleurgesteld.'

'En weet u ook waarin?' vroeg Ernestine.

'Het leven, neem ik aan,' zei de ziekenbroeder. Hij had er genoeg van achter de rug om te spreken uit ervaring. Groot en zwaar zat hij op het voeteneinde van een stalen bed, dat vrijwel het hele kamertje vulde.

Zijn domein, dat hij dag en nacht bemande, omvatte weinig meer dan een ruime bezemkast met een esculaap op de deur. Er paste nog net een klein bureau in met een kruk, die hij madame Chapin had aangeboden. Haar dochter mocht naast hem op de matras komen zitten, maar zij had aangegeven liever te blijven staan.

'Waarom iemand zoiets doet...' Moedeloos haalde hij zijn schouders op. 'Wie kent de bronnen van verdriet? Wij mensen zwemmen erin rond zonder ze te kunnen overzien. De een bereikt de kant, de ander niet.'

Hij droeg een wit ziekenhuisuniform, met ronde hals en korte mouwen, als een arts die klaarstaat om te opereren. Had hij er wilskracht bij uitgestraald, dan zou het hem vlot hebben gestaan, maar nu zou je hem nog niet vragen het pipetje van een flesje jodium te draaien. Meer werd er van hem ook al lang niet meer verwacht. Een kind dat in een schelp is getrapt, een weduwvrouw die moeite heeft met slapen. Het was hem aan te zien dat hij hier lange dagen maakte, ook hoe hij daarbij de verveling tegenging. De geur van alcohol waarmee de lucht doordrenkt leek, kwam niet alleen uit het medicijnkastje dat aan de muur hing.

'Ik denk wel eens,' ging hij verder, 'dat degeen die erin slaagt aan de draaikolk toe te geven, iemand die de moed vindt zichzelf in zijn pijn volledig te verzuipen en er een eind aan maakt, dat die gelukkiger af is dan wie zich een leven lang dwingt ertegenop te zwemmen.'

‘Dan hoop ik maar dat u die visie niet met mijnheer Santos hebt gedeeld,’ zei Berthe ongedurig. ‘Wat mijn moeder liever zou horen, denk ik, is of hij, in de maanden die hij hier verbleef, zich wel eens over een specifiek verdriet heeft uitgelaten.’

‘Hemzelf heb ik maar tweemaal gezien, eenmaal om hem een kalmerend middel toe te dienen en, nu ja, die laatste keer toen hij al niet meer ademde. Maar zijn neef heb ik een aantal maal gesproken. Meteen de eerste dag al toen de heren hier hun intrek namen heeft hij mij omtrent zijn medische conditie volledig in vertrouwen genomen uiteraard.’

‘Uiteraard,’ beaamde Berthe zonder overtuiging.

‘Er was een medische voorgeschiedenis en hij vond het van belang dat ik daar tot in detail van op de hoogte was voor het geval dát. Hierover kan ik natuurlijk niets zeggen.’

‘Dat spreekt vanzelf.’

‘Maar dit mag u wel weten, eetlust had mijnheer Santos-Dumont niet. Ontegenzeggelijk een teken van verdriet, nietwaar? Hem te voeden was elke dag opnieuw een zorg.’

‘Dat hebben we vroeger ook eens met hem meegemaakt,’ bedacht Ernestine zich. ‘Jaren geleden hoor, ik heb het nu over de grote oorlog, dat hij van de ene dag op de andere niet weer wilde eten.’

‘Dat wist ik niet,’ zei Berthe.

‘O God, ja zeg, gek van zorg werd je vader. Drie keer op een dag ging hij naar hem toe met iets lekkers dat ik voor ze gekookt had. Dan zat hij aan zijn bed, hele dagen soms in de hoop hem daar wat van te voeren. Maar niks. Geen hap. Mager dat hij werd, Heregod, en het was al zo’n scharminkel! Uiteindelijk heeft mijnheer Cartier hem toen naar Zwitserland gebracht, naar zo’n kliniek voor geesteszieken in Sankt Moritz. Daar heeft hij een tijdlang gekuurd en hervond hij weer wat levenslust, maar toch, ik heb me altijd afgevraagd, zoiets... Kan zoiets nou ook niet komen,’ vroeg Ernestine, ‘door liefdesverdriet?’

De vraag klonk zo bedeesd, onverwacht zo breekbaar, dat Berthe haar moeder aankeek. En zij begreep – dacht zij – ineens waar alle zorg om was!

Zij zat ernaast, natuurlijk, want een mens snapt het leven middels het weinige dat hij er zelf van heeft ervaren, maar in elk geval ging haar dit licht op: het draaide om de liefde!

Haar moeder had haar ogen neergeslagen, na al die jaren over die gevoelens nog beschaamd.

Hoe is het mogelijk, dacht Berthe, maar natuurlijk, zij en hij! Hoe is het mogelijk dat ik dit niet eerder heb begrepen?

'Liefdesverdriet!' baste de ziekenbroeder. Hij hees zich overeind, met zijn omvang geen sinecure, nam zijn sleutelbos en opende de medicijnkast. 'Of zoiets door liefdesverdriet komen kan, vraagt u mij. Nou laat mij u dan zeggen: inderdaad mevrouw. Zoiets kan daar heel goed door komen.'

Tussen het verband, de pillen en ampullen vond hij een flesje rum. Met dit onderwerp had Ernestine in hem een droogte aangeboord.

'Liefde lijkt de bron van heel veel kwalen, ook fysiek. Vooràl fysiek. Veel meer dan wij nu weten. Ach dames, een gebroken hart, u kent het vast, wat een verdriet is dat! Mij zou het niet verbazen als de wetenschap het ons op een dag aanwijst als belangrijkste doodsoorzaak.'

Hij nam een slok en overwoog of hij de fles moest laten rondgaan. Het was pas half vijf. Hij moest er nog de hele avond mee.

'Evenwel in dit geval scheen het leed van een andere orde. Ik weet het uit eerste hand. Van mijnheer Jorge, weet ik het, de neef.' Hij propte de kurk terug in de hals en sloeg er twee keer op met vlakke handpalm. 'Nou, als we het hebben over een man die weg wist met een borrel! Dat zijn gasten waarvan we er hier maar weinig krijgen, levenswijs én levenslustig. Heuse conversatie. Lange avonden waarvan een man tenminste eens iets opsteekt. Samen aan de bar, laat op de avond, wanneer zijn oom allang naar bed was, dan, ja, na een paar rondjes kom je een en ander wel te weten.'

'Wat jammer,' spotte Berthe. 'Vast allemaal weer zaken waar u helemaal niets over kwijt mag.'

'Helaas!' Hij keek gewichtig. 'Maar u begrijpt: beroepsethiek.'

'Vanzelfsprekend.'

'Het is alleen geen geheim dat het vier jaar geleden volledig misging, de dag van zijn terugkeer in Brazilië. Die gebeurtenissen hebben tenslotte breeduit in de krant gestaan.'

'Niet in Frankrijk,' zei Ernestine.

'O nee?' Hij schoof dichterbij. 'Wel, mijnheer Jorge was naar Europa gegaan en had zijn oom overgehaald terug te keren naar zijn vaderland. Begin december voer hun schip de Guanabara-baai binnen. Het leek wel een vroeg carnaval, zo vierde heel Rio feest. Santos-Dumont is door ons niet vergeten. Hij stond aan dek, opgetogen, aangedaan. Onze knapste koppen wilden hem eren. Zij gingen, geheel in stijl, aan boord van een ballon en vlogen zijn schip tegemoet. Doctoren, wetenschappers, kunstenaars, over de baai zweefden ze. Ze waren al dicht genaderd, hij kon hun lachende gezichten zien en zwaaide! Mijnheer Jorge stond ernaast. Die heeft me verteld dat zijn oom ervan volschoot en moest huilen. Maar emotie was de heren intellectuelen als gewoonlijk niet genoeg. Die maakten onverwacht een duik om over hun held confetti uit te strooien en ballonnetjes. Hun opwinding maakte ze onvoorzichtig. Ze hingen scheef, zodat waterstofgas vrijkwam dat de vlam van de brander bereikte. Ze wílden de lucht in met z'n allen, wel, da's gelukt. Voor Santos-Dumonts ogen is de fine fleur van Brazilië uiteengespat in duizend stukken. De explosie was verblindend. Hun ledematen vlogen rond. Geen van de inzittenden heeft het overleefd.'

Hun nagedachtenis vroeg om een slok, hij ontkurkte de rum nog eens. Hij zou de fles wel hebben laten rondgaan als de anderen minder oordelend hadden gekeken.

'Goeie God,' verzuchtte Berthe. 'Zoiets, hoe komt een mens daar overheen?'

'Hij stond erop om iedere begrafenis persoonlijk bij te wonen, bij alle families is mijnheer Santos-Dumont langs geweest. Elk van die verloren mannen en hun werk heeft hij bestudeerd. "Al die levens zinloos geofferd voor dat onnozele van mij," jammerde hij. "Ik die niemand heeft en die voor niemand iets betekent, ik hoor hier niet, ik doe alleen maar kwaad." Dagenlang bleef hij dat maar eindeloos herhalen. Hij wilde nog maar één ding: op het graf zitten dat hij voor zichzelf had gegraven.'

'Wij waren daar gisteren, op São João Batista.'

'Nu heeft hij zijn zin, hij kan er blijven. Na het ongeluk moest mijnheer Jorge hem daar telkens op gaan halen. Op handen en knieën vond hij hem daar soms, als een krankzinnige, woelend met zijn vingers door de aarde!'

Ernestine sloot haar ogen alsof het beeld daarmee verdwijnen zou. De ziekenbroeder bekroonde de stilte met een slok.

 'Mijnheer kon het vroeger al niet verdragen, toen duidelijk werd dat zijn vinding slachtoffers zou maken,' zei zij. 'In de oorlog hebben hij en mijn man een reis gemaakt langs de regeringsleiders van Europa om ze te smeken geen vliegtuigen als wapen in te zetten. Die hebben niet geluisterd natuurlijk. Daarop is mijnheer Santos-Dumont met zijn werk gestopt, van de ene dag op de andere. Afgelopen.'

'Met zo'n zelfde verzoek heeft hij twee jaar geleden ook bij Getúlio Vargas aangeklopt nadat die de macht gegrepen had. En net zo tevergeefs.'

'Hoor je, mamma?' vroeg Berthe omdat de herinnering haar moeder te sterk aangreep. 'Niet door de liefde is hij zover gekomen, maar door geweld.'

'Ik hoor het, lieverd. Ik hoor het.'

'Vanaf dat moment begon Santos-Dumont zichzelf van ieder slachtoffer de schuld te geven,' vertelde de ziekenbroeder, 'of het nu bij een vliegramp viel of bij een luchtbombardement. "Ik ben het geweest," zei hij, "die de dood vleugels gaf!" Het stond zo haaks op wat hij zich had voorgesteld. Zijn vinding, zijn verantwoordelijkheid, zo zag hij dat. Hij spelde de kranten. Hij pijnigde zichzelf door ieder gruwelijk detail te willen weten. Er was een moment [illegible] zijn neef heeft mij dit toevertrouwd – waarop hij overtuigd raakte dat hij de duivel was, die de mensheid zou verwoesten; dat hij de hemel had veroverd om hem om te vormen tot een hel.'

Madame Chapin stak haar arm uit naar de rum. De ziekenbroeder, die een noodgeval herkende zodra hij er een zag, trok de kurk met zijn tanden van de fles en stond hem af. Hij volgde de teug die zij nam alsof het een medicijn was dat zij achteroversloeg.

De drank beet haar in de keel terwijl zij slikte. Lang, langzaam door open mond ademde zij uit, alsof het ruisen van de lucht langs haar huig haar goeddeed.

'Wat die twee nooit hebben begrepen,' verzuchtte zij ten slotte, 'geen van beiden, Berthe, jouw vader net zo goed niet, was, dat de dingen die je in het leven uithaalt consequenties hebben.' Met de achterkant van haar hand, bette zij haar lippen. 'Geen droom blijft zonder gevolg. Maar als kinderen stonden ze bij het echte leven nooit eens stil. Ze hebben de hemel veroverd, maar zonder erbij na te denken.'

'Waarschijnlijk,' zei Berthe, 'is dat de enige manier.'

‘Morgenochtend, half tien?’ Het hoofd van Ernestine Chapin, die aan de telefoon was, piepte even tussen de ebbenhouten klapdeurtjes van de telefooncabine in de lobby.

Haar dochter knikte.

‘Half tien morgenochtend is uitstekend, dokter Haberfield, tot dan! Tot dan!’ schalde Ernestine door de hoorn en ze hing op.

‘En wat is het plan? vroeg Berthe terwijl zij naar de lift liepen. ‘Geef je het hem morgen gewoon terug?’

‘Eerst eens zien wat het voor iemand is.’

‘Iemand die een dode het hart uitsnijdt.’

‘Hij klonk zeker niet onredelijk. Integendeel, heel vriendelijk, eigenlijk. Bezorgd.’

‘Bezorgd lijkt me terecht.’ Kordaat drukte Berthe op de liftknop. ‘Het was van begin af zijn idee, laat hij het zelf oplossen.’

‘We overleggen het morgen. Het enige waar het nu om gaat is dat we er een waardige plek voor vinden. Hoe dan ook. Ergens waar het nu verder met alle respect voor altijd rusten kan.’

‘Ga me nou alsjeblieft niet zeggen dat je zelfs ook maar overweegt dat ondingstraks als souvenir langs de douane mee naar huis te smokkelen!’

Met een klap schoof het rode uniformpje het hek voor zijn lift open.

‘Goedenavond, dames, het is Olympio!’ De kleine kapitein was zo moe dat hij zijn naam wel leek te gapen. ‘We gaan zeker naar de derde etage?’

Hij salueerde en haalde stoer zijn koperen stuurboom over, maar het bleef een kind en nauwelijks een verdieping hoger vielen zijn ogen bijna dicht.

‘Jij maakt lange dagen, Olympio.’

‘Om u te dienen, mevrouw, van zeven uur alle ochtenden, alle avonden tot middernacht.’

‘Alle dagen?’ Ineens ging Ernestine een licht op. ‘En die dag waarop de held van Brazilië gestorven is, was jij toen op je post?’

‘Helaas, mevrouw.’

‘Dus jij hebt hem naar boven zien gaan…?’

‘Gezien heb ik hem niet alleen mevrouw, ik bracht hem erheen zoals ik u breng.’ Hij schudde zijn hoofd om een gedachte kwijt te raken. ‘Ik kon er niets aan doen, God weet dat beter dan ikzelf!’

'Zei hij nog iets?'

'Mensen komen bij mij binnen, ik probeer ze vrolijk te begroeten. Meer weet ik niet en een paar tellen later zijn ze alweer weg.'

'Maar heeft hij iets gezegd?'

'Derde etage, dames,' riep Olympio, 'We zijn er!'

De deuren gingen open.

De Françaises bleven staan.

'Als jij je iets herinnert,' zei Madame Chapin, 'al is het maar een kleinigheid, het zou mij goed doen om te horen.'

Olympio keek weg. Hij hoopte dat iemand op een andere etage hem nu roepen zou, maar toen dat niet gebeurde begon het kind zachtjes te huilen.

'Niemand neemt jou iets kwalijk, Olympio, begrijp je dat?'

De jongen knikte.

'Hij zei: "Wat heb ik gedaan?" Dat waren zijn woorden. Ik hoor ze soms nog als ik niet slapen kan, mevrouw, die stem, zoals hij mompelde: "Wat heb ik aangericht, wat heb ik toch gedaan!" Ik heb dat gehoord. Ik hoorde het hem zeggen en toch heb ik hem laten gaan. Ik zie hem nog, hij liep de gang uit naar zijn kamer, ik zag hoe hij gebogen stond terwijl hij zijn sleutel zocht. Hij liet hem nog vallen ook, huilend raapte hij hem op. Ik zie het en ik zag het toen, ik had iemand moeten roepen. Had ik er maar iemand bij gehaald. Maar heus, dat mensen zichzelf zoiets aandoen, ik wist niet dat dat bestond.'

Ernestine trok de klapstoel naar beneden en nam het kind op schoot. Nu ze het wiegde kwamen de tranen pas goed.

'Hij ging naar binnen,' snikte Olympio. 'Ik gooide het hek dicht. Ik werkte gewoon verder, maar toen werd hij gevonden. Iedereen wou naar de derde, maar ze namen allemaal de trap. Er was daar zo'n geschreeuw, ik was benieuwd, ik liep de lift uit om te kijken. Mensen renden in en uit. De deur bleef openstaan. Ik stapte binnen. Daar zag ik hem. Aan de deur van de badkamer hing hij. En nóg snapte ik het niet. Hij hing aan de haak van de badkamerdeur. Zijn voeten bungelden. Hij droeg een pak. Dat vond ik gek, want hij droeg nooit een pak. Maar nu droeg hij een zwart pak. Dat vond ik op dat moment het gekste. Dat zwarte pak, die zwarte laarzen. Dat hij zich zo keurig had gekleed. Dat vond ik gekker dan die rode stropdas, die zo heel strak om zijn hals zat. Gekker dan zijn hoofd. Geknakt, alsof hij ergens naar omhoog keek. En die voeten de hele tijd, die bungelden. Maar het enige wat ik denken kon, was: Goh, hij draagt een pak! Toen kwam er iemand binnen met een keukenmes en sneden ze hem los. Hij viel. Zo'n klap, zo dof de klap waarmee hij neerkwam. Recht op zijn voeten kwam hij neer, twee tellen, en toen zakte hij ineen. Zo'n dooie, doffe klap van niks en toen, Godvergeefme, maar toen pas begreep ik het. Waarom die mijnheer zo had moeten huilen in de gang, alleen omdat zijn kamersleutel viel.'

Een echtpaar op de tweede, dat de lift aan zijn neus voorbij zag gaan, meende het in die flits verkeerd te zien, maar de liftkooi werd wel degelijk door madame Levaisseur bediend.

Haar moeder stond met een arm om Olympio heen en zocht met haar vrije hand in haar tas naar wat biljetten om hem toe te stoppen. In haar hoofd repeteerde zij de woorden waarmee zij de hotelmanager zou overtuigen dat de jongen vandaag eerder naar huis mocht.

Berthe dacht ondertussen enkel aan haar eigen kind.

Zij wist wel dat ook háár hart nu hoorde mee te voelen met Olympio maar het had zijn eigen pijn. Haar jongen was een deel van haar, maar zo ver, zo ver weg, hij was zo ver! Het gemis had haar overvallen en stak ineens zo hevig. Haar hele lichaam kermde om hem.

Zij schaamde zich voor zoveel egoïsme, maar egoïstisch was dit allerminst, want juist op dat moment werd zij het verdriet gewaar van álle moeders, ook die van Olympio en, niet te vergeten, Dona Francisca. En tegelijk ging haar hart uit naar iedereen die ooit gehuild heeft toen het dan eindelijk tot hem doordrong dat een mens een ander in dit leven niet beschermen kan.

Rond half drie die nacht stond Ernestine op omdat zij plassen moest. Hurkend boven de pot had zij even opgekeken naar de badkamerdeur en de kledinghaak die daarop zat bevestigd.

Ineens, ze wist zelf niet waarom, had het haar geraakt dat zo'n stuk ijzer het hele drama zonder schade doorgekomen was. Het had niets. Het was niet eens verbogen. Zelfs in de schroeven zat geen speling.

Het klateren ondertussen van de straal tegen de porseleinen pot weekte in haar een herinnering los aan die warme avond, lang geleden, op Ferrières toen zij geplast had in de velden voor de ogen van Albert.

Hoe broeiend zwaar de grond daar geroken had. En hoe toen tussen haar voeten de herfstdroge aarde gesmolten was tot modder.

Berthe viel even later een zwak schijnsel op dat door de kieren van de tussendeur haar kamer binnenviel.

Zij vond haar moeder in de leunstoel.

De balkondeuren stonden wijd open. Over zee had de maan een zilveren loper uitgelegd helemaal tot aan de balustrade. Een ziltewarmte woei binnen, zacht zoemend om de schemerlamp het nachtleven.

Daaronder lag Jules Verne, twee delen, de goudopdruk in het donkerblauw weerschitterend. Een derde deel lag open op Ernestines schoot.

Haar dochter schoof een stoel bij. Samen zaten zij een tijd en keken over zee.

'Je hield van hem.'

'En hoe!' antwoordde haar moeder.

Zij dachten elkaar wel te begrijpen, maar ieder doelde op een ander. Twee mannen die maar één letter verschilden.

'En hij?'

'Hij deed zijn best.' Madame Chapin dacht aan haar man. Zij schudde haar hoofd. 'Hij kon dat niet.'

'Nee.' Haar dochter zag Santos-Dumont voor zich, zoals zij, als kind, hem wel had meegemaakt. 'Nee, dat had ook niet gekund.'

'Het was nu eenmaal een onmogelijke liefde.'

Hierna nam ook Berthe een boek en lazen zij wat samen.

Zij bladerden van prent naar prent. Avontuur na avontuur. Van vlucht naar vaart, van kim naar einder.

'Weet je, lieverd,' zei Ernestine. Haar ogen begonnen zeer te doen, zij sloot het boek. 'Het wonderbaarlijke zit hem er niet in dat een mens vleugels krijgt en ermee wegvliegt. Het is pas echt een wonder als het hem lukt beneden te blijven en het uit te houden tussen anderen.'

Ik loop stage voor het vak van vogel

Santos=Dumont

Nawoord

HET HART

Twaalf jaar lang is Alberto's hart dolende gebleven.

In 1944 heeft dokter Walther Haberfield het orgaan, dat hij ook in werkelijkheid had ontvreemd zoals beschreven, aangeboden aan de familie Villares-Dumont die er geen interesse meer in toonde.

Nadat Getúlio Vargas in 1954 was afgezet, schonk de dokter het hart aan de Braziliaanse staat, op voorwaarde dat iedereen het te allen tijde zou kunnen bezoeken.

Vandaag de dag bevindt het hart van Alberto Santos-Dumont zich in een lokaal van de luchtvaartacademie in Campo dos Afonsos, een buitenwijk van Rio de Janeiro. Het rust daar in een vergulde houder, een bolvorm, die de hemel van het zuidelijk halfrond voorstelt, omhoog gehouden door een gevleugelde figuur.

Het kan worden bezichtigd.

Niet veel mensen maken hier gebruik van.

DE ROEM

De aftrap voor het WK voetbal 2014 werd in Rio de Janeiro gegeven door een jongeman met een dwarslaesie. Hij kon weer lopen en voetballen dankzij de Santos-Dumont, de eerste door menselijke hersenen aangestuurde robotprothese. Ook droeg hij op dat moment Alberto's zijden zakdoek bij zich, een stuk textiel dat in Brazilië wordt gekoesterd als een relikwie. De zakdoek vertegenwoordigt een geschatte waarde van 2,2 miljoen reais (ongeveer 1 miljoen Amerikaanse dollar) en wordt bewaard in een bankkluis.

'Ik wijd mijn leven eraan,' zegt de curator van de zakdoek, Ricardo Jacob de Magalhães, voorzitter van de Fundação Santos-Dumont: 'Geen moment verlaat hij mijn zijde.'

Toch gebeurde dit eenmalig in 2006, toen de eerste Braziliaanse astronaut Alberto's zakdoek meenam op een ruimtereis.

H.G.Wells refereert aan Alberto's heldendaden in *The Truth About Pyecraft*. Wereldwijd werden tienduizenden scholen, straten en pleinen naar Alberto vernoemd, maar bijvoorbeeld ook een Chileense rockband, de snelweg van São Paulo en meerdere vliegvelden, waaronder dat van Rio de Janeiro. Het Braziliaanse staatsvliegtuig draagt zijn naam, evenals een krater op de maan.

Cabangú in Minas Gerais is tot een grote stad uitgegroeid, Santos Dumont.

DE ENTOURAGE

Sarah Bernhardt is van haar val tijdens Sardous *La Tosca* in het Teatro Lírico in Rio de Janeiro nooit volledig hersteld. Tien jaar hield zij veel pijn aan haar rechterbeen. In 1915 ontstond daarin gangreen en liet zij het tot boven de knie amputeren. Deze operatie werd betaald door de Rothschilds. De rest van haar leven werd Sarah op een ligbed rondgedragen, een handicap die haar er niet van weerhield nog jarenlang over de hele wereld op te treden, ook in de rol van Hamlet of als de jonge maagd van Orléans.

Haar gewoonte zich als man te kleden heeft veel schandaal veroorzaakt. Afkeer die zij opriep, spoorde haar altijd alleen maar aan, bijvoorbeeld tot het laten maken van een provocerende serie foto's waarop zij Louise Abbéma, haar notoir saffische vriendin, omhelst.

Haar leven is, ook door haarzelf, vaak beschreven. Zij hield de wens om te vliegen en maakte een ballonvaart die zij beschreef in haar novelle *In de wolken*. Verteller daarin is het rieten krukje waarop zij tijdens de vlucht zat.

Louis Cartier bracht het Santos-Dumont-polshorloge, dat hij voor Alberto bedacht, in 1911 ook op de markt. Het is vandaag de dag een van de best verkopende herenhorloges van Cartier. Overigens bevat de huiscollectie ook nog steeds gouden halskettingen voor heren, die – niet toevallig – naar Santos-Dumont zijn vernoemd.

Olympio Peres Munhóz, de liftboy van Grand Hotel La Plage, de laatste die Alberto in leven zag, bleef tot zijn dood werkzaam in de horeca. De laatste veertig jaren stond Olympio, zelfverklaard anarchocommunist, achter de bar van Cantina do Lucas in Belo Horizonte. Kort voor zijn dood haalde hij het *Guinness Book of Records* als oudste nog werkzame garçon van het land. Hij stierf in 2003 op vierentachtigjarige leeftijd.

Zijn vroegere collega te Guarujá, **Antonio Mendes**, de Charon van Pompeba, overleefde hem een jaar.

Pedro, die vroeger op Cabangú met Alberto DE DUIF VLIEGT had gespeeld, stuurt hem in 1902 het briefje, dat ik in deze roman heb geparafraseerd. Het was slechts een van duizenden reacties die Santos-Dumont na het winnen van de Deutschprijs bereikten. Daarvan bewaarde hij alleen de medailles en onderscheidingen die hij van talloze wereldleiders ontving, enkele felicitatiebrieven van mensen als Marconi en Edison en dit simpele bericht van Pedro, dat hun kinderspel naar aanleiding van zijn ontdekkingen werd omgedoopt.

De uitvinder en zijn mecanicien bleven onafscheidelijk.

Samen vervolmaakten zij de dirigibles met als hoogtepunt de *baladeuse*, hun Nummer 9, waarmee Alberto zich dagelijks door de straten van Parijs begaf zoals wij dat nu doen met de auto. Hij gebruikte zijn baladeuse om boodschappen te doen, te gaan lunchen bij Maxim's of om vrienden te bezoeken. Op zijn plaats van bestemming bond hij zijn vaartuig aan een lantarenpaal, kwam daarlangs naar beneden, en overhandigde de leidraad van zijn ballon aan een portier alsof het een paardenteugel was.

Op geen van zijn ontwerpen heeft hij patent aangevraagd, want het bleef Alberto's droom dat wij ons op een dag allemaal, zoals hij, moeiteloos door de wolken zouden verplaatsen. Om mensen warm te maken voor de verlokkingen van de lucht organiseerde hij nog talloze wedstrijden, maar ook diners, vaak voor grote gezelschappen, waarbij alle tafels en stoelen zich op enkele meters hoogte bevonden.

Na het succes van de baladeuse stortten Alberto en Albert zich op de bouw van een gevleugelde vliegmachine.

In 1906 maakte Santos-Dumont de allereerste vlucht met de Nummer 14bis. Hiervan bestaan filmbeelden.

Voor dit keerpunt in de geschiedenis van de luchtvaart werd hem de Archdeaconprijs toegekend, die de Amerikaan Ernest Archdeacon had uitgeloofd voor de eerste vlucht in een bouwwerk zwaarder dan lucht.

Pas nadat dit nieuws wereldwijd bekend werd, claimden de broers Orville en Wilbur Wright in de Verenigde Staten eerder te hebben gevlogen. Omdat zij dit in het grootste geheim hadden gedaan, bestond hiervoor geen bewijs. Begin 20ste eeuw bleef men daarom Alberto Santos-Dumont lange tijd zien als de uitvinder van de vliegmachine. Velen doen dat nog steeds.

Hij blijft sowieso de allereerste mens die erin slaagde te navigeren door de wolken.

Albert Chapin werd voor zijn werk geridderd. Hij ontving de Palme d'officier de l'Académie, een uitzonderlijke onderscheiding voor belangrijke kunstenaars en wetenschappers.

De twee mannen maakten samen vele wereldreizen om hun werk te demonstreren, wat steevast een sensatie veroorzaakte. Zij werden ontvangen en gefêteerd door talloze grote wereldleiders, kunstenaars en uitvinders.

Nooit is iemand in een door Santos-Dumont ontworpen ballon of vliegtuig omgekomen.

ALBERTO'S LAATSTE JAREN

Ook op ander gebied dan de luchtvaart bleef Alberto nieuwe uitvindingen doen. Tijdens zijn verblijf in de kliniek te Sankt Moritz, bijvoorbeeld, bouwde hij gemotoriseerde ski's, waarmee het hem lukte bergopwaarts te skiën, een ontwerp dat hij beschreef in zijn boek *L'Homme méchanique*.

Bij terugkeer in Brazilië verbrandde hij al zijn dagboeken, brieven en ontwerpen. Hij bouwde tegen de heuvels van Petrópolis, even buiten Rio, Encantada (de betoverde), een klein, wonderlijk huis met een observatorium van waaruit hij de hemel en de sterren onbelemmerd kon waarnemen. Om er te komen ontwierp hij een – goed maar niet eenvoudig bruikbare – trap bestaande uit slechts halve treden.

Het huis is tegenwoordig een museum.

Alberto voerde de familienamen van zijn beide ouders. Dit is in Brazilië niet opvallend. Wel uniek is het, dat hij ze zelf altijd verbond met een isgelijkteken, Santos=Dumont, om aan te geven dat hij aan zijn vader niet meer of minder had te danken dan aan zijn moeder.

Hij werd in de loop van de jaren met nog talloze stijlvolle vrouwen gezien, maar trouwde nooit.

Over zijn seksualiteit is, zoals te verwachten van die tijd, weinig zeker maar des te meer gespeculeerd. Dat hij en Sem, de karikaturist, wanneer zij samen uitgingen, altijd exact dezelfde, overdreven elegante kleding droegen, gaf bijvoorbeeld aanleiding tot veel vermaak en roddels, evenals Santos-Dumonts voorliefde voor ringen, armbanden en colliers.

Alberto's feminiene uiterlijk en gedrag zijn vaak beschreven. Breien, weven en borduren deed hij openlijk in een tijd dat zoiets ongekend was en de meisjesachtige inrichting van zijn huis haalde zelfs de Amerikaanse kranten. De in de roman gebruikte citaten zijn letterlijk. De toon van de verslaggeving liep van verbaasd spottend tot ronduit verontwaardigd.

Zoals een Braziliaanse kennis van ons zei, Alberto Santos-Dumont stond en staat nog steeds bekend als *o pai e a tia da aviação*, niet alleen als de vader maar ook als de 'tante' van de luchtvaart.

Hij stierf kinderloos. Kort voor zijn dood tekende Alberto voor een bewonderaar, die hem om zijn handtekening vroeg, enkele van zijn ballonnen en schreef erbij: *Mijn familie!*

De gevleugelde is een roman. Feiten uit de levens van mijn hoofdpersonen vormen daarvoor een uitgangspunt. Ik vergaarde ze uit verschillende bronnen.

Alberto Santos-Dumont schreef zelf diverse boeken. Voor het begrip van zijn leven zijn mij vooral van nut geweest: *Dans L'Air* (vertaald als *Mijn Luchtschepen, het verhaal van mijn leven*) uit 1904 en *O que Eu Vi, O que Nós Veremos* (*Wat ik zag, wat wij zullen zien*) uit 1918. Voor de beschrijving van zijn nachtvlucht door het onweer boven Péronne in dit boek heb ik Alberto's eigen woorden benut. Ook het enthousiasme waarmee hij Albert over het vliegen vertelt komt regelrecht van hemzelf. Wat ik niet kon gebruiken omdat het inmiddels is verworden tot cliché, was zijn beschrijving van de bedrijvigheid van mensen op de grond die hij vanaf zijn grote hoogte zag als het heen en weer rennen van mieren in een mierenkolonie. Nu zien wij ze wanneer wij vliegen allemaal op die manier, maar Santos-Dumont was de allereerste die het zo ervoer en heeft beschreven.

In 1941 publiceerde het Braziliaanse ministerie voor Buitenlandse Betrekkingen een aardige verzameling van allerhande documenten die tot dan toe wereldwijd over Alberto en zijn werk waren verschenen. Ook is hij het onderwerp van veel biografische studies geweest, waarvan *Wings of Madness* door Paul Hoffman (2003) een van de meest complete is en *Man Flies, Master of the Balloon* door Nancy Winters (1997) de meest vermakelijke.

Verder noem ik graag *Santos-Dumont* van Gondin da Fonseca (1940), *O Pai da Aviação* van Henrique Dumont Villares (1973) en samengesteld door João Luiz Musa, Marcelos Bredo Mourão en Ricardo Tilkian, met heel veel fotomateriaal: *Alberto Santos-Dumont: I Sailed the Wind* (2003).

Van al deze boeken heb ik dankbaar gebruikgemaakt, zoals ook *Aux Etats-Unis du Brésil, Voyages de M.T. Durand* door M.Frederico-José De Santa-Anna Néry (1891) en *La Navigation Aérienne* van J.Lecornu (1910) van nut waren.

Cyrano de Bergerac schreef in 1657 een roman over luchtreizen, in Nederland onder andere vertaald als *De andere wereld*. Hierin voorziet hij vele vindingen die pas veel later zullen worden gedaan, zoals de luchtballon en de raket, maar bijvoorbeeld ook het luisterboek. Hij was een lichtend voorbeeld voor Jules Verne.

De première van het naar Cyrano vernoemde toneelstuk van Edmond Rostand vond in 1897 plaats zoals beschreven, inclusief de uitzinnige triomf.

Meer vermakelijke kennis over ballonvaart, de eerste jaren van het vliegtuig en andere achtergronden bij deze roman zijn te vinden in *Lighter than Air* van Tom D. Crouch (2009), *De wereld vanuit een luchtballon* door Roert Verhoogt (Amsterdam University Press 2013), Andrew Husseys *Parijs* (Arbeiderspers 2006), *Dawn of the Belle Epoque* van Mary McAuliffe (2011) en *Falling Upwards* door Richard Holmes (2013).

Er bestaat opmerkelijk veel beeldmateriaal van en over Alberto en andere hoofdpersonen van dit boek. *De gevleugelde* heeft een eigen, gelijknamige pagina op Facebook waar veel foto's en meer achtergrondinformatie te vinden zijn.

ren naar de boeken en aan Carlos Alberto Asfora, Braziliës ambassadeur te Tbilisi. Ik bedank de eerste lezers van het manuscript en vooral haar aan wie ik het in alle rust helemaal heb mogen voorlezen. Met plezier, ten slotte, denk ik aan de zomeravonden waarop Benjamin Moser aan Lex en mij Alberto's Portugese teksten al vertalend voordroeg.

Arthur Japin
2015